DIE BLENDER

MARTIN KEUNE

DIE BLENDER

Kriminalroman

berlin.krimi.verlag
be.bra verlag

Bibliografische Information der Deutschen Nationalbibliothek
Die Deutsche Nationalbibliothek verzeichnet diese Publikation in der Deutschen Nationalbibliografie; detaillierte bibliografische Daten sind im Internet über http://dnb.d-nb.de abrufbar.

KulturBrauerei Haus 2
Schönhauser Allee 37
10435 Berlin
post@bebraverlag.de
Lektorat: Claudia Jürgens, Berlin
Umschlag: Martin Keune (Foto: © bpk)
Satzbild: Friedrich, Berlin
Schrift: Stempel Garamond, 10/13,5 pt
Druck und Bindung: Finidr, Český Těšín
ISBN 978-3-89809-533-4

www.be.bra verlag

DEMUT

Im Wedding konnte man nicht leben, aber hier, im noblen Grunewald, wollte er nicht mal beerdigt sein, da war sich Sándor Lehmann sicher. Als kleiner Junge hätte er alles dafür gegeben, den nach Kohleofen und Kohlsuppe riechenden Arbeiterbezirk verlassen zu können, hierher zu dürfen wenigstens für einen einzigen Nachmittag. Doch vielleicht musste man etwas nur lange genug herbeisehnen, bis irgendwann die Sehnsucht in kalte Gleichgültigkeit umschlug. Jetzt waren ihm die Straßen zu breit, die Gaslaternen zu verschnörkelt – konnten sie nicht ganz normale Gaslaternen haben wie überall in Berlin? –, und die Villen und Paläste, die sich hinter akkurat gestutzten Hainbuchenhecken und Wachholder versteckten, wirkten abweisend und einsam. Die Welt der Mächtigen und Erfolgreichen sah für den Kommissar der Mordkommission zumindest im Vorbeifahren nur noch wenig begehrenswert aus. Aber sie war ja auch nicht für ihn gemacht, diese Welt. Kein Wunder, dass sie ihn nicht mit offenen Armen empfing.

Immerhin rollte er mit einer Limousine vor, die den Vergleich mit den meisten anderen Droschken in den diskret verschlossenen Garagen sicher nicht zu scheuen brauchte. Der »Mordbereitschaftswagen« der Mordkommission war eine monströse Sonderanfertigung von Daimler-Benz, die Gennat, der Chef, hatte bauen lassen, um bei Ermittlungen gleich die ganze Technik vor Ort zu haben und bei Spurensicherung und Beweisfeststellung keine Zeit zu verlieren. Sándor Lehmann machte mit seiner hochgeschossenen, kräftigen Statur und dem düsteren Blick über einer etwas schief gehauenen Nase wie immer den Eindruck, als wüsste er den großen Auftritt mit grimmigem Wohlwollen zu schätzen. In Wirklichkeit hasste er diese rollende Werkzeugkiste, so wie er reitende Herolde mit Trompeten gehasst hätte, die seine Arbeit auch nur unnötig plakativ und auffällig gemacht hätten. Er arbeitete anders, tauchte ein in die Szenerie, bemühte sich um Mimikry: Das war mit diesem fünfsitzig ausgestatteten Automobil nicht möglich.

Allerdings schien der Fall, für den der Chef ihn vom Alexanderplatz aus hierher beordert hatte, sowieso keine große Sache zu sein. Ein toter Einbrecher in einer Villa, wahrscheinlich Notwehr, eine Gelegenheit zum Blattschuss, auf die ein bis an die Zähne bewaffneter Hausherr und Kriegsveteran nur gewartet hatte: Das hatten sie häufiger mal. Der Fahrer kannte die Adresse, und zweifellos wurden sie erwartet. Wahrscheinlich war das Tor des Anwesens schon weit geöffnet, um ihren Wagen zu verschlucken und kein Aufsehen zu erregen.

Doch Sándor irrte sich. Als der Wagen in die Brahmsstraße abbog, pfiff er mit gespitzten Lippen. Das Palais Pannwitz kannte in Berlin jedes Kind, der Kaiser selbst war bei rauschenden Bällen hier zu Gast gewesen, zu mondänen Teegesellschaften hier über den englischen Rasen promeniert. Graf von Pannwitz, ein Münchner Prominentenanwalt und Rechtsberater seiner Exzellenz höchstpersönlich, hatte hier ein Leben in Saus und Braus geführt, über das die Zeitungen nur zu gern geschrieben hatten. Doch in den letzten Jahren war das Haus in Vergessenheit geraten; von Pannwitz war vor elf Jahren, 1920, gestorben, und die Witwe Catalina Roth bewohnte das Haus seitdem nicht mehr. Imposant war das Gemäuer immer noch, und offenbar war auch ein Gärtner angestellt, der gerade jetzt aufgeregt vor dem verschnörkelten Tor auf sie wartete – doch der Verwahrlosung von Haus und Garten konnte er offensichtlich nicht viel entgegensetzen. Die dunkle Fassade mit den von innen verhängten Fenstern wirkte leblos und deplatziert. Das Haus hatte jeden Glanz verloren; es sah aus wie ein Tuberkulose-Hospital, nicht wie ein Anziehungspunkt für den deutschen Hochadel.

Der wild gestikulierende Mann hieß Sickert, war tatsächlich der Gärtner und – wie Sándor, der den vollkommen aufgelösten Burschen um anderthalb Köpfe überragte, schnell erfragte – nur einmal pro Woche hier. Im Haus selbst hatte er nichts zu tun, er war für den Garten zuständig. Da gab es weit mehr Arbeit, als an dem halben Wochentag zu schaffen war.

Doch diesmal hatte die Tür des Hauses offen gestanden, und weil er Anweisung hatte, etwaige Einbrüche an Catalina Roth zu melden und notfalls die Polizei zu verständigen, hatte Sickert allen Mut zusammengenommen und war durch die hohe Eingangshalle gegangen, hatte einen der meterhohen Damastvorhänge aufgezogen, damit etwas Licht hereinfiel, und war die Treppe hinaufgestiegen in den großen Salon. Und da – Sickert schüttelte es am ganzen Körper, als er sich an den Augenblick erinnerte: Da hatte er ihn gefunden.

»Ihn?«, wollte Sándor wissen, aber Sickert hatte die Augen aufgerissen und druckste nur noch schockiert herum, also nickte Sándor den Kollegen zu, und während Schmitzke und Hansen den zitternden Mann zum Mordbereitschaftsauto führten, wo wahrhaftig eine Sekretärin mit Schreibmaschine für eine eingehendere Befragung bereitstand, ging er selbst mit dem dicken Plötz unter den Eingangssäulen hindurch und betrat das Haus.

Sofort umgab die beiden Männer ein trübes Licht von Vergänglichkeit. Weiße Hussen waren über alle Möbel gestülpt; wie in einem Kalksteinbruch durchquerten sie ganze Felder von weißen Kuben, die wegen der verhängten Fenster nur diffus beleuchtet waren. Der dicke Plötz war bei jeder Prügelei ganz vorne dabei, aber dieses milchige Zwielicht war ihm offenbar unheimlich. Er entsicherte nervös seinen Revolver, während sie die große Treppe erreichten, auf die der vom Gärtner Sickert aufgezogene Vorhang einen schmalen Streifen Zickzacklicht blitzen ließ. Doch Sándor legte dem Hauptwachtmeister die Hand auf den Arm, und Plötz ließ die Waffe sinken, als sein Vorgesetzter vor ihm die ersten

Stufen betrat und geräuschlos und schnell über einen schweren Teppich die blütenweiße Marmortreppe hinaufstieg. Mit Treppen hielt Sándor Lehmann sich nicht lange auf, die musste man schnell hinter sich bringen, um einem Angreifer kein leichtes Ziel zu bieten und möglichst bald wieder stabil auf beiden Beinen zu stehen. Plötz sicherte seitwärts und nach hinten, doch da hatte Sándor schon den großen Salon betreten, eine Nebentür geöffnet – und sah die Bescherung. Mit einem Angriff mussten sie hier kaum noch rechnen; das Verbrechen, das in der Mitte des Raums stattgefunden hatte, lag offensichtlich schon ein paar Stunden zurück. Jedenfalls schien das verschnürte menschliche Paket, das da tot in der Raummitte lag, schon eine ganze Weile in dieser unbequemen Haltung hier auszuharren; die Stahlseile oder Klaviersaiten, mit denen es in eine aberwitzige Pose geschnürt worden war, hatten sich bereits tief in Haut und Fleisch eingeschnitten, und der Körper hatte längst jede Spannung verloren. Kein Zweifel, dieser Mann war tot, und nicht erst seit eben.
Sándor ließ den dicken Plötz alle Vorhänge und die Verbindungstür zum Salon öffnen, aber vom Wannsee her war eine Regenfront aufgezogen, und es wurde zwar etwas heller im Raum, doch die unwirkliche, kalkige Atmosphäre blieb und nahm den Dingen und Räumen ihre Kontur. Sándor umrundete den verschnürten Leichnam, der wie ein Betender oder ein zusammengekauertes Tier auf dem Boden hockte, setzte sich schließlich nur einen knappen Meter von dem Toten entfernt auf das von Staub und Abnutzung stumpfe Parkett und starrte das von einer gewaltsamen Strangulierung verzerrte Gesicht an. Auch wenn er einen Mord wie diesen, einen Leichnam wie den hier noch nie gesehen hatte, lag etwas irritierend Vertrautes in der gespenstischen und bizarren Szenerie: Er kannte den Mann.

Vielleicht zehn Jahre machte Sándor Lehmann seinen Job jetzt schon, und noch länger war er abends und nachts in Berlin unterwegs, streunte durch Spelunken, Spielsalons und Kaffeeklappen. Vor allem zog es ihn in die boomenden Musiklokale dieser unendlich großen Stadt, die Tanzpaläste und Kellerbars: Wo auch immer Jazz gespielt wurde, war er dabei. Als aufmerksamer Beobachter mit Tresenplatz – oder als Klarinettist auf der Bühne. Ein paar Jahre hatte er sogar in Julian Fuhs' prominenter Jazzband mitgespielt; eine Ehre für einen Musiker, die ihm in Berlins Musikszene alle Türen geöffnet hatte. Dass er im Hauptberuf bei der »Schmiere« war, Leichen aufstöberte wie diese im Palais Pannwitz, das wusste von den Nachtschwärmern und Kollegen keiner. Auf der Bühne schützte ihn ein absurd großer roter Schnurrbart vor dem Erkanntwerden, ein antiquierter männlicher Bartschmuck, der seine Physiognomie so vollkommen veränderte, weg von seinen sonst eher etwas expressionistischen Gesichtszügen, dass ihm fast noch nie jemand auf die Schliche gekommen war.

Sein nächtliches Doppelleben hatte den Vorzug, dass er all die Hehler, Zocker und Zechpreller, die die Stadt durch die Etablissements schwappen ließ, ganz ungestört beobachten konnte – in freier Wildbahn sozusagen und nicht durch das polizeiliche Streifenmuster von Gitterstäben. Und diesen hier, diesen zu Tode geschnürten und strangulierten Mann, den kannte er genau aus solchen Zusammenhängen. Der Name fiel ihm nicht mehr ein; aber den würde das Fotoalbum unten im rollenden Untersuchungsbüro oder im Präsidium schnell zutage fördern. Doch das Gesicht hatte er nicht vergessen, und er erkannte es auch jetzt trotz der Grimassen der Gewalttat: den dürren Zickenbart, den hervortretenden Kehlkopf, die Augen mit den immer halb geschlossenen dicken Augenliedern. Der Bursche war ein kleiner Trickbetrüger aus Neukölln, ein Hausierer, der mit Wundertinkturen durch die Kneipen getingelt war, ab und zu mal einem in die Manteltasche gegriffen hatte, wenn die Gelegenheit günstig war, mal draußen auf der Straße einen Betrunkenen ausgenommen hatte, wenn der

sich nicht wehren konnte. Ein kleiner Fisch, ach was, nicht mal das: eine kleine Kanalratte vom östlichen Landwehrkanal, ein falscher Doktor mit blühender Fantasie, der staunenden Reisenden vom Dorf spektakuläre Heilung von ihren Wehwehchen versprach – und dann nur gestrecktes Rizinusöl verkaufte.
Wie kam dieser falsche Fuffziger zu einer derartig arbeitsintensiven Art des Ablebens? Sándor zuckte die Achseln. Es waren seltsame Zeiten. Und in seltsamen Zeiten schienen traditionelle Formen der gegenseitigen Geringschätzung – eine Kugel in den Kopf, ein Totschläger in den Unterkiefer, ein grundsolider Messerstich – nicht mehr hoch im Kurs zu stehen. Es wurde mehr gestorben als früher, und auch der plumpe Totschlag draußen auf den Straßen hatte mit den gewalttätigen Auseinandersetzungen von Kommunisten und Nationalsozialisten explosive Ausmaße angenommen – aber vor allem wurde anders gestorben, moderner. Sein Chef Gennat und der Mordbereitschaftswagen kamen mit der technologischen Nachrüstung gar nicht mehr hinterher, so viel Verrücktheiten passierten alle naselang in dieser großen, bösen Stadt Berlin.
Wer machte so was? Sándor hatte keine Ahnung, nicht die geringste. Nach einem simplen Raubmord, einer Abrechnung unter Kriminellen, weil einer im falschen Revier gewildert hatte, roch die Sache nicht. Manchmal wurden Leute stückweise umgebracht, wenn jemandem ihre Qual Genugtuung verschaffte oder sexuelles Vergnügen. Danach sah es hier nicht aus. Die Medizinmänner am Alexanderplatz würden das verschnürte Paket behutsam auspacken, doch Sándor war sich schon jetzt sicher, dass der Mann bereits tot gewesen war, bevor man ihn in diese unbequeme Anbetungspose gezwungen hatte. Er bekam eine Gänsehaut – ein ungewohntes Gefühl. Leichen waren ihm egal, die sah er in großen Mengen immer wieder. Arme Teufel, die ihren Körper gegen ihren Willen verlassen mussten, und die Körper selbst: schlaffe Hüllen, unbrauchbar, zurückgelassen. Das war hier an-

ders, hier hatte einer mit dem toten Körper noch einen grausamen Mummenschanz veranstaltet, und das berührte bei Sándor eine tief vergrabene Scheu aus Kindertagen, ein Tabu, an dem es nichts zu rütteln gab: Mit Leichen spielte man nicht.
Vor allem: Was wollte der Täter, was wollten die Täter, wenn es mehrere waren, mit der blödsinnigen Demutspose sagen? Vielleicht gar nichts. Vielleicht hatte ein Geisteskranker hier die Inszenierung besorgt, hatte im Drogenrausch irgendeinen wirren Gedanken verfolgt. Die Villa Pannwitz stand seit elf Jahren leer: Für wen sollte hier jemand dieses makabre Marionettenspiel veranstalten?

Sándor hatte eine Idee; er bewegte sich seitlich um den Toten herum und legte sich flach auf den Boden. Volltreffer. Unter der filzigen schwarzen Hose und den dürren Beinen war das Holz zerkratzt. Der Tote hockte auf Splittern, Rissen im Parkett; einer Botschaft oder einer Signatur.
Wo steckte Plötz? Sándor sah sich um. Der korpulente Polizist schien mit dem seltsamen Fundstück ebenso wenig anfangen zu können wie er selbst; doch im Unterschied zu Sándor war er daraufhin nicht in konzentrierte Betriebsamkeit verfallen, hatte die Leiche nicht neugierig und mit angehaltenem Atem von allen Seiten untersucht, ohne sie zu berühren. Plötz war ratlos in der Verbindungstür zum Salon stehen geblieben, eine schlaffe Statue, und hatte einfach nur zugesehen, was sein Vorgesetzter da machte, während seine eigene Gesichtsfarbe das angestrengte Rot langsam verlor und sich dem fahlen Hellgrau der Möbelhussen annäherte.
»Mann, stehn'se da nicht nur rum, los, anpacken!«
Plötz zuckte zusammen und kam zögernd näher, auf Zehenspitzen, als könnte ein fester Tritt die ganze Inszenierung ins Wanken bringen. Sándor hatte sich suchend umgesehen, eine breite Schärpe, die um einen der Vorhänge gewickelt gewesen war, ab-

genommen und vorsichtig um den Toten gelegt. Er nahm das eine Ende in die Hand und reichte Plötz das andere. Zusammen zogen sie den Leichnam zentimeterweise vom Fleck. Sándor achtete nicht auf den Hauch von Schweiß und Zigarrenrauch, der den ärmlich gekleideten Mann noch immer umgab; er bemühte sich, an der ursprünglichen Pose nichts zu ändern. Schließlich gab der dünne Hintern des Mannes den Blick auf den Holzboden frei; und tatsächlich, dort hatte jemand ein krakeliges, eckiges Zeichen in die dicke Politur gekratzt, eine Rune oder ein geometrisches Symbol, Sándor wusste es nicht.

Als unten die Verstärkung eintraf, Scheinwerfer aufgebaut wurden und die Tatortfotografen an die Arbeit gingen, wanderte er noch immer schweigend durch die hohen Räume, die abweisend waren wie eine verlassene Kirche ohne Gläubige. Das rätselhafte Zeichen hatte er sorgfältig abgezeichnet, doch wenn das leere Palais Pannwitz eine verschlüsselte Auflösung für dieses Rätsel barg, dann kam er ihr nicht auf die Spur. Eine verlassene Prachtvilla, Hallen voller verschnürter Möbel – und ein verschnürter Kleinkrimineller, der nicht hierher gehörte: Sándor war mit Verbrechen groß geworden, die Hand und Fuß hatten; zum Rätselraten hatte er keine Zeit und keine Lust.

ERNST

Sickert, der Gärtner, musste früher im Schulchor ein wahrer Wunderknabe gewesen sein, denn er lernte offenbar im Nu auch längere Lieder auswendig. Nur konnte Sándor Lehmann ihm dafür hier im Polizeipräsidium am Alexanderplatz keine Fleißkärtchen überreichen, denn dass der Gärtner das wenige, was er der rollenden Sekretärin im Mordbereitschaftswagen schon in die Maschine diktiert hatte, nun wieder und wieder stereotyp wiederholte, das brachte seine Ermittlungen kein bisschen weiter.
Sickert kam einmal die Woche einen halben Tag, das wusste Sándor schon; er schnitt die Hecken, fegte Laub zusammen, beseitigte Wespen- und Vogelnester.
»Einen Schlüssel fürs Haus haben Sie nicht?«, fragte Sándor zuletzt gelangweilt, und Sickert verneinte.
»Und Ihr Werkzeug – den Laubwagen, die Leitern –, wo bewahren Sie das auf?«
Diese Frage war neu. Sickert schien aus dem Trott des auswendig Gelernten nur mühsam zu erwachen, oder er hatte den Polizeibeamten nicht verstanden. Sándor Lehmann, der ihm in einem einfachen Straßenanzug mit zerknitterter Weste am Vernehmungstisch gegenübersaß, wiederholte sie.
»Im …«, Sickert schien zunächst nach einem Wort zu suchen, abzuwägen, sich umzuentscheiden und sagte schließlich, nachdem er sich noch mal geräuspert hatte: »Im Geräteschuppen.«
Sándor, der das Haus zweimal umrundet hatte und wusste, dass es nur ein Nebengebäude gab, vergewisserte sich.
»Niedriger Sandsteinbau, Efeu, Kupferdach?« Der Gärtner nickte.
Sándor atmete hörbar aus und sah in die dünne Handakte, die es zu dem Fall schon gab.

»W 876.«
»Wie bitte?« Der Gärtner verstand nicht.
»W 876 steht auf dem Schlüssel des Geräteschuppens, den Sie in Ihrer Jackentasche haben. Wollen wir wetten? Wir haben uns die Schlösser vom Hoftor, dem Nebengebäude und dem Haus selbst angesehen, Mann. Das ist polizeiliche Routinearbeit. Alles das gleiche Schloss, Registriernummer W 876, und alle Schlösser waren unbeschädigt. Sie haben einen Schlüssel für die Villa selbst, und natürlich wissen Sie das, denn Sie haben diese Leute da ja eigenhändig hineingelassen, also erzählen Sie mir hier keinen Scheiß, Sie Zaunkönig, Sie!«
Sickert geriet völlig aus der Fassung, als er so plötzlich – und in so rüdem Tonfall – vom Zeugen in einen Verdächtigen, einen möglichen Mittäter verwandelt wurde. Er brach in Tränen aus, zitterte vor Angst. Das Polizeipräsidium am Alexanderplatz – und insbesondere die Mordkommission – war nicht für zimperliche Vernehmungsmethoden bekannt, und wahrscheinlich fürchtete sich der kleine Gärtner vor dem, was ihm jetzt bevorstand.
Doch Sándor Lehmann hatte eine Verabredung, und die verschnürte Leiche aus dem Grunewald wurde noch unten in der Medizintechnik auseinandergenommen. Es gab keinen Grund zur Eile, keinen Grund, für diesen kleinen Gartenstümper den Chef warten zu lassen. Sándor bewegte den Kopf mit einem routinierten Ruck rund zweieinhalb Zentimeter nach hinten links. Das war Mordkommissionsdeutsch und bedeutete: »Hansen, schleppen Sie den Burschen in den Keller, stecken Sie ihn in eine Zelle, und nehmen Sie ihm alles ab, womit er sich vom Häftlingsleben verabschieden könnte.« Drei ganze Zentimeter Ruckbewegung, und der Gärtner Sickert hätte unten noch einen in die Fresse bekommen, aber Sándor wollte diese sonderbare Geschichte möglichst ruhig angehen und sich nicht aus Übereifer ruckartig einen schiefen Hals holen.

Der »Buddha vom Alexanderplatz«, Kriminalpolizeirat Ernst Gennat, war ein Mythos, ein Vielfraß, großes Vorbild – und schwer anstrengend. Jedenfalls fand Sándor das. Nicht, dass er das fachliche Wissen und den messerscharfen Verstand des Chefs nicht zu würdigen gewusst hätte – da hatte Gennat Weltklasse, keine Frage. Er war der Gott der modernen Kriminalistik, ein Gott allerdings, dem das Glück einer irdischen Krönung bislang nur selten vergönnt gewesen war. Gennats Karriere stand in keinem Verhältnis zu seinen Fähigkeiten, und jeder hier wusste, warum das so war: Der Mann war einer neuen kriminalistischen Wissenschaft verpflichtet, und das machte ihn taub für politische Einflüsterungen und blind für alle Versuche, ihn vor den Karren neuerer nationalsozialistischer Ziele zu spannen. Deshalb war es in den letzten Jahren trotz aller Popularität nur sehr langsam vorangegangen auf der beruflichen Erfolgsleiter, und Sándor Lehmann bewunderte den Chef insgeheim dafür, dass er das durchhielt, seinen Prinzipien treu blieb als Demokrat, als Gewaltgegner, als sachlicher Ermittler im Polizeidienst.
Anstrengend war Gennat trotzdem, zumindest für Sándor. Wo der eine Sache auch mal auf sich beruhen lassen konnte, hakte der Chef stets nach. Wo Sándor einen überführten Stinkstiefel noch ein bisschen zappeln ließ, um ein paar Gefälligkeiten oder Tipps aus ihm herauszuschütteln, verordnete Gennat die sofortige Festnahme. Und dass Sándor und viele andere Kommissare und kleinere Nummern bei der Kripo nach Feierabend in den einschlägigen Etablissements ein und aus gingen, mit Panzerknackern Schampusflaschen köpften oder wie Sándor sogar mit der Klarinette auf der Bühne standen, das hätte er – wenn er mehr als nur eine vage Ahnung davon gehabt hätte – kategorisch verboten.

Sándor stiefelte im Vorzimmer mit einem geknurrten Gruß an Fräulein Steiner vorbei, Gennats Sekretärin, die eben seufzend einen Stapel Kuchenteller hinter einem geblümten Vorhang verschwinden ließ, wo sich ein kleines Waschbecken befand. Das Büro des Chefs hier im ersten Stock der Dircksenstraße war eine haarsträubende Mischung aus Naturkundemuseum und Folterkammer. Föten in Formalinzylindern standen aufgereiht und verstaubt im Bücherregal, ein Schrumpfkopf baumelte von der Deckenlampe, und über einem verschlissenen grünen Sofa schmückte eine monströse Maschinenpistole aus dem Chicagoer Gangsterkrieg die Wand. Überall stapelten sich Bücher, Briefe, Akten und Zeitungen. Berichte von Mordkommissionen aus dem ganzen Land warteten monatelang auf die Bearbeitung; Drehbücher bedeckten vollständig einen Plüschsessel – Skripte hoffnungsvoller, aber ahnungsloser Autoren, die Gefahr und Alltag der Berliner Kriminalpolizei für ein tausendfaches Publikum als Tonfilm inszenieren wollten. Gennat hatte längst die Popularität eines Leinwandhelden erreicht; das schmeichelte ihm und machte ihn zugleich unangreifbar für die Nationalsozialisten, die lieber einen der ihren an seinem Platz gesehen hätten und ohnehin schon längst in allen Abteilungen geschickt ihre Mittelsmänner platzierten.

Otto Knauf war beim Chef. »Otto«, murmelte Sándor und setzte sich zu den beiden Männern, stand dann noch mal auf und öffnete ein Fenster, durch das augenblicklich der Lärm einer vorbeifahrenden Stadtbahn schepperte. Der dichte Zigarettenrauch, der den Raum füllte, bewegte sich träge im Kreis, verließ das Geviert aber nicht. Sándor klappte das Fenster unwillig wieder zu und zog sich den zweiten, freien Plüschsessel an das Sofa heran. Die Männer hatten einen Stapel dicker Fotoalben vor sich auf dem Tisch und blätterten parallel in zwei weiteren. Gennat blickte auf, nickte Sándor zu und deutete dann auf einen Berg offenbar noch ungesichteter Folianten. Sándor seufzte und griff sich eins der Bücher. Knauf arbeitete rund um die Uhr an Ernst Gennats »Zentralkartei der Mordsachen«, sicherlich dem vollständigsten

Verzeichnis menschlicher Abgründe, das es in der ganzen Welt gab. Sándor hatte nur zwei Tassen Kaffee gefrühstückt, doch er war die detaillierte Beschreibung der Morde nebst offensiven Fotos aus früheren Sichtungen gewohnt und konnte weiterblättern, wo sich zarteren Gemütern der Magen umgedreht hätte.
Er ließ den Blick über tödliche Schusswunden gleiten, Verletzungen von Stichen, Schnitten und Schlägen mit stumpfen Gegenständen sowie eine ganze Reihe bizarrerer Todesursachen. Ein, zwei Tode beim Liebesakt kamen seinem erdrosselten Villenfund nahe, doch die Machart war letztlich ganz anders, und beide Male waren es Frauen gewesen – nackte Frauen, deren hervorquellende Körperpartien Sándors Blick nur flüchtig streifte.
Gennat und Knauf waren auch nicht erfolgreicher, und »Otto aus dem Mord-Archiv« schob seinen Handwagen mit den Alben wieder hinaus aus dem Allerheiligsten des Morddezernats.
Der Chef schien enttäuscht zu sein. Erst letztes Jahr hatte er auf einem Kriminalistenkongress den Begriff des »Serientäters« in die Köpfe gepaukt; ein Großteil der Täter, da war Ernst Gennat sicher, mordete nicht nur einmal im Leben, sondern legte eine Spur von Leichen durch seine Biografie. Sie trugen allesamt eine typische Handschrift, stilistische Ähnlichkeiten, die zu entdecken eine Hauptaufgabe moderner Kriminalistik war. Doch der Tote aus dem Palais Pannwitz schien in keines der bekannten Raster zu fallen. Der Täter war ein Anfänger; sie hatten es mit einem Einzeltäter zu tun – oder einem geschickten Vernebler, der seine identifizierbaren Merkmale hinter oberflächlicher Auffälligkeit versteckte.
»Ich hab Sie nicht nur wegen der Mordkartei rufen lassen, mein Junge«, grunzte Gennat jovial. Sándor nickte. Der Alte war anstrengend, und meist leitete er seine anstrengendsten Anliegen mit einem Stück Stachelbeerkuchen ein. Wie auf ein Stichwort – oder hatte der alte Sack einen geheimen Kommandoknopf unter der Couchtischplatte? – öffnete sich die Tür, und Gertrud Steiner

schleppte drei Stücke des süßen Suchtstoffs herein; zwei für den Chef, ein deutlich schmaleres für ihn, Sándor. Gennat nickte und griff nach einer Kuchengabel, die in seiner monströsen Pfote wie ein Zahnstocher aussah.

»Den Paketabsender werden wir schon zu fassen kriegen, mein Junge. Halten Sie mich auf dem Laufenden, versorgen Sie mich mit guten Fotos – so einer kommt da nicht ungesehen mit durch, keine Bange!«

Sándor nickte und stocherte lustlos in seinem Kuchenstück. Was wollte Gennat von ihm?

Schließlich rückte der Chef damit heraus. Sándor hatte von ihm schon gefährliche Aufträge bekommen, heikle Aufträge: Aber Babysitteraufträge waren die verhasstesten von allen, und das hier war so einer.

Gennat war bewusst, was er einem seiner besseren Männer da abverlangte.

»Sie wissen doch, wie's läuft, Lehmann ... Ein Gesandter ruft beim Polizeipräsidenten an, der Polizeipräsident gibt's an Weiß« – Bernhard Weiß war der Vizepolizeipräsident –, »und Weiß gibt es an mich weiter. Ich lasse es ein paar Wochen auf dem Schreibtisch liegen, damit es verschimmelt, aber das verdammte Ding kommt wieder hoch, und dann, tja, dann ...«

»... habe ich den Mist an der Backe«, vollendete Sándor grimmig die ausufernde Erklärung.

Gennat nickte schuldbewusst und betäubte das aufkommende schlechte Gewissen mit einem weiteren Stück Stachelbeerkuchen.

»Also, Chef, schießen Sie los«, versuchte Sándor die Qual abzukürzen. »Was ist der Job? Soll ich einen talentlosen UFA-Schauspieler an einen Tatort schleppen und ihm ein paar übel zugerichtete Zeitgenossen zeigen, bis der Gute mir in die Kulissen kotzt?«

Gennat lachte.

»Oder muss ich einem ahnungslosen Reichstagsabgeordneten erklären, wie unabdingbar Ihre famosen Mordbereitschaftswagen sind – und dass wir noch ein paar von diesen Blechkisten brauchen?«

Gennat nickte strahlend und schüttelte dann den Kopf. Er zog Sándors kaum berührtes Kuchenstück zu sich herüber, sagte: »Ich darf doch?«, und holte dann mit der Gabel aus.

»Noch besser, Lehmann, noch delikater! Es dreht sich um eine Frau.«

Sándor ließ den Kopf nach vorne fallen, als wäre ihm ein Genickschlag verpasst worden. »Eine Frau?«

Gennat grunzte. »Tun Sie nicht so, als wäre Ihnen die Existenz eines zweiten, anderen Geschlechts bisher entgangen! Ja, eine Frau, eine Amerikanerin obendrein.«

Sándor schüttelte den Kopf. »Was noch? Sagen Sie mir gleich alles, dann habe ich es hinter mir. Hat sie Ausdruckstanz studiert, nimmt sie Maß für eine neue Uniformkollektion?«

»Eine Journalistin.«

»Eine was? Nein Chef, das ist nicht Ihr Ernst.«

»Das ist mein voller Ernst« – Gennat wusste genau, dass sie ihn hinter seinem Rücken wegen seiner Leibesfülle so nannten, »Der volle Ernst«, aber wenn er etwas wollte, interessierte er sich nicht für die dümmlichen Witze der Abteilung –, »eine amerikanische Journalistin, Rosalind Hossrow aus Texas, vom *Houston Chronicle.*«

»Eine Texanerin? Die sollte reiten und schießen und auf sich selbst aufpassen können.«

»Das kann sie wahrscheinlich auch. Aber Menschenskind, was soll ich machen? Ich habe hier ein ziemlich persönlich formuliertes Gesuch des amerikanischen Botschafters auf dem Tisch, der für seine Staatsangehörige um Geleitschutz bittet. Und dann ist die Dame aus einem Anlass hier, der ganz und gar nicht ungefährlich sein dürfte. Sie will den Nationalsozialisten auf den Zahn fühlen, rausfinden, ob die Nazis nur ein rauflustiges Intermezzo der Geschichte sind – oder ob etwas dran ist an ihrem Gerede

vom Übermenschen, vom neuen arischen Menschentyp. Sie kennen doch die Fantastereien … Der ›Übermensch‹ als Nachkomme uralter heidnischer Kulte, einer überlegenen germanischen Rasse, einer Rasse, die ihr okkultes Geheimwissen noch immer über die Jahrtausende in klandestinen Bünden weitergibt und nun kurz vor der Rückkehr steht …«
Sándor hörte kaum zu und ließ den Chef über die alberne Verbindung von Nationalsozialismus und Okkultismus schwadronieren, als wäre er ein übermüdeter Student in einer Universitätsvorlesung.
»Haben Sie in der Schule Naturwissenschaften gelernt, mein Junge, Chemie womöglich? Dann wissen Sie, was passiert, wenn man Wasser in Säure kippt. Es wird gefährlich! Und genau das passiert gerade mit dem Okkultismus und den Nazis. An sich sind die Okkultisten für uns kein Thema und auch keineswegs etwas Neues. Trübes Wasser, dubiose Theoretiker, die mit dem Plastometer Schädel vermessen wie Robert Burger-Villingen oder den Prominenten ihr Schicksal aus den Handlinien vorlesen. Issberner-Haldane ist einer dieser Pfotenkieker. Ihr ganzes Geforsche ist auf die Vergangenheit gerichtet, auf Geheimbünde, germanische Herrscher, vergessene Kulte. Romantischer Kinderkram, wenn Sie mich fragen. Und wissenschaftlich wie gesagt äußerst trübes Wasser.«
Gennat machte eine abfällige Bewegung mit der Rechten.
»Aber jetzt kommen die Nationalsozialisten ins Spiel. Eine giftige Säure aus hasserfüllten Frontsoldaten, politischen Aufwieglern und fanatischen Rassisten. Gewalttätig, undemokratisch, bereit zum Putsch und zu Schlimmerem. Warum sollte sich das deutsche Volk für diesen Bodensatz der Politik interessieren? Die Nationalsozialisten haben ein Rechtfertigungsproblem. Wogegen sie sind, ist unübersehbar. Aber wofür sind sie, was ist ihre Vision, die Legitimation für das, was sie tun? Woher nehmen sie ihren Herrschaftsanspruch? Das haben Hitler und Goebbels in

ihren herausgebrüllten Reden bisher nicht deutlich machen können.«
Gennat holte Luft; der dicke Mann kippte sich eine Tasse Kaffee in den japsenden Schlund und fuhr fort.
»Sie ahnen, woraus ich hinauswill. Es gibt unter den Okkultisten ein paar ausgemachte Feuerköpfe; Herbert Reichstein, Frodi Wehrmann in Pforzheim und Karl Kern hier in Berlin, Ernst Lachmann, ein paar andere. Wir schicken Beamte zu ihren Auftritten und beobachten, was sich da anbahnt. Die Kerle werfen sich den Nazis an die Brust, dass es kracht. Sie ahnen instinktiv, dass die ›Bewegung‹ auf der Suche ist, und sie, die Okkultisten, behaupten, gefunden zu haben, was diese uniformierten Erneuerer suchen.«
Gennat lachte verächtlich auf.
»Von Wehrmann mal abgesehen – der soll selbst an der Front gewesen sein; eben möbelt er in Pforzheim die SA ordentlich auf und impft sie mit rassistischem und okkultem Schwachsinn – sind das allesamt nicht gerade Stichwortgeber nach nationalsozialistischem Geschmack. Aber je weniger die Nazis den ganzen Unsinn verstehen, umso emsiger wird die Suche nach dem okkulten Zusammenhang betrieben. Wenn man sich heute irgendeine Versammlung von Armanen, Ariosophen, Germanenbündlern oder Phrenologen ansieht, sind immer ein paar untere Nazichargen dabei, glotzen blöd in der Gegend rum und notieren fieberhaft für ihre Chefs, ob etwas Brauchbares dabei ist. Die Herren Obernazis zeigen sich da nicht, aber ich bin ganz sicher: Wenn irgendwo mal ein wissenschaftlich halbwegs plausibler Hohepriester-Job zu vergeben ist, dann stehen die Nazis ganz vorne in der Schlange. Es muss nur irgendeiner irgendwo eine Germanenmumie mit SA-Uniform ausgraben!«
Seine Stirn verdüsterte sich.
»Das trübe Wasser jedenfalls schwappt schon mächtig in der Säurewanne hin und her, es schäumt und brodelt und riecht ver-

dammt nach Schwefel. Und wenn die Nazis erst mal ihre heilige germanische Abstammung beweisen können, dann Gnade uns allen Gott!«

Gennat war dozierend aufgestanden und überraschend leichtfüßig durch sein zugestelltes Büro doziert. Ursachen, psychologische Motive zu ergründen, die Wurzeln des Verbrechens zu identifizieren, bevor die verbrecherische Tat selbst zur Blüte kommen konnte: Das war eine echte Leidenschaft bei ihm, und im Grunde fühlte er sich in seiner Sichtweise bestätigt durch das unverhoffte journalistische Interesse aus Amerika. Gennat skizzierte für Sándor, was die Amerikanerin im Sinn hatte.

Rosalind Hossrow berichtete regelmäßig nach Houston, Texas, an ihren Herausgeber Jesse Jones, und was sie schrieb, wurde weltweit beachtet. Wenn sie den Nationalsozialismus als aufgeblasenen, pseudowissenschaftlichen Popanz entlarvte … Gennat hatte bei diesen letzten Worten die Stimme gesenkt und fuhr leiser fort: Dann würde die ganze Welt mit kritischerem Blick auf Deutschland schauen und mit allen Mitteln versuchen, eine Machtübernahme dieser Rabauken zu verhindern.

»Also geben wir der Presse Polizeischutz bei ihrer Gespensterjagd und jagen statt Kriminellen arische Hirngespinste?«, wollte Sandór wissen, doch der Chef ließ sich auf keine Diskussion ein.

»Ihr verschnürter Derwisch aus dem Grunewald sieht ja wohl für den Anfang schon mal ganz schön gespenstisch aus, Lehmann«, beendete er unerbittlich das Gespräch, »und wie ich diese Journalistin kenne, wird sie sich sowieso die meiste Zeit auf irgendwelchen diplomatischen Gartenpartys herumdrücken. Da kann ich niemanden hinschicken außer Ihnen. Können Sie sich Schmitzke, Hansen oder den dicken Plötz auf einem gesellschaftlichen Ereignis ersten Ranges vorstellen? Sie sind obendrein der Einzige, der schon mal im Smoking gesehen wurde!«

Sándor klappte den Mund auf und zu und wollte nachfragen, was und woher der Chef das wisse, aber das ließ er besser. Er war sauer. Gennat bekam seinen Willen, wie immer, und er selbst hatte diese Texanerin, Rosalind Hossrow, am Hals, die von einer strahlenden Gertrud Steiner soeben ins Nebenzimmer geführt wurde.

Ja, Gertrud Steiner hatte Rosalind Hossrow strahlend begrüßt; Sándor wunderte sich keineswegs darüber. Gennats Sekretärin – und sein eigenes Fräulein Wunder oben im zweiten Stock war da kein bisschen anders – missbilligte im Grunde die wichtigtuerische Männerwirtschaft, die in den muffigen Räumen am Alexanderplatz herrschte. Diese Kerle sollten die Ordnung im Land aufrechterhalten? Sie konnten nicht mal die Ordnung auf ihren eigenen Schreibtischen aufrechterhalten. Mit Waffen und Handschellen stolzierten sie sich wichtig machend in der Welt herum, trugen scharf geschliffene Stockdegen einsatzbereit in der eingenähten Scheide ihrer weiten Mäntel spazieren, hantierten mit Blendgranaten, Schlagstöcken und notfalls mit Panzerfäusten – aber wenn sie eine Spendenquittung aus dem Kaffeehaus nach einem Beobachtungsauftrag ordentlich abheften sollten, dann klemmten sie sich die Finger dabei und verwüsteten anschließend auf der Suche nach Heftpflaster das Badezimmer. Ohne Gertrud Steiner wäre Gennat gar nicht lebensfähig; er wusste das sicherlich genau. Trotzdem mutete er ihr zu, unter dem Sofa (unter das er selbst nicht kam) nach einem heruntergefallenen abgetrennten Zeigefinger zu suchen, einem Beweisstück, das zurückzugeben er seit vier Wochen versäumt hatte. Sándor hatte mehr als einmal gesehen, wie die Steiner den Schrumpfkopf und den zum Zigarrenspender umfunktionierten Frauentotenschädel abgestaubt hatte, und die kaltblütige kleine Vorzimmerherrscherin hatte mit ihrer stoischen Gelassenheit seinen ganzen Respekt verdient. Kein Wunder, dass sie sich freute, mal nicht noch mehr Kriminalbeamtenrüpel wie Gennat oder ihn selbst bewirten zu müssen, sondern ein patentes Cowgirl aus den Vereinigten Staaten von Amerika.

Das patente Cowgirl sah so aus, wie sich ein Karikaturist vom Schlage eines Paul Simmel ein Cowgirl vorstellte. Sándor staunte insgeheim darüber, wie oft die Klischees und Vorurteile, die man über jemanden hatte, schlicht zutrafen – und Rosalind Hossrow war so ein Fall. Eine lederne Reithose mit Chaparajos, nietenbesetzte Cowboystiefel, ein kariertes, grobes Baumwollhemd unter einer offenen Lederweste, ein leuchtend gelbes Halstuch und ein weißer Stetson, den die Frau lässig in der Hand hielt: Die Texanerin sah genauso aus, wie man sich ein texanisches Kuhmädchen vorzustellen hatte. Ihr braun gebranntes Gesicht glänzte unter besenborstendickem flachsblondem Haar.

Sándor konnte kein bisschen Englisch; im Wedding hatten sie kaum Hochdeutsch gesprochen, und unter Charlottenburger Gaunern und den Taschendieben auf der Ringbahn hörte man zwar alle möglichen Sprachen querbeet, aber Englisch oder gar amerikanisches Englisch war nie darunter. Immerhin brachte er ein leidlich richtiges »How do you do« heraus, das die Hossrow mit einem offenen, abschätzenden Blick und einer ausgestreckten Rechten beantwortete – und einer Begrüßung, die sie in fließendem Deutsch mit einem Hauch von Sächsisch ablieferte.

Das war eine Sprache, die Sándor verstand.

»Sie scheinen gutes Deutsch zu lernen drüben bei Ihnen«, nickte er, »zum Sprechenlernen hätten Sie gar nicht herüberkommen müssen.«

»Zum Sprechenlernen bin ich auch nicht hergekommen«, entgegnete die Amerikanerin, »ich will hören, sehen – und darüber schreiben.«

Sándor zuckte die Achseln.

»Sie werden Hilfe brauchen; das ist mein Job.«

Sie lachte spöttisch.

»Oh, Berlin ist eine gefährliche Welt, ja? Haben Sie Angst, dass ich von einem Ihrer Doppeldeckerbusse überfahren werden könnte? Über die Straße gehen kann ich allein.«

Er schüttelte den Kopf.
»Es gibt 'ne Menge Leute hier in der Stadt, die sich nicht gern zuhören lassen.«
Sie nickte grimmig.
»Das kann ich mir vorstellen. Genau deshalb bin ich hier. Hey, haben Sie schon mal Broncos eingeritten? Glauben Sie, ich hätte Angst vor Ihrer großen, bösen Stadt?«
Sándor sagte nichts. Nein, natürlich hatte sie das nicht, und sicher gab es wehrlosere Menschen als diese angriffslustige junge Frau mit den sonnengebleichten Haaren. Für ein paar Sekunden sah er Liese vor sich, seine Kinderfreundin vom Revier zwischen Panke und Prinzenallee, Liese aus der Thurneysserstraße. Die hatte den gleichen flachsblonden Schopf gehabt, die war genau so frech gewesen und klein und angriffslustig. Was hatten sie zusammen alles erlebt in der öden Zeit um die Jahrhundertwende, Liese und er. Nach der Schule abgebogen zum Stettiner Bahnhof an der Invalidenstraße, wo die Reisezüge aus den Bädern ankamen, Frauen in Rüschenkleidern mit Überseekoffern, die von schwitzenden, Kautabak kauenden Trägern aus den Abteilen gewuchtet wurden; Handelsreisende, die einem fünf Pfennige in die Hand drückten – fünf Pfennige!, unglaublich viel Geld –, wenn man sie mit ihren Musterkoffern vom Bahnhofsvorplatz in die Seitenstraßen zu den billigeren Unterkünften lotste. Der Stettiner Bahnhof war für Liese und ihn die große, weite Welt gewesen, auch wenn sie abends Senge bekam von ihrem betrunkenen Alten, weil sie sich schon wieder verspätet hatte, schon wieder rumgetrieben irgendwo da draußen in dieser feindlichen, dieser großen, bösen Stadt. Sándor schloss die Augen, eine Zehntelsekunde nur.
Die große, böse Stadt hatte Liese verschluckt, nicht am Stettiner Bahnhof, am Gesundbrunnen oben. Liese war immer die Wildere von ihnen beiden gewesen, er war ein Träumer, ein Hans-guck-in-die-Luft. Klar, er konnte sich prügeln, riskierte auch mal ein blaues Auge, wenn die großen Jungs Liese an den Zöpfen zogen.

Aber er war kein Draufgänger gewesen, damals noch nicht. Liese war ganz anders. Sie wollte es immer aufregender, kein Rummelplatzkarussell war ihr schnell genug, sie klebte hinten an der Tram wie die Pferdebremse am Kutschergaul und juchzte vor Freude, und was es auszuprobieren gab, probierte sie aus. Der Gleimtunnel – da, wo am Gesundbrunnen die Eisenbahnschienen in der Erde verschwanden parallel zur Schwedter Straße –, der Gleimtunnel zog sie magisch an, da wollte sie rein. Es gab auch eine Notleiter unter der Tunneldecke; die war für Lokführer oder Zugpersonal und den seltenen Fall, dass ein Zug mal im Tunnel liegen blieb. Diese Tunnelleiter kopfunter entlangzukriechen, über sich die schwarze, ausgemauerte Rundung der Tunneldecke, unter sich die vorbeifauchenden Züge, das war das maximale Abenteuer, auf das Liese aus war. Er hielt das für lebensgefährlich, für unausführbar. Sie zog ihn auf damit, stichelte und triezte ihn, aber Sándor blieb stur: Unter der Gleimtunneldecke entlangklettern, dahin führte kein Weg.

»Lass uns gucken gehen, ja? Nur ansehen, nur 'ne Minute. Nur mal die Beene baumeln lassen in det Ding!« Sie bettelte und sah ihn mit aufgerissenen Augen an, gesprenkelte Pupillen, braune Flecke in hellem Blau wie Kuhscheiße in der Pfütze.

Also gut. Beine baumeln lassen, das konnten sie mal, das brachte einen nicht um. Oben am Tunnelrand saßen sie, der kalte Granitbogen rau und grob unter ihren kleinen Kinderhintern, die dünnen Beine unten in der kühlen Luft, die an diesem Sommertag aus dem schwarzen Loch unter ihnen strömte. Eine Lokomotive toste durch den Tunnel, ein Schwall heißer, nasser Luft schoss hoch, sie quietschten. Es war ein Riesenspaß, und Liese strahlte ihn an, lachte über das ganze Gesicht. Plötzlich legte sich ihr dünner brauner Arm um seinen Hals, zog seinen Kopf heran, und sie küsste ihn eine ganze lange Sekunde lang auf den Mund, lachend, spuckenass, mit einem warmen Atem. Sein Herzschlag setzte aus, er schnappte nach Luft – und schwupp, schon war sie im Tunnel verschwunden, verlor gleich einen Schuh und hangelte sich kreischend und lachend an der Leiter an der Tunneldecke entlang ins tiefe Dunkel hinein. Er kam zur Besinnung, realisierte, was da passiert war, und schmiss sich auf den Bauch, um hinter ihr her in die Finsternis zu starren, schrie »Komm zurück« und »Liiiese« und »Mach das nicht«. Aber sie machte es doch, und er hing kopfüber über dem Tunnel und merkte, wie ihm die Tränen aus den Augen nach oben über die Stirn rollten und nach unten auf die Schienen tropften. Und er hörte dieses verdammte Geräusch, diesen Riesenzug, wie er schnell näher kam, und riss den Kopf herum und sah das Ding schon ganz nah am Tunnel – eine große Lok mit einem Tender, den sie eben oben am Gesundbrunnen frisch mit Kohle beladen hatten. Mit schwarzer, glänzender Kohle, vor allem: mit viel zu viel Kohle, die sich viel zu hoch über den schwarzen Lokomotivanhänger wölbte, ein Berg aus schwarzem Stein, der die Tunneldecke ausputzte wie eine Stahlbürste.

Sie fanden Liese nicht mal wieder, nicht mal Wochen oder Monate danach, obwohl er alles haarklein den Erwachsenen erzählte und der ganze Zugverkehr unterbrochen wurde für einen halben Tag und die Tunneldecke ausgeleuchtet wurde und jede Nische in dem langen Gleimtunnel auf der ganzen Strecke abwärts durch die Stadt bis runter zum Alexanderplatz. Wenn sie an der Tunneldecke Spuren fanden, dann sagten sie es ihm nicht, aber vielleicht war Liese auch einfach spurlos verschluckt worden, im Ruß und Fels unter der Stadt verloren gegangen mit gerade mal sieben Jahren.

Keiner hatte ihm Vorwürfe gemacht; sie hatten Liese alle gekannt und gewusst, dass sie beim Scheißebauen nicht erst um Erlaubnis fragte – aber er selbst hatte sein Zögern nie vergessen, den langen Kuss und den schwarzen Tunnelschlund, in den er ihr nicht gefolgt war. Er hatte nie wieder für jemanden verantwortlich sein wollen, nie wieder, auch später nicht.

Rosalind Hossrow grinste ihn herausfordern an, aber er reagierte nicht darauf und schüttelte nur den Kopf. Nein, Angst hatte eine wie Rosalind ganz sicher vor nichts und niemandem, aber außer Gefahr war sie deshalb noch lange nicht – man war nie außer Gefahr.

Die Hossrow nickte resigniert; sie schien einzusehen, dass ihr Aufpasser sich seinen Job auch nicht ausgesucht hatte und sie sich irgendwie zusammenraufen mussten, wenn der Mann schon nicht abzuschütteln oder wegzuschicken war.

»Tja, Big Boy« – so wurde er auch nicht zum ersten Mal genannt; Sándor verzog das Gesicht nun doch zu einem halben Grinsen –, »dann jedenfalls notgedrungen willkommen im Trio.«

Er runzelte die Stirn, zog die schiefe Nase in Falten.

»Trio? Haben Sie Ihren Papi auch noch mitgebracht aus den Staaten?«

Sie lachte.

»Den hätte ich erst wieder ausbuddeln müssen, der ist schon länger tot, als ich denken kann. Und meine Mutter hätte zwar gern das alte Leipzig noch einmal wiedergesehen im Leben, aber die lange Schifffahrt hätte sie nicht geschafft. Nein, wir sind zu dritt, weil ich noch einen zweiten männlichen Aufpasser an meiner Seite habe.« Sándor juckte es zwischen den Schulterblättern; führte sie jetzt einen Ehemann oder Verlobten in ihr Geplauder ein? Das hätte er sich denken können. Doch die Hossrow fuhr fort: »Allerdings keinen bewaffneten oder sonst wie wehrhaften Haudrauf wie Sie, nur einen etwas ältlichen Magister der Archäologie, Erich Saeckel.«

»Einen Archäologen? Wollen Sie Ihren alten Herrn doch noch ausgraben und umbetten, wenn Ihnen unsere Stadt gefällt?«

Es lief gut, er kam sich regelrecht geistreich vor, doch Rosalind verneinte nur. Saeckel begleite sie zu ganz anderen Zwecken. Der Mann – ein langjähriger Student bei Kossina – habe die wissenschaftliche Erforschung des Okkultismus zu seinem Aufgabenfeld gemacht. Sandor zog eine Augenbraue hoch, und Rosalind nickte. Ja, selbstredend, das sei alles Hokuspokus, das sehe Saeckel übrigens genauso; schon die Wissenschaft verlange ja eine kritische Haltung all diesen Gruppierungen gegenüber von ihm. Aber der Mann kenne sich aus wie kein Zweiter in dieser Stadt, er sei eingeweiht in all die Ordensrituale und Séancen, die in den letzten Jahren Berlin geradezu in eine Hysterie des Okkultismus getrieben hätten. Er sei ihr Scout, ihr Pfadfinder und Türöffner, der ihr für ihre Mission – die Entlarvung des nationalsozialistischen Rassenanspruchs als unwissenschaftlichem Humbug – unendlich hilfreich sei.

Rosalind Hossrow beugte sich vor und legte ihre Hand auf seinen Unterarm; er registrierte die impulsive Berührung genau, fand sie aber geradezu zurückhaltend, Liese hatte ihn immer gleich am Kragen gepackt. Gerade heute Abend werde eins dieser geheimen Treffen stattfinden, ein obskurer Prophet, ein Zukunftskundiger, werde mit ihnen sprechen.

»Begleiten Sie mich dorthin, wenn Sie schon unbedingt in meiner Nähe bleiben müssen«, bot sie ihm verschwörerisch an, »zumindest erleben wir einen kurzweiligen Abend draußen im Grunewald.«

»Im Grunewald?«

Sándors zustimmendes Lächeln wurde starr, hart.

Rosalind Hossrow bemerkte es nicht, sie schien sich auf den okkulten Abend zu freuen und nickte.

»Ja, wir treffen uns, warten Sie, wir treffen uns vor Mitternacht in einer Villa Pannwitz. Palais Pannwitz.«

Sándor glaubte nicht an schicksalhafte Fügungen, aber er erkannte einen Glücksfall, wenn er ihn sah.

»Ja«, nickte er bedächtig, »ja, wahrhaftig, das Palais Pannwitz möchte ich sehr gern mal um Mitternacht von innen sehen.«

GRÖSSENWAHN

Gertrud Steiner, Ernst Gennats Sekretärin, hielt ihnen freudestrahlend die Tür auf, als Sándor mit Rosalind Hossrow Gennats Räuberhöhle verließ, um die Lady zu ihrem Wagen zu bringen. Sándor warf ihr im Vorbeigehen einen wütenden Blick zu, der an der Vorzimmerkönigin abperlte wie Sprühregen. Was sah die Frau in ihrem Aufbruch, einen Triumphmarsch? Den Gang zur Verlobungsfeier? Wahrscheinlich projizierte sie ihre eigenen Wünsche und Hoffnungen in diesen Abgang; dass sie die Hossrow gleich ins Herz geschlossen hatte, war unübersehbar. Einmal selbst mit Polizeischutz hier herausspazieren in die gefährliche Welt; ermitteln und erforschen als Frau mit Verstand ... Sándor schnaubte. Dass er hier den Begleitschutz für diese Bilderbuchamerikanerin spielte, war mindestens auf den ersten paar Hundert Metern mehr als peinlich. Er holte Mantel und Hut aus seinem Büro und sah sich, während Rosalind ein paar Fahndungsplakate im Flur studierte, verstohlen um. Wenn ihn einer der Kollegen entdeckte und quer anquatschte, würde es einen Fußtritt setzen ... Aber der blank gewienerte Flur blieb leer, und zwei Minuten später traten sie unten auf den Innenhof, wo Erich Saeckel schon, auf dem Trittbrett eines überdimensionalen Automobils sitzend, auf sie wartete. Sándor umrundete die Limousine langsam und mit schräg gelegtem Kopf, ging dann auf Saeckel zu und schüttelte ihm die Hand. Der kleine Mann hatte den abschätzenden Blick des Kommissars gleich bemerkt und kam seiner Frage zuvor.
»Ja, sicher wundern Sie sich über die stolze Karosse, mit der ich als Wissenschaftler hier Frau Hossrow durch die Stadt kutschiere. Nebenbei bin ich nur ein äußerst unzuverlässiger Chauffeur; ich sollte mir eine neue Brille schleifen lassen; der Verkehr hat stark zugenommen in den letzten Jahren, scheint mir.«

Sándor strich mit der flachen Hand über die cremefarbene Motorhaube des Mercedes.

»Wirklich ein stolzes Stück ... neuer 630er, 160 PS. Mit so was kann man einen Krieg anfangen oder nach Indien aufbrechen.«

Saeckel nickte.

»Habe ich beides nicht vor. Sie scheinen sich mit Autos auszukennen.«

Sándor zuckte die Achseln und antwortete nicht. Aber in der Tat, Automobile, manchmal Motorräder: Das war schon immer einer der Gründe gewesen, warum er das Leben bei der Kriminalpolizei mitunter rückhaltlos genoss. Denn unten in der Tiefgarage der Wagenmeisterei, über einen nicht sehr frequentierten Hinterhof der Voltairestraße unbemerkt zu erreichen, stand eine stets wechselnde, aber immer hoch attraktive Auswahl an Fahrzeugen aus Beschlagnahmungen, Raubdelikten. Wagen, die untersucht werden mussten, deren Besitzer Opfer eines Überfalls geworden oder schlicht in die Spree gesprungen waren nach einem Börsensturz. Als Kommissar im Morddezernat war es leicht, eine Untersuchung dieser Wagen an einen anderen Ort zu verlegen – zum Kommissariat in der Keithstraße in Schöneberg, zum Kaiserdamm, in die Gothaer Straße oder ein beliebiges anderes der 295 Berliner Polizeireviere. Und wenn er dem Ansinnen mit einer Flasche Schnaps nachhalf, die abends bei einer Kneipenrazzia plötzlich irrtümlich in seinen Besitz gelangt war, mit einer Kiste Zigarren aus dem Büro eines Nachtclub- oder Bordellbesitzers, dann war die Unterschrift unter der Empfangsquittung besonders unleserlich, und eine mondäne Limousine, ein röhrendes schweres Motorrad oder einmal sogar ein 35er Bugatti waren – auf Reichskosten vollgetankt – für Stunden oder halbe Tage zu seiner freien Verfügung.

Ein 630er Mercedes, sonst eher als Staatsvehikel für Maharadschas und Präsidenten im Einsatz, war ihm allerdings bisher auch noch nicht untergekommen. Saeckel, dem Rosalind Sándor als ihren vom amerikanischen Gesandten verordneten Geleitschutz vorgestellt hatte, erklärte, wie sie zu dem Automobil gekommen waren.

»Eine Leihgabe aus der amerikanischen Botschaft. Kenn'se ja sicher, Bellevuestraße 6A, die Botschaftsgarage, der Fuhrpark für ranghohe Generäle und für Staatsbesuche – wir hatten auf Anweisung des Botschafters freie Wahl. Ja …«

Saeckel wendete sich zu Rosalind Hossrow um, die mit den Fäusten in der Seite dem Gespräch der Männer zuhörte.

»Ja, Amerika ist interessiert an Frau Hossrows Recherchen und Berichten. Sie genießt Schutz von ganz oben – und jetzt gesellen Sie sich noch als amtlicher Würdenträger hinzu. Chapeau, Chapeau!«

Sándor hielt nicht viel von der Bezeichnung »Würdenträger« und wollte dem ironischen Dauerstudenten schon ein paar Takte erzählen, aber Saeckel wiegelte ab.

»Fühlen Sie sich nicht verschaukelt, Herr Kommissar. Bin froh, dass Sie mit an Bord sind, ganz ehrlich.«

Er senkte die Stimme, als wollte er Rosalind von ihrem Gespräch ausschließen, doch die passte genau auf, was die zwei Männer sprachen.

»Ich weiß, wovon ich rede; glauben Sie mir das. Frau Hossrow ist ja geradezu auf Tournee durch die Ariosophenzirkel und Germanenbünde der Stadt; Propheten und Wunderheiler, Hypnotiseure und Telepathen – sie will sie alle kennenlernen, und ich kann ihr die meisten davon auch vorstellen. Aber das sind Grenzgänger, Übervorsichtige, mitunter psychisch labile, manchmal aufbrausende Charaktere. Ein faszinierender Umgang, aber mitunter auch ein gefährlicher.«

Sándor runzelte die Stirn. Der Mann war ein Angeber, er wollte sich mit seinen Kontakten in der Geisterseherszene wichtig machen. Er selbst blieb zurückhaltend. Fragte nach:

»Und Sie, wie stehen Sie zum Okkultismus? Kennen Sie sich nur aus, oder haben Sie da selbst Ambitionen?«

Saeckel zog den Mund zu einem feinen Strich, in einer Mischung aus Geringschätzung und Härte.
»Als Vernunftmensch und Wissenschaftler? Der meiste Mumpitz ist so offensichtlich, dass es geradezu eine Zumutung ist, damit behelligt zu werden. Scharlatanerie, Betrug, Geldmacherei. Aber ...«
Sándor hörte konzentriert zu und hakte nach.
»Aber?«
»Aber wissenschaftlich ausschließen möchte ich das alles nicht von vorneherein. Das wäre ja ebenfalls unwissenschaftlich. Dass es Phänomene gibt, die wissenschaftlich bislang nicht zweifelsfrei widerlegt werden können, finde ich interessant und nachprüfenswert. Mag sein, dass wir – wir, die wissenschaftliche Zunft, meine ich –, dass wir über kurz oder lang tatsächlich Zusammenhänge und Überlieferungen finden, die uns mehr offenbaren, als unsere, ja, unsere Schulweisheit uns bislang annehmen lässt.«
Er lachte trocken auf und schüttelte den Kopf.
»Oder auch nicht. Und bis es so weit ist, sind all die Blender, die diese Stadt seit ein paar Jahren überfluten, ein Ärgernis – und eine Gefahr. Ja, eine Gefahr«, seine Stimme wurde lauter, weil Rosalind Hossrow den Monolog mit einem scherzhaften Zwischenruf ins Lächerliche ziehen wollte, »eine reale, gar nicht übersinnliche Gefahr. Denn einmal entlarvt, sind diese Halunken zu allem fähig, und Sie, Frau Hossrow«, seine Stimme war schneidend geworden, und Rosalind Hossrows sonnige Gesichtszüge hatten sich zu einer fast spöttischen Grimasse verzogen, »Sie machen sich bei Weitem keine Vorstellung davon, wohin Fanatismus und Größenwahn in so einem Fall führen könnten.«
Er räusperte sich. Rosalind trommelte ungeduldig mit den Fingern auf dem Autoblech herum; sie schien den eifernden Mitteilungsdrang ihres Begleiters schon zu kennen, der noch aus einem ersten Kennenlerngespräch auf dem Polizeiparkplatz eine komplette Vorlesung über okkulte Wissenschaften machen konnte.

»Wie dem auch sei. Jedenfalls haben Sie, Herr Kommissar, und ich selbst in jedem Fall durchaus gemeinsame Interessen; denn die derzeitige Hysterie der Massen wird für offensichtlichen Betrug genutzt, für eine wissenschaftlich nicht haltbare, spekulative Auslegung geschichtlicher Erkenntnisse und Fakten. Das einzudämmen dient der öffentlichen Sicherheit – und gleichzeitig der wissenschaftlichen Erforschung dieses faszinierenden Themas.«
Saeckel reckte sich in die Höhe und reichte Sándor nun bis zur Schulter.
»Ich selbst würde mich als Wissenschaftler normalerweise nicht für derartige Albernheiten wie die Besichtigung solcher Phänomene hergeben, aber die Zeiten sind nun mal so, ich kann mich all der unseriösen Anfragen in diese Richtung wirklich kaum erwehren. Ich könnte ein okkultes Reisebüro aufmachen, glauben Sie mir; unsere Frau Hossrow hier ist keineswegs die Einzige, die diese Neugierde nach dem Jenseitigen umtreibt. Na, Sie werden in den nächsten Tagen noch ein paar weitere Suchende kennenlernen; seien Sie darauf gefasst …«
Seine Stirn umwölkte sich.
»Tatsächlich ist meine eigene, weitaus seriösere Forschung sehr kostspielig, und dieses Land hält sich mit wissenschaftlichen Aufträgen in diesem Bereich bedauerlicherweise zurück. Deshalb schätze ich mich glücklich, dass ich mit solchen okkulten … nennen wir es: Zusammenführungen einen gewissen, nun ja, Nebenverdienst erzielen kann.«
Sándor hob den Kopf, und Saeckel bemerkte die Bewegung.
»Nein, nein, nicht was Sie glauben, ich verlange keine Honorare, aber man drängt mir Geld für meine Unkosten geradezu auf. Heilung, Rechtfertigung, Sinngebung: Jeder will etwas anderes von den dunklen Mächten und erwartet, dass ich es ihm verschaffe.«
Saeckel blickte gedankenverloren vor sich hin und tätschelte dann den holzgetäfelten Rand der schweren Fahrertür des 630er. Ro-

salind war längst ins Wageninnere geschlüpft und schien die Geduld zu verlieren; vom Beifahrerplatz aus langte sie zum Lenkrad hinüber und drückte auf die Hupe, die wie ein Elefantenstoß durch den Innenhof des Polizeipräsidiums schallte. Saeckel verzog das Gesicht zu einem schiefen Grinsen.
»Na, wollen mal sehen, wie weit wir mit dieser gemeinsamen Suche kommen. Ehrlich gesagt bin ich selbst gespannt – ein kleiner Funken Wahrheit ist ja doch meist dabei, man muss ihn nur zu finden wissen.«

Vor Jahrtausenden musste die Havel den Grunewald einmal auch südöstlich umflossen haben; heute war der Landschaftseinschnitt im dichten Kiefernwald mit tief abfallenden Ufern noch immer vorhanden, aber teilweise verlandet. An den etwas breiteren Stellen reihten sich schmale, gewundene Seen aneinander, die von Ufer zu Ufer selten mehr als 150 Meter maßen und, vom Bahnhof Nikolassee aus rund 17 Kilometer hintereinanderliegend, bis nach Charlottenburg hinein zickzackten: Schlachtensee und Krumme Lanke, Grunewald- und Hundekehlesee, Diana-, Königs-, Hertha-, Hubertus- und Halensee und schließlich, von der in der Abendsonne schimmernden Wasserkette durch die Gleise des Westkreuzes getrennt, der Lietzensee mitten in der hier schon dichter werdenden Stadt. Bis an den Hundekehlesee drängten sich die gutbürgerlichen Häuser und stolzen Villen Schmargendorfs; der Bahnhof Grunewald – ein mehrgleisiger Verschiebebahnhof für Viehwaggons und Güterverkehr – markierte den Stadtrand, dahinter fing der Wald an.
Das Palais Pannwitz lag keine tausend Meter vom Hundekehlesee entfernt, und Sándor war am Spätnachmittag mit der S-Bahn hinausgefahren und eine Weile aufmerksam durch die baumbestandenen Straßen gelaufen, hatte sich Zufahrtswege angesehen, Blickwinkel auf das verwilderte Grundstück der Villa ausgelotet, an ein paar Türen geklingelt und Gespräche mit Anwohnern ge-

führt; Gespräche, die im Großen und Ganzen ergebnislos geblieben waren. Ja, in den letzten Jahren hatte mal einer Licht gesehen in dem verlassenen Gemäuer; zu Ruhestörungen war es nie gekommen, die Polizei war nie verständigt worden. Der Gärtner war ja regelmäßig da, Sickert; wenn es einen Einbruch geben würde, würde der ihn sicherlich bemerken und anzeigen. Und wenn man ihn übern Gartenzaun gefragt hatte, hatte er stets nur wortkarg »Alles in Ordnung« entgegnet und damit jedem Gerücht von leisen Schritten oder offen stehenden Fenstern von vorneherein die Basis genommen. Letztlich sollte das Haus ja ohnehin leer sein, von ein paar eingestaubten Möbeln abgesehen. Da war nichts zu holen, und dass sich Obdachlose hier unbemerkt dauerhaft einquartieren würden, das hatte man nicht angenommen. Nicht in Schmargendorf, nicht in einem Viertel, in dem Botschafter wohnten, Bankiers, einem Viertel, wo jedes zweite Haus einen eigenen Wachmann hatte.

Wenn der gefesselte Tote – inzwischen mithilfe des Erkennungsdienstes und des Einwohnermeldeamtes, das ebenfalls im Polizeipräsidium am Alex untergebracht war, als Gustav Striesow identifiziert und also tatsächlich als der kleine Gauner, als den Sándor ihn erkannt hatte –, wenn der Tote häufiger im Palais gewesen war, hatte ihn niemand gesehen. Doch vielleicht war er dem okkulten Priester, den Rosalind Hossrow und Erich Saeckel dort heute Nacht zu treffen hofften, schon beim ersten Besuch in die Quere gekommen, und der Priester hatte ihn gleich ganz unokkult ins Jenseits expediert. Das würde Sándor den Mann unbedingt fragen.

Immerhin hatte Gärtner Sickert gesungen wie ein Gartensperling. Deshalb wusste Sándor, dass das Geschäft eines Abends im Halbdunkel durch die Gartengitterstäbe hindurch vonstattengegangen war; Geldscheine gegen eine Schlüsselhinterlegung am Eingangsportal, eine kurzes Gespräch im Schatten eines Baums. Von Okkultismus war keine Rede gewesen; der Mann hatte nach Sickerts

Meinung ein Liebesnest gesucht. Das richtete keinen Schaden an; ob einer in dem verlassenen Palais mit einer Geliebten durch die Betten stieg und danach wieder der Staub ein paar Jahrzehnte auf die Hussen fiel, interessierte doch letztlich keinen Menschen. Sickert hatte das Geld gut brauchen können, und seitdem hatte zwei-, dreimal am vereinbarten Ort ein Umschlag mit ein paar Scheinen gesteckt, und er hatte den Schlüssel wie verabredet deponiert und tags darauf zuverlässig wiedergefunden. Das war zur Routine geworden, und weil die nächtlichen Schäferstündchen ihm als Erklärung reichten, hatte Sickert nie nachgeforscht, nichts beobachtet und kannte keine Namen.

Sándor hatte den Mann behandelt wie ein Stück Dreck, wie einen Hauptbeschuldigten, aber mehr war nicht herauszubekommen gewesen, und so hatte er den Kerl letztlich laufen lassen und nur einen der Hausschlüssel für die heutige eigene Verwendung eingesackt.

Bis Mitternacht war noch Zeit herumzubringen, und Sándor entschied sich dagegen, noch mal in die Stadt zurückzufahren; aß am Bahnhof Grunewald eine Wurst, trank ein Bier und zwei Tassen Kaffee und verdrückte sich hinter dem Vereinshaus des mondänen Tennisclubs Rot-Weiß auf einen Waldweg, der ihn am Hundekehlesee und der Oberförsterei jenseits der Königsallee entlangführte. In einem lauschigen, lichten Waldstück oberhalb des Grunewaldsees – einer Ecke, die passenderweise »Bullenwinkel« hieß – machte Sándor Lehmann es sich auf einer umgestürzten Pappel bequem, holte die Klarinette aus der schmalen Einnähtasche im Mantelfutter und blies ein paar ruhige Töne, ein lang gedehntes, summendes Vibrato, das das ferne Rauschen der Großstadt kaum übertönte und nur einen sanften weiteren Klang diesem Grundgeräusch hinzufügte. Er blies und blies, bis die letzte Luft aus den Lungenspitzen entwichen war, und atmete dann geräuschlos und langsam ein. Wie lange hatte er nicht mehr gespielt? Sicher ein paar Wochen. Noch vor einem Jahr war das

ganz anders gewesen, da hatte er mittendrin gesteckt in der turbulenten Jazzszene der Reichshauptstadt, hatte sich mit seinem albernen Bühnenschnurrbart vor dem Erkanntwerden versteckt und im Scheinwerferlicht auf der Bühne gestanden als Klarinettist in Julian Fuhs' berühmter »Follies Band«. Dann hatte ihn ein Kriminalfall, ein Gasangriff auf einen dieser mondänen Tanzpaläste, aus alldem hinauskatapultiert; er hatte die Jazzszene und ihre Strippenzieher intensiver kennengelernt, als ihm lieb gewesen war, am Ende gegen sich selbst ermittelt und die öffentliche Musikmacherei schließlich genervt an den Nagel gehängt. Oder vielleicht auch nur für ein paar Monate auf Eis gelegt; so genau wusste er das selbst noch nicht. Jedenfalls fühlte sich das oft heiß gespielte Holz heute kühl und fremd an, aber mit jedem Ton, jeder behutsam ausgeloteten Pirouette der improvisierten Melodie wurde der Klang selbstbewusster und fordernder.
Im Wald hinter ihm ratterten die Züge der Stadtbahn Richtung Potsdam vorbei; die Automobil-Verkehrs- und Übungsstraße, kurz AVUS, hinterlegte den rauschenden Wind in den Blättern mit einem Brummen von Motoren, doch seine Klarinette zwitscherte, kicherte, wimmerte durch die einsetzende Dunkelheit, und die Tiere im Bullenwinkel machten kein Auge zu. Nicht mal die Wildschweine trauten sich hinunter zu ihrer übliche Tränke an der Wiese vor der Försterei; im Wald überm Grunewaldsee saß ein großer Mann mit Hut und weitem Mantel und blies die Klarinette den ganzen warmen Frühsommerabend lang.

ANGST

Dem gesprächigen Herrn Saeckel und Rosalind hatte er nichts über den Leichenfund erzählt; obendrein hatten sie verabredet, sich erst vor Ort zu treffen. So blieb Sándor Zeit, lange vor der vereinbarten Stunde unbemerkt und geräuschlos das schmiedeeiserne Tor des Grundstücks auf- und wieder zuzuschließen und – nach gründlichem Sondieren des gut übersehbaren, mit dichten Hecken umgebenen Gartens – das dunkle Palais Pannwitz zu betreten. Er wollte sich einen komfortablen Beobachtungsposten in unmittelbarer Nähe des großen Salons suchen, von wo aus er das spiritistische Treffen und die Aktivitäten des mysteriösen »Propheten«, der für Gustav Strielows Tod als dringend tatverdächtig galt, genau verfolgen konnte. Und er wollte diesen Beobachtungsposten möglichst einnehmen, bevor der dubiose Bursche selbst das Haus betrat. Deshalb hatte er auch die Kollegen erst für Mitternacht als Verstärkung bestellt; zu dritt oder viert wäre es noch schwerer gewesen, unbemerkt zu bleiben.
Oder war der »Prophet« schon im Haus? Das war unwahrscheinlich, trotzdem musste er darauf gefasst sein, angegriffen zu werden und sich notfalls zu wehren. Also betrat er mit dem kurzläufigen, schweren Revolver in der Hand das kühle Foyer. Die geöffnete Tür wirbelte eine Handvoll raschelnder Blätter über den Marmorboden; Laub vom letzten Herbst, das draußen im Entree zwischen den Säulen in eine Ecke geweht worden war. Davon abgesehen war es im Haus vollständig ruhig. Sándor schob sich in eine Garderobennische, atmete lautlos, wartete und spitzte die Ohren.
Nichts.
Menschenleere Häuser hatten ihre eigenen Geräusche, Holz ächzte, Temperaturunterschiede zwischen drinnen und draußen

entluden sich mit plötzlichem Knacken. Doch das Palais Pannwitz stand schon zu lange leer; zehn Jahre ohne Heizung, ohne Lüften, ohne Bewohner hatten das Gebäude zur Ruhe kommen lassen, das Holz entspannt. Sándor hatte eine solche Stille noch nirgendwo empfunden; wahrscheinlich wirkten all die Hussen zusätzlich schallschluckend, oder der Abend zwischen Autobahn und Stadt hatte ihn mit seinem Dauerrauschen beduselt, sodass ihm jetzt die Stille nur umso mehr auffiel.
Sándor widerstand der Versuchung, die komplette Abwesenheit von Geräuschen mit einem eigenen Räuspern oder Hallo-Ruf zu brechen; stattdessen schob er sich möglichst langsam seitlich an der Wand entlang um den Raum herum, damit er auf dem hellen Boden des Foyers, der durch ein rundes Fenster über der Tür vom Mond beschienen wurde, kein Ziel abgab.
Doch im Haus blieb alles ruhig, auch oben auf der Balustrade mit ihren opulent geschnitzten Treppenpuppen und Geländern, alles ruhig. Der »Prophet« war noch nicht da – oder aber er wartete reglos, bis Sándor die Treppe hinaufkam, wo er angreifbarer war und leicht aus der Balance zu bringen, seitlich nicht ausweichen konnte.
Doch auch auf der Treppe geschah nichts, und Sándor Lehmann huschte wie ein Schatten hinauf, ein dunkler Teil dieser Nacht mit seinem weiten schwarzen Mantel und dem dunklen Hut, den Revolver in den ausgestreckten Händen, bereit, jederzeit abzudrücken, die Waffe herumzureißen und zu feuern, wenn jemand nach ihm schlug oder auf ihn schoss. Nichts geschah, das Palais Pannwitz war leer, und neben dem Salon gab es eine Abseite mit einer kleinen Schiebetür, hinter der die Kellner früher wohl ihre Gerätschaften verstaut hatten, Rechauds, Leuchter, und die ein idealer Aufenthaltsort war, wenn man lange warten musste – und dann schnell agieren, wenn die Situation es erforderte. Also richtete Sándor sich ein, fand eine bequeme Sitzposition, atmete ruhig und schwieg.

Zeit verging. Es war bei Weitem nicht seine erste derartige Wache, und Sándor war in der Lage, in eine Starre zu fallen, in der er zwar das Ringsum noch klar und differenziert wahrnahm, aber die die Zeit praktisch unbemerkt verstreichen ließ, eine Art Meditation des Wartens, in der er Stunden verbringen konnte, notfalls halbe Tage. Er brachte diese Zeit nicht mit Grübeln zu, denn das Sortieren von Tatbeständen, das Ausloten von Optionen und das Hochrechnen von Verdachtsmomenten hätte zu sehr vom Jetzt und Hier abgelenkt, von der Möglichkeit, innerhalb einer Sekunde präsent sein zu müssen, weil der »Prophet« den Raum betreten würde oder sonst irgendeine überraschende Wendung eintrat.

Aber nichts geschah. Stattdessen hörte er gegen Mitternacht ein sonores, vibrierend tiefes Motorengeräusch, das er als Ankunft von Saeckels Mercedes 630 deutete. Offenbar hatte der spiritistische Führer von Rosalind Hossrow noch einige weitere Gäste an Bord der Limousine, denn das Getrappel, das nach ein paar Minuten auf der Treppe einsetzte, stammte ganz klar von weit mehr als nur zwei Personen. War der »Prophet« dabei, oder betrat der Mann seine Bühne durch eine Tapetentür oder den Dienstbotenaufgang, wenn es einen gab?

Kühle Luft wehte vor der eintreffenden, schweigenden Gruppe die Treppe herauf, und Sándor atmete sie nach Stunden in der Muffigkeit der Abseite begierig ein. Doch noch etwas anderes mischte sich in den plötzlichen Wechsel der Atmosphäre, ein Gefühl wie von plötzlicher Übelkeit, von Vorgewitterstimmung. Wieso hatte er eigentlich geglaubt, diese Sache hier allein bewältigen zu können? Mit Kleinkriminellen auf der Straße fertig zu werden, das war die eine Sache. Aber hier in der großen Villa auf einen dubiosen okkulten Kreis zu treffen – unbekannte Leute mit dunklen Beweggründen, die einem Propheten huldigen wollten, der wiederum mutmaßlich selbst vor Mord nicht zurückschreckte –, das war etwas völlig anderes.

Der große Polizist erhob sich aus der kauernden Haltung, stand, soweit die Höhe des kleinen Nebenraums das zuließ, halb auf, um die Beklemmung loszuwerden. Ein Anflug von Schmerz zog seine Wirbelsäule hinauf und setzte sich im Schädel fest, ein pulsierendes Dröhnen zwischen Nacken und Ohren. Sándor fluchte lautlos; hatte ihm das bisschen Hockerei so zugesetzt, oder hatte er etwas Angst? Das hatte ihm gerade noch gefehlt. Er wurde alt; verdammt, er war sechsunddreißig!

Die stille Gruppe hatte den Raum betreten; noch war die Flügeltür zum großen Salon geschlossen, wo der Leichnam gelegen hatte – hatte auch ihn, den Toten, vor seinem gewaltsamen Ende diese plötzliche Panik gepackt, die Sándor jetzt wütend niederkämpfte? –, und Saeckels Stimme war zu hören, die sachlich und ohne Dramatik die Anwesenden in das gespenstische Szenario einführte. Wo blieb der »Prophet«?

Gerade der ruhige, klare Tonfall, in dem Saeckel die Regeln des Zusammentreffens skizzierte, schien auf die Zuhörer großen Eindruck zu machen. Aus ihren erregten Atemzügen hörte Sándor Lehmann heraus, dass ihnen allen die Szenerie nicht ganz geheuer war; Saeckel dagegen war die Ruhe selbst. Vielleicht schützte ihn seine wissenschaftliche Weltsicht vor emotionaler Anteilnahme? Auch er selbst, Sándor Lehmann, glaubte keine Sekunde an die bevorstehende Ankunft des Überirdischen, und trotzdem ging ihm, wie sie im Wedding gesagt hätten, der Arsch auf Grundeis.

Der Weiheraum liege hier nebenan, erläuterte halblaut der kleine Magister der Archäologie den gebannten Zuhörern; natürlich hätten die Germanen, deren kultisches Erbe der Prophet angetreten zu haben für sich beanspruche, über ganz andere Weiheräume verfügt, als diese dunkle Palastruine sie zu bieten hätte, doch der Mann, den sie heute Nacht treffen würden, richte sich nicht nach irdischen Orten; er folge kosmischen Regel. Um halb eins werde am Nordhimmel – auf den das Fenster des Weiheraums gerichtet sei – »Friggs Rocken«, der Gürtel Orions, erscheinen. Erst dann, in diesem mythischen Nordlicht, würden sie dem Mann entgegentreten, mit dem sie heute verabredet seien. Einem Mann, den er selbst ebenfalls noch nicht getroffen habe, der aber unter Kennern des Okkulten eine wachsende und tief beeindruckte Anhängerschar um sich versammle.

Angespannte Stille folgte Saeckels Worten, und Sándor glaubte durch die Holzwand hindurch die Menschen am Atmen abzählen zu können – fünf, sechs, vielleicht mehr. Sein eigener Atem kam gepresst aus der Lunge, sein Herz schlug wild, und auch draußen im Salon schien panische Aufregung zu herrschen – warum eigentlich, wenn es sich hier nur um ein Treffen mit einem weissagenden Mann handelte? Er, er selbst, wartete auf einen Mörder – das war ein triftiger Grund für Anspannung, auch wenn er sich die eigene, durch nichts zu besänftigende Unruhe schlichtweg übel nahm.

Saeckel musste seine Taschenuhr in der Hand gehalten haben, jedenfalls sagte er ohne weitere Vorankündigung urplötzlich: »Meine Damen und Herren, Friggs Rocken«, und öffnete die zweiflügelige Verbindungstür zum Nebenraum. Sándor nutzte das Geräusch und die raschelnde Unruhe der Anwesenden, um unbemerkt sein Versteck zu verlassen und sich im Dunkel des Salons lautlos, mit angehaltenem Atem und noch immer gezogenem Revolver hinter die Gruppe zu stellen.

Ein kollektives Geräusch der Verblüffung und unmittelbar folgender Enttäuschung ertönte, denn der Raum nebenan war leer. Der »Prophet« war nicht erschienen oder hatte sich bei Sándors Eindringen ins Haus aus dem Staub gemacht.

Saeckel sah sich suchend um, aber der vom Mondlicht, dem Sternenhimmel und zwei Gaslaternen auf der gegenüberliegenden Straßenseite hell erleuchtete Raum war tatsächlich komplett leer.

»Ich glaube, da haben Sie umsonst gewartet«, verkündete Sándor mit fester Stimme, und die – wie sich jetzt zeigte – siebenköpfige Gruppe fuhr herum mit erstaunten oder erschrockenen Gesichtern. Während eine sehr alte und sehr dünne Dame direkt vor ihm noch nach Luft schnappte und ein schneidiger Mann in Uniform empört japste, erklärte Sándor seine eigene Anwesenheit im Raum.

»Sándor Lehmann, Mordkommission der Kriminalpolizei. Ihr ›Prophet‹ scheint Sie versetzt zu haben; er hat sicher gute Gründe dafür – die erläutere ich Ihnen später gern. Sie begleiten mich jedenfalls bitte allesamt aufs Präsidium, ich habe ein paar Fragen an Sie.«

Rosalind Hossrow lächelte amüsiert; ihr neuer Leibwächter führte sich gleich prächtig ein, mit dem konnte man was erleben. Saeckel schüttelte unwillig den Kopf; es schien ihm nicht recht zu sein, die Verabredung schon jetzt abzublasen.

»Versetzt oder verspätet, das wissen wir doch nicht. Meinen Sie nicht, wir sollten Herrn Striesow noch eine Gelegenheit geben, zu uns …«

»Herrn Striesow?«, fragte Sándor schroff nach, und Saeckel nickte.

»Gustav Striesow heißt der Prophet – der Mann, den wir hier treffen wollen.«

Lehmann schüttelte genervt den Kopf mit den krausen blonden Haaren und der etwas deformierten Nase. Striesow, das war der Name der verschnürten Leiche. Gott, war er blöd. Er schlug die Hände zu einem einzigen, einen Schlusspunkt setzenden Klatschen zusammen.

»Der kommt ganz sicher nicht mehr, glauben Sie's mir. Los, alle zusammen: Eben hält unten ein Polizeiauto für Sie, und Ihren eigenen Wagen«, er nickte Saeckel und Rosalind zu, »nehmen wir auch gleich mit.«

Jetzt endlich, auf der Fahrt in Saeckels Automobil, in dem er sicherheitshalber mitgefahren war, während die anderen Teilnehmer des nächtlichen Treffens von Hansen und Schmitzke in den schon vorher als Verstärkung georderten Polizeiwagen verfrachtet wurden, jetzt endlich konnte er auch mit seiner Schutzbefohlenen ein paar Worte wechseln, Rosalind Hossrow, die schon oben im Salon ihre Beklommenheit abgeschüttelt, die ganze Sache mit einem etwas spöttischen Gesicht angesehen hatte und jetzt lachend nickte.
»Genau so stellen wir Amerikaner uns euch gründliche Deutsche vor. Wenn ihr auf eine Dame aufpassen sollt, verhaftet ihr einfach alle, die mit ihr im Raum sind. Sicher ist sicher!«
Sándor nickte gutmütig dazu, und weil die Limousine, die Saeckel selbst fuhr, über den Komfort eines elektrischen Innenlichts verfügte, zog er ein Exemplar der polizeitechnischen Fotografie aus der Manteltasche, die die Kollegen vom armen »Propheten« Gustav Striesow gemacht hatten. Rosalind nahm das Papier skeptisch lächelnd entgegen, doch als sie einen Blick auf die verschnürte Leiche warf, wurde ihr braun gebranntes Gesicht blass, und sie kniff die Augen zusammen.
»Da haben Sie Ihren Gustav Striesow«, erklärte Sándor Lehmann ihr, und sein Tonfall stand mit seiner Sachlichkeit in scharfem Kontrast zur Grausamkeit des Fotos, »ich wollte Ihrer kleinen Gespensterpartytruppe nicht den Spaß verderben, aber ich bin sozusagen in doppeltem Auftrag unterwegs heute Nacht. Irgendjemand hat Ihren Weissager erdrosselt und wie eine Kohlroulade gewickelt. Und weil er es offenbar nicht vorhergesehen und den Namen seines Mörders schon mal der Nachwelt hinterlassen hat, muss ich nun nachträglich herausfinden, wer es war.«
Saeckel sprach über die Schulter, ohne den nächtlichen Kurfürstendamm mit seinem Geflimmer an Lichtern, anderen Fahrzeugen, Droschken und Omnibussen aus den Augen zu lassen:
»Was sagen Sie da? Ist der Mann tot?«

Sándor knurrte grimmig, verzichtete aber darauf, dem Magister noch weitere Details unter die Nase zu reiben; schließlich gehörte Saeckel schon aufgrund seines Wissens um die Identität des »Propheten« zu den ersten Verdächtigen. Rosalind Hossrow starrte weiter auf den Fotoabzug und stimmte zu: »Ja, der Mann ist tot. Und irgendjemand muss schrecklich wütend auf ihn gewesen sein.«

Die insgesamt siebenköpfige Personengruppe, die Sándor Lehmann im Palais Pannwitz mitgenommen hatte – »festgenommen« wäre juristisch nicht ganz der richtige Ausdruck gewesen, obwohl mindestens Hausfriedensbruch der geheimen nächtlichen Versammlung vorzuwerfen wäre, wenn er es darauf anlegte –, die Gruppe also war von Sándors plötzlichem Erscheinen und dem unvorhergesehenen Polizeieinsatz so überrascht gewesen, dass kein nennenswerter Protest laut geworden war.

Jetzt allerdings, nach der langen Fahrt quer durch die Stadt zum Alexanderplatz, regte sich erster Unmut. Die sieben Mitgenommenen, denen jetzt im sachlichen Gasröhrenlicht des Präsidiums nichts Dämonisches mehr anhaftete, waren in einen flaschengrün gestrichenen Vorraum geführt worden, hatten als geschlossene Reihe auf ineinandergehakten Holzstühlen Platz nehmen müssen und wurden nun einer nach dem anderen einen linoleumbelegten Gang hinunter zu einem Büro geführt. Hansen übernahm das, ein Polizeibeamter mit verschlossenem Gesichtsausdruck, aus dessen Gewissenhaftigkeit man keine Bedrohung ablesen, aber angesichts deren man auch keine Flucht ernsthaft ins Auge fassen konnte. Schmitzke, der junge Heißsporn, blieb unterdessen zur Bewachung der Übrigen im Warteraum, und weil ihn diese stupide Beschäftigung langweilte, machte er einen entnervten Eindruck, bestrafte jedes Räuspern mit einem strengen Blick und sprang beim kleinsten Stühlerücken auf die Beine, als müsste er gleich jemandem an die Gurgel gehen. Das war völlig unnötig –

und übrigens auch keineswegs als Einschüchterungsmaßnahme geplant –, aber Sándor Lehmann hatte bei unfreiwilligen Nachteinsätzen wie diesen größte Schwierigkeiten, überhaupt Personal zu bekommen, wenn er nicht gleich einen Großalarm auslösen und Richter und Vorgesetzte mit ins Boot holen wollte. Also griff er auf sein bewährtes Trio zurück und kümmerte sich nicht groß darum, ob den unfreiwilligen Gästen in ausreichendem Maße Höflichkeit entgegengebracht wurde.

Deshalb nahm er es gelassen, dass gleich der erste Hereingeführte seinem Ärger über die Fahrt und die Warterei lautstark Luft machte. Bertold Lackmeister war Soldat und gewohnt, Kommandos zu empfangen und zu geben; Sándor Lehmann brauchte nicht lange, um den Mann als Nationalsozialisten einzustufen, einen der simplen, plakativen Sorte, die anderer Leuts Parolen nachkrakeelten und ansonsten alles als Zumutung empfanden, was ihrem eigenen Anspruchsdenken im Weg stand. Solche wie Lackmeister gab es eine Menge draußen auf den Straßen; überhaupt schien der ganze Popanz des Nationalsozialismus, der auch hier im Polizeipräsidium die ersten leidenschaftlichen Fürsprecher hatte, nur so erfolgreich zu sein, weil ganze Kohorten rotwangiger, blonder Schreihälse wie Bertold Lackmeister sich begeistert vor den politischen Karren spannen ließen. Im Grunde hatte Lackmeister vermutlich gar keine politische Meinung; er wollte mit Schmackes einen Auftritt hinlegen, als schneidiger Kerl durchgehen, Respekt bekommen – Dinge, die draußen im Leben immer spärlicher verteilt wurden. Wenn Burschen wie Lackmeister erst mal begreifen würden, dass ihre nationalsozialistischen Führer sie nur als kraftstrotzende Staffage benutzten, um ihren ziemlich waghalsigen Absichten ein forscheres Aussehen zu verleihen, dann würde sich der Nationalsozialismus schnell selbst erledigen, da war sich Sándor Lehmann ziemlich sicher. Politischer Alltag fand noch immer in Amtsstuben und langatmigen Parlamentsdebatten statt und nicht auf der Straße; das war mit Leuten wie Lackmeister ganz sicher nicht zu machen, und wenn die Nazis erst mal die Bürden der Politik auf sich nehmen mussten, würden gerade ihre flammendsten Anhänger sich enttäuscht von ihnen abwenden.

Einsweilen allerdings konnte von Abwenden keine Rede sein. Lackmeister gab ganz den glühenden Anhänger der »Bewegung«. Als Sándor ihn fragte, was er nach Mitternacht in einem fremden Privateigentum verloren hatte, platzte dem Mann der Kragen.

»Privateigentum? Was muss denn mich das kümmern? Ich habe die ganze Veranstaltung nicht organisiert, und ich habe mir auch keinen Mietvertrag für die Räume zeigen lassen. Bleiben Sie mir gestohlen mit Ihrer Kleinlichkeit! Lassen Sie sich, wenn Sie in die Kirche gehen, vom Popen erst mal den Grundbuchauszug zeigen, damit Sie beim Niederknien nicht fremdes Eigentum berühren?«

»Ich gehe nicht in die Kirche.«

Sándor blieb gelassen. Lackmeister verdrehte die Augen.

»Das ist mir wurscht, verstehen Sie? Solange Sie *mich* tun lassen, was ich will.«

Sándor legte routiniert sein Foto des Mordopfers auf den Tisch.

»War es das, was Sie tun wollten? Einen armen Schlucker von Spiritistendarsteller zu Tode foltern? Vielleicht, weil er zu wenig okkultes Wissen zu bieten hatte und mehr auf Ihre Ersparnisse aus war?«

Lackmeister nahm das Bild stirnrunzelnd in die Hand, studierte mit kalter Gelassenheit die verschnürte Leiche und flippte das Blatt zurück auf den Tisch.

»Ist er das, der Prophet, den wir treffen sollten? Nie gesehen, den Mann. Hören Sie mal, Kommissar, die ganze Sache ist doch denkbar einfach. Saeckel macht den Reiseführer, arrangiert die Treffen, und wir Übrigen folgen lammfromm und hoffen auf geistige Erneuerung, den großen Wunderheiler, auf spirituelle Führung. Was weiß ich, fragen Sie die anderen, was sie sich versprechen.«

Er nahm das Foto erneut in die Hand und sah ausdruckslos darauf.
»Ich kann Ihnen auch nicht sagen, wie Saeckel die Medien für seine Veranstaltungen findet und in welchen Kreisen diese Menschen so verkehren; ob sie wirklich die angeblichen Erleuchteten sind … oder schlichtweg Betrüger. Ganz astrein scheint der Kerl hier jedenfalls nicht gewesen zu sein, sonst hätte er seinen jetzigen Zustand ja vorhergesehen. Ärgerlicher Zwischenfall; ärgerlich für uns alle. Ich werde mal ein ernstes Wörtchen mit Saeckel reden. Der Bursche soll mir Kontakte zum germanischen Urglauben herstellen – übrigens nicht in meinem eigenen Interesse, keineswegs! – und mich nicht in einen albernen Mordfall verwickeln.«
Sándor Lehmann horchte auf. »Sagten Sie ›albern‹?«
Er stützte beide Hände an die Tischkante, als wollte er den Tisch mit einem Ruck gegen sein selbstgefälliges Gegenüber stoßen, beugte sich dann aber nur weit vor, stierte Lackmeister an in Augenhöhe, zwei große, starke Männer, die aus ihrer Abneigung kein Hehl machten. Er wiederholte:
»Albern?«
Und Lackmeister starrte zurück, nickte nicht und verzichtete auch darauf, das Wort erneut hervorzubringen. Stattdessen stand er auf, und Sándor Lehmann nickte Hansen zu, der den Soldaten hinausführte in den Warteraum und den nächsten hereinbrachte.

Die nächsten beiden Eintretenden hatten mit Lackmeisters herausforderndem Selbstbewusstsein nichts gemeinsam; dem Ehepaar Willenthiel schienen die Erlebnisse dieses Abends eher Kummer zu bereiten und peinlich zu sein. Sándor brauchte zunächst gar keine Fragen zu stellen; er lehnte sich in seinem Drehstuhl zurück und sah diesem gebeugten, traurigen Pärchen zu, das sich gegenseitig mit Aufmerksamkeiten bedachte und eine Höflichkeit an den Tag legte, wie sie nur lange Übung möglich machte. Herr Willenthiel schien in dieser blassen, spindeldürren Person noch immer die Frau zu sehen, die er vor vielen Jahrzehnten auf den Händen getragen hatte; er umsorgte sie wie eine matte, flügellahme Parodie eines verliebten Täuberichs, ständig um das Wohlergehen seines Täubchens besorgt. Frau Willenthiel nahm diese Hingabe mit einem demütigen Lächeln entgegen, einem schwachen Nicken, das nie Linderung oder Hoffnung signalisierte, aber doch die Leistungen ihres Beschützers honorierte.

Frau Willenthiel war krank, sterbenskrank, das brauchten die zwei Sándor nicht erst zu erklären. Lehmann hatte im Leben schon eine ganze Reihe vorgeblich Todgeweihter gesehen – die Leute entwickelten die erstaunlichsten darstellerischen Fähigkeiten, wenn sie zum Beispiel einer längeren Haftstrafe entgegensahen. Aber das hier war echt. Was die beiden im Palais Pannwitz gesucht hatten, lag auf der Hand; Herr Willenthiel beugte sich trotzdem zu Sándor vor, als verriete er ein schreckliches, vor seiner armen Frau um Himmels willen zu verbergendes Geheimnis.

»Heilung, Herr Hauptkommissar, Heilung. Oder, wenn Sie so wollen: ein Wunder. Nicht für mich selbst, oh nein, das wäre anmaßend, aber für meine liebe Gattin, für Auguste. Soll denn unser Leben, unser Glück, so ein grausames Ende nehmen?« Er schüttelte den Kopf. »Das darf nicht sein. Es muss Heilung geben, Heilung durch eine höhere Kraft, die wir mit Doktor Saeckels Hilfe nur finden müssen.«

Sándor Lehmann ließ den Blick zwischen den beiden Alten hin- und herschweifen und hinterfragte den Doktortitel nicht, der Erick Saeckel eben unverdient zugefallen war.

»Einfach schrecklich, was da passiert ist«, kommentierte Ludwig Willenthiel einen Augenblick später erschüttert das Polizeifoto, »der arme Mann konnte offenbar nicht mal sich selbst helfen. Wie hätte er uns da helfen können?« Willenthiel seufzte und schüttelte erneut den grauhaarigen Kopf. »Aber uns läuft die Zeit davon, wir müssen weitersuchen, immer weiter. Doktor Saeckel muss

den Richtigen für uns finden; ich bin sicher, das wird er. Den Richtigen. Ganz egal, was es kostet!«
Und Ludwig Willenthiel blinzelte mit Tränen in den Augen lächelnd zu seiner Auguste hinüber, die auf dem Stuhl saß wie eine Wachspuppe und die ganze Zeit noch keinen Ton gesagt hatte. Sándor Lehmann blies die Luft durch die Backen und nickte Hansen zu. Keine Zeit verlieren, das war das richtige Stichwort. Sonst würde ihnen die alte Dame noch hier im Vernehmungsraum wegsterben.

Karl Hartwig, der nächste Hereingeholte, hatte einen ganz anderen Blick auf das gemeinsame Unternehmen als die bisherigen Gesprächspartner Sándor Lehmanns. Ob er selbst an etwas wie spirituelle Erkenntnisse oder ein seherisches Wunder glaubte, war nicht ganz herauszubringen. Und darum ging es auch gar nicht. Hartwig wollte Geld verdienen, Geld mit dem, womit er schon immer sein Geld verdient hatte, mit Wasser.
»Die Zeiten sind trüb, nur Wasser ist klar« schien sein Lebensmotto zu sein, und wenn Hartwig von Wasser sprach, bekam man ganz unweigerlich einen gewaltigen Durst danach, so begeisternd dozierte der runde, igelköpfige Mann über das erfrischende Nass. Na gut, das Geschäft mit Wasser war ein schwieriges Geschäft, weil das zu verkaufende Gut einfach überall vorkam, sogar gratis vom Himmel fiel. Deshalb musste man erfindungsreich sein, sich eine gute Geschichte ausdenken. Die Leute wollten kein einfaches Wasser kaufen, sie wollten eine gute Geschichte kaufen, eine, die ihnen das Gefühl gab, etwas ganz besonderes heimzutragen. Die »Hartwig-Quelle« war etwas derart Besonderes gewesen, umso mehr, als das Ausgangsmaterial eben einfaches Wasser gewesen war. Es war auch keineswegs quellenartig aus dem Boden gesprudelt – die Leute hatten romantische Vorstellungen von Quellen, die von der Wirklichkeit oft nicht eingehalten wurden. Es gab schließlich auch unterirdische Quellen, aus denen das

Wasser erst heraufgepumpt werden musste. Grundwasser? Das sagten nur notorische Querulanten dazu. Hartwigs unterirdische Quelle jedenfalls sprudelte zu seiner größten Freude täglich fünfzigtausend Mal in eigens für ihn hergestellte Flaschen, und die Reklamebusse fuhren durch die ganze Stadt, die Stelzengänger, die Plakatläufer. »Auf alle Fälle: Hartwig-Quelle« hieß die Parole; das Berliner Grundwasser aus Köpenick verkaufte sich blendend, und die Dankschreiben begeisterter Ärzte, die ihren Patienten die bekömmliche, wohltuende Wasserkur nach Hartwig mit Erfolg verschrieben hatten, häuften sich. Bis irgendein Schlaumeier tatsächlich mal die marktschreierisch verkündeten mineralischen Bestandteile des Heilwassers mit denen des ganz normalen Berliner Leitungswasser verglichen – und keinen Unterschied entdeckt hatte. 1927 kam es zum Eklat, und die Hartwig-Quelle verschwand nach ihrem kometenhaften Aufstieg sang- und klanglos von der Bildfläche.

»Ehrbare Ärzte haben mich mit Dankesschreiben überhäuft«, beklagte sich Hartwig bei Sándor Lehmann, der den Ausführungen des Wassermannes bisher stumm zugehört hatte, jetzt aber vorschlug:

»Vielleicht lag die Heilung gar nicht im Wasser, sondern darin, dass die Patienten ihre sonstige Medizin mal eine Weile nicht genommen haben?«

Davon wollte Karl Hartwig nichts wissen. Er suchte nach dem nächsten ganz großen Coup, und auch diesmal sollte es – Wasser sein. Wasser allerdings, das nicht per Quellen-Tamtam zum wirksamen Wunderwasser gemacht wurde, sondern durch einen Wunderheiler, einen weisen Mann mit Draht ins Allererhabenste, der mit seinem Segen aus normalem Leitungswasser spirituelles Heilwasser machen konnte. Die Werbekampagne war schon fix und fertig, Namen und Etikett entwickelt und markenrechtlich geschützt; er hatte sich eine sensationelle Verpackung für das neue Produkt ausgedacht. Jetzt musste nur noch der, buchstäblich, wasserfeste Wunderheiler her, den Saeckel, da war sich Hartwig sicher, bestimmt in Kürze liefern werde, wenn er den versprochenen Anteil am sensationellen Umsatz nicht verlieren wollte. Wasser nicht nur mit medizinischer, nein: mit Wunderwirkung – das werde ein ganz großartiges Geschäft für alle sein, für Saeckel, für den okkulten Wundermacher und für ihn selbst, für Hartwig. Nur musste das Wunder allmählich mal stattfinden; heute Abend schienen sie den angekündigten Magier ja offenbar verpasst zu haben.

Sándor Lehmann nickte und zückte sein Polizeifoto der zusammengekrümmten Leiche.

»Hier, da hat sich noch einer eine sensationelle Verpackung ausgedacht. Der Bursche hier hat den Werbegag allerdings nicht überlebt.«

Hartwig studierte das Foto neugierig wie jemand, der eine Reklamekampagne der Konkurrenz begutachtete. Er pfiff durch die Zähne.

»Donnerwetter, da hatte aber einer eine Rechnung offen.«

Sándor zog eine Augenbraue hoch.

»Sie selbst vielleicht? Was soll Ihnen Saeckel liefern, und was passiert, wenn nicht geliefert wird, wenn die versprochenen Wunder nicht echt sind? Sind Sie nachtragend, wenn Sie enttäuscht werden?«

Hartwig zuckte gleichgültig die Achseln.

»Wer weiß denn, ob der Kandidat hier hätte liefern können oder nicht? Ich sehe den Burschen eben das erste Mal. Vielleicht hat ihn ja auch einer umgebracht, gerade weil seine Wunder echt waren …«

Sándor warf einen skeptischen Blick auf die Fotografie. Dass Gustav Striesow offenbar vom Hausierer und Taschendieb aufgestiegen war zum okkulten Magus, war tatsächlich fast ein Wunder. Aber dass der Mann über den falschen Schein hinaus viel bewirkt haben könnte, daran zweifelte er erheblich.

Der Jazzkomponist Harold Cohn, den Hansen Minuten später in den Raum schob, machte einen weit weniger zielstrebigen Eindruck als der agile Wasserunternehmer. Sándor Lehmann meinte, den Mann schon mal als fahrige Randfigur bei einem Jazzkonzert gesehen zu haben, aber Gestalten wie Cohn gab es viele; getriebene Künstlertypen in der Existenzkrise, ohne Engagement, ohne Ideen, ohne Geld. Wahrscheinlich hatte Cohn früher mal von einem kometenhaften Aufstieg in der Jazzmusikszene dieser Stadt geträumt – und definitiv hatte er den Blues. Doch irgendetwas hatte ihn aus der Bahn geworfen. Sándor musterte das hagere Gesicht und die glänzenden Augen seines Gegenübers; er konnte sich ziemlich genau vorstellen, was es gewesen sein könnte und was den Mann noch heute und in der Zukunft nachts durch die Stadt streunen ließ. Kokain war inzwischen schwerer zu bekommen als noch vor vier, fünf Jahren. Damals hatten vor allem kriminelle Ärzte und Apotheker den Markt unter sich aufgeteilt; sie besorgten das weiße Pulver in großen Mengen von Merck, Bayer oder Hoechst, für die die Droge vor allem ein überaus lukrativer Exportschlager war, und gaben es gegen ein stattliches Handgeld an angebliche Kranke ab. Sándor Lehmann selbst hatte vor ein paar Jahren einen Zahnarzt eingebuchtet, der einem Patienten mit furchtbaren Zahnschmerzen glatte dreihundert Gramm des Gifts verschrieben hatte; den Jahresverbrauch einer ganzen Apotheke. Diese allzu leichte Beschaffung war eingedämmt worden; trotzdem sickerte das Zeug noch immer durch gut geschmierte Kanäle, und auf der Straße ließ sich mühelos ein Dealer auftreiben, der auf Kokainistenfang die Bars und Kaffeehäuser abklapperte, seine Kandidaten gleich erkannte und in einem Hausflur oder einem Kellerverschlag mit dem begehrten Stoff versorgte. Zweifellos gehörte Harold Cohn zu dieser Kundschaft; und ebenso zweifellos konnte er sich seine Monat für Monat kostspieliger werdende Sucht schon lange nicht mehr leisten.

Sándor Lehmann sah an dem spindeldürren Kerl hinunter, der ihm gegenüber auf dem Vernehmungsstuhl saß: Die geckenhaft modischen Fetzen, die der Kerl da anhatte, hatten eine Wäscherei dringend nötig – und eine Nähmaschine. Harold Cohn selbst allerdings war mit dem Kopf in ganz anderen Gefilden, und dass er seine Zeit hier auf dem Polizeipräsidium vergeuden sollte, ärgerte ihn maßlos.
»Mir, Ihnen, uns allen läuft die Zeit davon«, beschwor der verkrachte Komponist Sándor Lehmann mit einem glühenden Blick, als verriete er das bestgehütete Geheimnis. »Es geht um die Kultur, um Deutschland, die ganze Welt.«
Sándor blickte von seiner Akte auf.
»Haben Sie's nicht ein bisschen kleiner, Mann?«
Doch Cohn schien die Frage gar nicht zu hören; er hatte das Gesicht seitlich Richtung Fenster gedreht und lauschte angestrengt, als bekäme er mit, was unten in der Dircksenstraße unter den Passanten gesprochen wurde.
»Psssst, hören Sie doch hin! Die Leute stammeln nur noch, die ganze Welt wird einsilbig, uns ist die göttliche Melodie abhandengekommen.«
Sándor Lehmann räusperte sich. »Und die wollten Sie im Palais Pannwitz wiederfinden, die göttliche Melodie?«
Diese Frage war zu Harold Cohn durchgedrungen; er nickte.
»Die göttliche Melodie! Ich habe sie gehabt, gehalten, früher in meinem Leben. Eine einfache, einleuchtende Melodie, die die Leute glücklich machen konnte. Doch sie ist mir verloren gegangen durch das Rauschen dieser Stadt da draußen. Verstehen Sie, was ich meine?«
Sándor schwieg. Er selbst sah die Sache mit der Stadt dort draußen ganz anders als der arme musikalische Teufel hier vor ihm. Für ihn war die Stadt ja gerade der dröhnende Hintergrund, vor dem seine Klarinette das Fliegen lernte. Dampfschiffe auf der Spree, das Kreischen der Vorortzüge nebenan im Bahnhof, das

Gellen der Schupopfeifen unten auf der großen Kreuzung Alexander-, Ecke Neue Königstraße: Das war der Rhythmus, nach dem seine eigene Musik sich zu richten hatte, ein rasender Puls, ein wilder Herzschlag, den er liebte und brauchte und den nur »Rauschen« nennen konnte, wer Bratpfannen statt Ohren am Kopf kleben hatte.

Harold Cohn hatte die Augen halb geschlossen, er dirigierte mit einem ausgestreckten Zeigefinger kleine Wellen in die Luft wie ein Kind, das Konzertmeister spielte.

»Das Übersinnliche kann mir diese göttliche Melodie zurückgeben, ich weiß es genau. Die ersten Takte sind schon wieder da, zauberhafte Töne, aus dem Jenseits herübergeflossen …«

Cohn schloss die Augen ganz und summte:

»Ta daaa … didelidum … dideli da ta … dum dum dum.«

Sándor Lehmann starrte den Jazzkomponisten an, als sähe er in der Tat die von Harold Cohn beschworenen Geister. Dann stand er auf, umkreiste den Vernehmungstisch, schloss die Bürotür sorgfältig – ohnehin waren um diese späte Tageszeit die Nachbarbüros nicht besetzt – und holte sein schwarzes, langes Futteral aus der eingenähten Stockdegentasche im Mantel, dem er behutsam und mit geübten Fingern seine Klarinette entnahm.

Harold Cohn drehte ihm den Rücken zu, doch er rührte sich nicht, sondern lauschte weiter, als hinter ihm die Melodie erklang:

»Blue skies
Smiling at me
Nothing but blue skies
Do I see.«

Sándor setzte das Instrument kurz ab, sagte verächtlich »Geistermusik! Ha!« und wiederholte den Refrain:

»Bluebirds
Singing a song
Nothing but bluebirds
All day long.«

Jetzt hatte offenbar auch Harold Cohn den Riesenerfolg erkannt, mit dem Irving Berlin 1926 die »Ziegfeld Follies« im Sturm erobert hatte, und er rief mit hasserfüllter, keifender Stimme: »Hören Sie auf damit, lassen Sie das!«, während Sándors Klarinette leise, aber meckernd mit der Strophe fortfuhr:

»Never saw the sun shining so bright
Never saw things going so right
Noticing the days hurrying by
When you're in love, my how they fly ...«

Sándor legte die Klarinette beiseite, setzte sich wieder, warf das Foto der verschnürten Leiche erneut auf den Vernehmungstisch und verschränkte die Arme vor der Brust.

»Ja, da kann man wütend werden, wenn die göttliche Melodie, die man eben komponiert zu haben glaubt, sich als Jazzstandard von 1926 entpuppt, habe ich recht? Zum Platzen! Waren Sie eigentlich genauso aufgebracht, als Sie gemerkt haben, dass der Prophet aus dem Palais Pannwitz nicht mal auf den Fingern pfeifen konnte, geschweige denn einen Bestseller inspirieren? So voller tödlicher Wut?«

Cohn schüttelte aufbrausend den Kopf. Papperlapapp! Ob der Mann ein Scharlatan gewesen war oder ein echtes Medium, darum ging es ihm doch gar nicht. Die Tore zur Inspiration standen überall weit offen, wo sich Suchende zur Kontemplation versammelten. Das Suchen an sich, das Sicheinlassen auf die Möglichkeit der Begegnung mit dem Besonderen, dem Überirdischen: Das, und nur das, war die Quelle jeder Eingebung. Sich öffnen für den Geistesblitz, den Musenkuss.

»Und diesen Musenkuss hat Ihnen also ... Irving Berlin persönlich gegeben?«, ätzte Sándor Lehmann, ein Seitenhieb auf *Blue Skies* von eben. Cohn schnaubte.

»Gut, der Prophet war ganz offensichtlich eine Pleite; jedenfalls sieht er wie eine aus ... Pleiten habe ich schon viele erlebt, glauben Sie mir das. Na und? Wenn's dieser nicht ist, ist es der Nächs-

te. Saeckel ist zwar selber eine Banause – der Mann kann Moll nicht von Dur unterscheiden –, aber über kurz oder lang wird er mich an den richtigen Ort führen, zu einem verwandten Geist, der in Kontakt steht mit dem Allermächtigsten. Und dann, dann ist es so weit.«
Sándor sah den fanatischen Komponisten skeptisch an. Ob Harold Cohn wirklich untätig auf den spirituellen Geistesblitz warten konnte, war doch sehr fraglich. Sein drogenbedingter Zusammenbruch war nicht mehr weit. Dem nervös zitternden Mann gingen allmählich die Reserven aus. Wer wusste denn, was der erfolglose Komponist alles tun würde, wenn bei seiner verzweifelten Suche nach Inspiration Hindernisse und Fehlschläge auftraten …

Als seine Kollegen die sieben Jünger des Okkultismus nach schriftlicher Aufnahme der Personalien auf die nächtliche Straße hinausexpediert hatten – Sándor Lehmann hatte darauf verzichtet, Rosalind Hossrow persönlich eine gute Nacht zu wünschen –, saß er noch lange in dem leeren, nur von einer kleinen Vernehmungslampe beleuchteten Büro und dachte nach. Die Tür zum dunkelgrünen Flur stand weit offen; draußen vor den verstaubten Doppelfenstern klapperten ein paar späte Züge vorbei. Das Polizeipräsidium am Alexanderplatz war ein Ort, den er bei Nacht selten sah. Nachts war er in den Bars, in den Tanzpalästen und Etablissements unterwegs, traf in Charlottenburg einen Informanten, spielte in Moabit in einem Lagerschuppen am Westhafen mit ein paar Russen ein Ekartee-Jouette um einiges Geld, stand – jedenfalls vor seinem nur halb freiwilligen Abschied vor einiger Zeit – in der Friedrichstadt auf irgendeiner Bühne bei einer Jamsession, einem improvisierten Auftritt, der für ein paar wilde Klarinettenhüpfer Platz hatte. Das hätte für Fremde abenteuerlich geklungen; für ihn selbst, Sándor Lehmann, sechsunddreißig, einen Einzelgänger aus dem Wedding, den harten Hund aus der Mordkommission, war es das ganz normale Leben. Das Planschbecken, in dem er jeden Abend herumschwamm, länger, als er zurückdenken konnte. Dessen Regeln er beherrschte wie kaum jemand sonst. Zu wissen, wer die Bösen waren und die Guten: Das war einfach. Zu wissen, wer die Starken waren: Das war lebenswichtig. Die Bösen hatte er alle kennengelernt, manche einkassiert, manche in die Fresse gehauen, um andere einen instinktiven Bogen gemacht. Viele schlicht laufen gelassen. Die wirklich Starken dagegen – die, die auch bei Sturmflut oben schwammen im Planschbecken – machte man erst nach langen Jahren auf dem Radar aus. Sie durfte man nicht zum Feind haben; sie als Freunde zu gewinnen war kaum möglich, nicht für einen Bullen, erst recht nicht für einen Jazzmusiker. Die starken Raubtiere in dieser Berliner Nacht zu kennen und nicht in ihr Revier zu stolpern: Das entschied darüber, wie es einem erging in dieser hysterischen, gefährlichen Stadt.

Doch seit ein, zwei Jahren hatte sich das alles unaufhaltsam verändert. Die Stadt, nein: ganz Deutschland war verrückt geworden. Politik hatte in Sándors Kosmos nie eine Rolle gespielt, aber urplötzlich hatten sie mit prügelnden SA-Männern mehr zu tun als mit Zuhältern und betrunkenen Kneipenschlägern. Und während ein ganz normaler Faustkampf unter Männern in der Regel damit endete, dass einer Keile austeilte und der andere schließlich aufgab, fanden sich heutzutage immer mehr Freiwillige, die sich für ein politisches Ideal wie Sozialismus oder Kommunismus buchstäblich totschlagen ließen, ohne auch nur einen Zentimeter zurückzuweichen.

Natürlich war Berlin eine gewalttätige, eine verzweifelte Stadt gewesen, immer schon. Aber neuerdings brandete das alles mit einer erbitterten Endgültigkeit aufeinander, als würde es kein Morgen geben, als ginge es in jeder verdammten Minute ums Ganze.

Der Okkultismus passte in dieses neue Bild. Sicher, esoterische Wunderheiler und Hellseher hatte es früher auch schon gegeben,

aber sie hatten Warzenpflaster verkauft oder Potenzmittel, sie hatten Talismane verhökert und Liebeszauber gemacht. Heute prophezeiten sie den Weltuntergang, das Aufziehen eines Weltenbrandes. Heute versprachen sie das ewige Leben und unbegrenzte Macht, und das Publikum, das diese Versprechungen anzogen, hatte er heute Nacht gründlich studieren können. Verzweifelte Sterbenskranke, machtbesessene Geschäftsleute und Politiker, schlichtweg Verrückte: Der Okkultismus hatte seine Verspieltheit verloren, seine Unschuld; er drehte sich plötzlich um die großen Fragen des Lebens, er mischte bei Dingen mit, bei denen er nichts verloren hatte.
Sándor war kalt; um diese Zeit brühte kein Fräulein Wunder Kaffee für ihn, und den belebenden grünen Escorial, den er meist trank, gab es ein paar Ecken weiter am Rosenthaler Platz, aber nicht hier in der Schreibtischschublade.
Der Okkultismus kostete Menschenleben, das war neu, das war ein Tabubruch. Propheten und Spiritisten drängten in Sándors Tätigkeitsfeld, wurden zu Opfern oder Tätern in der Mordkommission – was hatten sie hier verloren? Er drückte die Schulterblätter im Rücken zusammen; das Hemd dehnte sich über der Brust; sein Nacken schmerzte. Mord blieb Mord, auch der verschnürte Tote war nur ein verirrter Kleinkrimineller gewesen – aber wer hatte ihn umgebracht? Und warum?
Harold Cohn in seiner schizoiden Wahnwelt brachte genug Hass mit; Hartwig stand das eigene, unverkäufliche Wasser buchstäblich bis zum Hals, und Lackmeister war nicht zimperlich, wenn er sich hereingelegt fühlte. Ludwig und Auguste Willenthiel waren vielleicht rein körperlich zu keiner Gewalttat fähig – aber sie hatten die Geldmittel, sie zu bezahlen, wenn sie bei ihrem verzweifelten Wettrennen mit dem Tod jemand in eine Sackgasse führte. Selbst der Magister Saeckel war eine undurchsichtige Gestalt, und je länger Sándor über den Burschen nachdachte, umso undurchsichtiger wurde er. Wenn einer sich selbst für einen lei-

denschaftlichen Wissenschaftler auf okkulten Spuren hielt und gleichzeitig für ein – wenn auch opulentes – Handgeld Touristen zu vermeintlichen Wunderheilern und Medien führen musste, dann konnte das zu Verbitterung führen, zu Hass. Was waren Saeckels wirkliche Absichten in diesem Spiel? Wollte er Rosalind beeindrucken, die er unübersehbar immer wieder mit begehrlichen Blicken bedachte? Ging es ihm wirklich nur um das Geld, oder trieb ihn noch eine ganz eigene, dunkle Mission, für deren Ausführung er zu jedem Mittel zu greifen bereit war? Und Rosalind, sogar Rosalind! –Schuf sie sich vielleicht selbst die Sensationen, über die sie nach Übersee berichtete?
Sándor strich die Haare über der Stirn zurück. So kam er im Moment nicht weiter. Er musste dranbleiben an dieser obskuren Gruppe der Suchenden; seine unfreiwillige Verbindung mit Rosalind Hossrow würde das leicht machen. Und immerhin gab es da noch ein anderes Detail, das dringender Aufklärung bedurfte. Sándor Lehmann hatte auf seinen nächtlichen Streifzügen durch diese Stadt Wut empfunden und Einsamkeit, sexuellen Hunger und Habgier, kalte Verachtung und – selten genug – Mitleid. Aber heute Abend hatte er Angst erlebt. Angst, mittlerweile gestattete er sich das Wort, lähmende, irrationale Angst. Und dieses Gefühl war neu und beunruhigend, und er musste es bekämpfen, wie er noch keinen Gegner bekämpft hatte, sonst wäre sein Leben in dieser erschreckenden, Angst machenden Stadt keinen Klecks Hundedreck mehr wert.

HOCHMUT

Am Vormittag hatte Rosalind Hossrow ein Telegramm ins Präsidium geschickt; auch wenn die Journalistin Sándors Aufpasserrolle offenbar überflüssig und lästig fand, gab es doch am Nachmittag eine Gelegenheit, ihn mitzunehmen – zu einem Gartenfest beim alten französischen Botschafter Pierre de Margerie. Gennats halb scherzhafte Anmerkung bewahrheitete sich; jetzt war es gut, dass er eine leidlich solide Bühnengarderobe im Schrank hatte, in der sich auch etwas für einen halbformellen Nachmittag finden lassen würde. Sándor hatte die französische Botschaft am Pariser Platz Nummer 5 – hundert Meter vom Brandenburger Tor entfernt – noch nie von innen gesehen; eben erst war das ehrwürdige Palais umgebaut worden, und Glastüren hinter den schmiedeeisernen Toren ließen mehr Licht hinein, öffneten das Haus zumindest optisch für die Vorbeiflanierenden. Das architektonische Symbol stand für die neue Politik Frankreichs Deutschland gegenüber, ein Freundschaftsangebot, das von Pierre de Margerie durch Empfänge und kulturelle Veranstaltungen ständig erneuert wurde, auch wenn man munkelte, der Posten des alten Mannes der französischen Diplomatie stünde in Kürze ebenso für die Renovierung an wie das Gebäude zuvor.

Rosalind Hossrow wartete am Seiteneingang des Gebäudes; sie als Amerikanerin hatte mit den diplomatischen Usancen wenig am Hut und kam, wie sie war: das Mädchen vom Lande, eine Botschafterin der Prärie. Immerhin hatte sie sich von ihrer Reithose getrennt und einen etwas folkloristisch anmutenden weißen Rock angezogen, der sie zusammen mit der befransten Lederweste und dem riesigen roten Halstuch zu einem fröhlichen Blickfang in der trotz des herrlichen Frühsommernachmittags etwas steif wirkenden Gesellschaft machte. Rosalind pfiff anerkennend, als sie

Sándors Aufmachung sah, die weiße Hose, den zweireihigen weinroten Tuxedo.
»Eleganter als jeder Kapellmeister!«, lästerte sie, ohne zu ahnen, wie nah sie damit der Wahrheit kam. Zusammen passierten sie die Einlasskontrolle, gaben die an diesem milden Tag nur über die Arme gelegten Mäntel an der Garderobe ab, durchquerten seitwärts das Foyer mit den Glastüren und standen umgehend im nicht sehr weitläufigen, aber aufwendig inszenierten Botschaftsgarten. Auch wenn es nicht die Tuilerien der Katharina von Medici war: Die Botschaftsgärtner verstanden ihr Handwerk und hatten mit schräg geschnittenen Hecken und abgestuften Baumreihen unterschiedlicher Höhe eine Perspektivwirkung angelegt, die der zentralen Blickachse Weite gab, während sich Nischen und Karrees gleichzeitig in intimer Verspieltheit präsentierten.
Sándor Lehmann war alles andere als ein Gartenkenner. Der Humboldthain im Wedding war der einzige Park, den er jemals näher kennengelernt hatte – aber damals, mit zwölf oder dreizehn Jahren, war es ihm eher um das Unterholz gegangen, wo man unbemerkt von Erwachsenen das Rauchen üben konnte oder später das Knutschen. Dass etwas wie Gartenarchitektur überhaupt existierte, hatte er sich nie wirklich bewusst gemacht, und selbst jetzt, in der umbauten grünen Fläche am Pariser Platz, nahm er den Garten nicht als konzipiert oder komponiert wahr, sondern sondierte das Terrain rein instinktiv, suchte nach Verstecken, Fluchtwegen und den dichtesten Stellen im Unterholz. Der Garten der französischen Botschaft hatte eine unmittelbare, ungekünstelte Wirkung auf ihn, und er war auf eine kindliche Weise beeindruckt wie das Publikum der Komischen Oper, das beim ersten Vorhang das prachtvolle Bühnebild mit Aahs und Oohs begrüßte.
Sándor wusste gar nicht, wohin er zuerst gehen sollte. Unter einer Reihe wohlgestutzter Linden gab es Räucherfisch und kalten Braten, um einen perlenden kleinen Brunnen herum standen Kaf-

feehausstühle, und es gab spektakulären Kuchen und duftenden Kaffee, der ihn besonders anzog. Im Hintergrund schien eine Jazzband zu spielen – hörte er nicht die unverwechselbare musikalische Handschrift von Ben Berlin persönlich?

Doch auch wenn Rosalind Hossrow auf die Kleiderordnung für Botschaftsempfänge keine sonderliche Rücksicht nahm, sie wusste, was sich gehörte, und klapperte mit Sándor Lehmann im Schlepptau zunächst den in eine furchteinflößende Galauniform gewickelten Herrn Botschafter persönlich, seine eher unscheinbare Gattin, den amerikanischen Botschafter und zwei, drei andere einflussreiche Besucher ab. Sándor beteiligte sich nicht an den Gesprächen; er hörte nur mit einem höflichen Lächeln zu, beobachtete, stand daneben. Vielleicht waren es die umgebenden hohen Mauern des Botschaftsgartens, das französische, englische und deutsche Stimmengewirr, die dieses Szenario herausrückten aus dem Alltag des Jahres 1931. Wie auf einer kleinen Insel mitten in der großen Stadt konnte man hier offenbar einen distanzierten Blick auf die aufgeregte Welt dort draußen werfen – und manchem, mit dem Rosalind Hossrow sprach, schien dieser Blick Sorge einzuflößen. Aus Nebensätzen und in vertrautem, leisem Ton gemachten Bemerkungen schloss Sándor, dass die Nationalsozialisten offenbar nicht nur in der Öffentlichkeit um die Oberhand kämpften, sondern sich auch auf dem diplomatischen Parkett Zentimeter um Zentimeter vorarbeiteten. Die Ankunft hochrangiger deutscher Militärs hier im Garten wurde jede Minute erwartet; und jedermann wusste, dass ein paar überzeugte Nationalsozialisten unter ihnen sein würden. Das war nicht zu ändern; keine Einladung auszusprechen wäre ein diplomatischer Affront gewesen, mit Margerie nicht zu machen. Also versuchte man, das durchzuhalten, schüttelte den Kopf über die unmöglichen Manieren dieser Männer und dachte sich seinen Teil.

Sándor grinste. Die nationalsozialistischen Nachfahren einer uralten, überlegenen Rasse von Herrenmenschen schienen kaum mit Messer und Gabel essen zu können; das war ein Widerspruch, der hier im Botschaftsgarten besonders peinlich auffiel.

Rosalind Hossrow schien all diese Nebensätze und Untertöne begierig aufzusaugen; das war der Stoff, aus dem sie ihre Berichte für die texanischen Leser strickte. Sie stellte intelligente Fragen und provozierte ihre Gesprächspartner mit brisanten Thesen. Schnell war sie von einer gut gelaunt plaudernden Riege Champagnerkelche schwenkender Herren umringt, und Sándor Lehmann wandte sich lächelnd ab.

Er ließ den Blick erneut durch den Garten schweifen. Bekannte gab es hier unter den Gästen keine; der arme Erich Saeckel wäre zwar liebend gern mitgekommen, war aber von Rosalind, wie sie kichernd erzählt hatte, kurzerhand ausgeladen worden.

»Könnten Sie sich vorstellen, was für ein Bild dieser Trauerkloß mit seinen Ärmelschonern hier machen würde?«, hatte sie ihn beim Betreten des Gartens noch gefragt, und in der Tat, Saeckel wäre ein auffälliger Fremdkörper in dieser mondänen Lässigkeit gewesen, während er selbst, der Kommissar der Mordkommission inkognito, gerade noch so durchging. Sándor bemühte sich um ein gefährliches Grinsen. Saeckel mochte Rosalind Hossrow auf seine blutleere, verschrobene Art anschwärmen – Chancen schien er bei der Texanerin keine Sekunde lang zu haben.

Apropos inkognito: Seine eigentliche Bühnenverkleidung, den monströsen roten Schnurrbart, mit dem er in der Berliner Jazzszene seine Musikerexistenz bestritt, hatte Sándor Lehmann eher reflexhaft in die Manteltasche gesteckt; und weil der Garten bei allem Repräsentationswillen seine kleinen, verschwiegenen Nischen hatte, konnte er das buschige Ding zusammen mit dem Klarinettenetui – das wie immer in der langen, gepolsterten Innentasche seines Mantels steckte, wo die alten Militärs unter den Kriminalbeamten ihre heiß geliebten Stockdegen oder neuerdings

auch harte Schlagstöcke transportierten – unbemerkt aus der Garderobe holen. Den Schnurrbart klebte er unbeobachtet mit einem frischen Streifen Heftpflaster unter die Nase. Minuten später stand er vis-à-vis von Ben Berlin am Rand der kleinen Bühne, und der Kollege begrüßte ihn vom Piano aus überrascht winkend. Hermann Biek, der hier unter seinem populären Pseudonym und mit kleiner Besetzung den Botschaftsgarten zu einer Jazzoase machte, war eine Ausnahmeerscheinung. Eigentlich hatte der Mann aus Reval, der noch etwas jünger war als Sándor selbst, eine lupenreine Laufbahn als Konzertpianist ins Visier genommen, aber seine hüpfenden, wilden Hände konnten die Finger nicht vom Jazz lassen, und der Jazz, den er unablässig komponierte, umschrieb und immer neu zu Gehör brachte, ließ das oft etwas betuliche Gedudel mancher Berliner Kollegen weit hinter sich und konnte sich mit den großen amerikanischen Vorbildern messen. Ben Berlin füllte die Tanzsäle und verkaufte Unmengen Schallplatten. Dass er hier in der französischen Botschaft als bescheidenes fünfköpfiges Gartenorchester auftrat, war ein Understatement mit Stil.
Sándor überflog die Gesichter der Band, identifizierte den Trompeter Louis de Vries, den Tenorsaxofonisten Franz Thon, Louis' Bruder Jack am Bass und den notorischen Schlagzeugkomiker Charlie Schaefer.
Die Jungs rührten hier zusammen einen freundlichen, arglosen Swing an, der trotzdem an allen Ecken und Enden eine scharfkantige Kapriole, einen mutwilligen kleinen Streich bereithielt, der vom Gros der Gäste wahrscheinlich gar nicht bemerkt wurde. Jedes dritte Stück geriet zu einer veritablen Up-Tempo-Nummer, bei der die Kellner mit den Schuhspitzen wippten und sogar der französische Botschafter in seiner Paradeuniform gutmütig hin und her schaukelte.
Wilhelm Kleinath war heute nicht dabei; die Klarinette fehlte also in Hermanns Band. Die Buchsbaumhecken im Garten waren

dicht und hoch, und niemand wäre auf die Idee gekommen, dort nach einem Instrument zu suchen, das auf der Bühne gar nicht zu sehen war – und doch in Ben Berlins trillernder Version von *Black Bottom* unüberhörbar mitspielte …

Sándor spielte hinter seiner Buchsbaumhecke ein paar Stücke mit, bis seine Lippen sanft zu sirren begannen und er die zwei Gläser Champagner in den Schläfen pochen fühlte, die er vorhin beim Entree getrunken hatte. Die ersten Frühlingsmücken umschwirrten ihn, die Sonne schien, es war wie ein Ausflug aufs Land. Allerdings nahm die erträumte Landpartie ein abruptes Ende, als er am anderen Ende des Gartens – dort, wo ein paar Treppenstufen von der freien Fläche zum Palais hinaufführte – eine lautstark geführte Auseinandersetzung mitbekam. Eine Gruppe jüngerer Männer in Reichswehruniformen hatte den Garten betreten; ein schneidiges Quintett, umlagert von Bediensteten und Türstehern, die die diplomatische Gepflogenheit durchsetzen wollte, dass Hieb- und Schusswaffen doch bitte am Eingang abzugeben seien – was die Männer offensichtlich verweigert hatten. Man blaffte sich gegenseitig eine Weile lang an, bis seine Exzellenz, Pierre de Margerie persönlich, den Streit eigenhändig schlichtete und mit der Würde und Gelassenheit des erprobten Gastgebers das Personal fortwinkte.

»Lassen Sie es gut sein, Messieurs« – Sándor konnte die reife, mit einem leichten Anflug von Ironie gebeizte Stimme Margeries bis in seine Gartenecke hören –, »ich bin sicher, die Herren Reichswehrgeneräle werden nicht gleich von der Schusswaffe Gebrauch machen, sondern eher von den Champagnergläsern und den – übrigens ausgezeichneten – Entenbrüsten.«

Ein höfliches, aber verkrampftes Lachen folgte seinen Worten, und die »Generäle« – Sándor meinte von seinem Beobachtungsposten zwei, drei höhere Chargen, aber keinen General zu erkennen – stiefelten hölzern durch den Garten auf die Bierbar zu,

ohne für etwaige Bekannte in der Gästeschar mehr als ein Nicken oder ein angedeutetes Salutieren übrig zu haben.
Jedem der Anwesenden war klar, was diese offensiv zur Schau getragene Feindseligkeit zu bedeuten hatte. Die Herren standen ohne Frage der NSDAP nahe; sie absolvierten hier einen Pflichttermin beim Erzfeind, einen demonstrativen Auftritt, der signalisieren sollte, dass sie da waren, Auseinandersetzungen nicht scheuten und ansonsten bereitstanden, wenn das Blatt sich mal zu ihren Gunsten wenden würde.
Hammerstein, der Infanteriegeneral, hätte dieses Militärtheater sicher nicht gern gesehen. »Roten General« nannten sie den Chef der Heeresleitung wegen seiner strategischen Kontakte nach Moskau; und auch wenn er gleich nach seiner Ernennung mit einem ausufernden Aufrüstungsprogramm der Reichswehr von sich reden gemacht hatte, galt er als gemäßigt, als besonnen. Was seine Delegation hier verzapfte, war eine reine Provokation. Erst letzten Herbst waren im Ulmer Reichswehrprozess drei Artillerieoffiziere zu anderthalb Jahren Festungshaft wegen Vorbereitung zum Hochverrat verurteilt worden, weil sie in Uniform für die Sache der Nationalsozialisten eingetreten waren. Dass die fünf Männer hier auf Radau aus waren und ihren Gastgeber düpierten, war ein Politikum, über das man spätestens morgen in der Zeitung lesen würde.

Bertold Lackmeister war Sándor Lehmann gleich beim Betreten als einer der fünf Uniformierten aufgefallen; schon deshalb war er erst mal hinter seiner Buchsbaumhecke geblieben und hatte den Dingen ihren Lauf gelassen. Der Offizier hatte zunächst mit den Übrigen zwei große Gläser Bier getrunken, dann Rosalind Hossrow in der Menschenmenge entdeckt, seinen lärmenden und trinkenden Kollegen etwas zugerufen, das mit Gelächter und eindeutigen Gesten quittiert wurde, und war schließlich mit hochrotem Kopf quer durch den Garten auf sie zugegangen. Sándor staunte über die Unbeholfenheit und Aufregung des Soldaten, aber Rosalind begrüßte den Mann mit einem milden Lächeln, reichte ihm ihre kühle Hand und machte mit ihm ganz gelassen ein paar Schritte durch den Garten.

So kamen sie unweigerlich in die Nähe der Buchsbaumhecke; Sándor ignorierte die zudringlicher werdenden Mücken und spitzte die Ohren. Es schien um eine Verabredung zu gehen – keine romantische, sondern ein erneutes Treffen der okkulten Suchenden, das geheim gehalten werden sollte. »Er« – keine Frage: Sie sprachen von ihm, von ihm selbst! –, er sollte möglichst ferngehalten werden, wenn es am Sonntag nach Moabit ginge. Ganz offenbar waren nicht nur Saeckel, sondern auch die übrigen Teilnehmer der okkulten Reisegruppe schon im Voraus im Bilde, wen man als Nächstes treffen würde. Dadurch blieb Sándors Kreis der Verdächtigen lästigerweise ziemlich groß, denn auch vom Besuch beim armen »Propheten« dürften alle vorher gewusst haben. Und wenn Striesow einigermaßen regelmäßig im Palais Pannwitz auftauchte, dürfte es für jeden von ihnen möglich gewesen sein, den Mann schon vor dem verabredeten Termin zu treffen – und zu ermorden. Oder arrangierte Saeckel für einen Extraobulus noch kleine Privataudienzen zusätzlich zu den gemeinsamen Präsentationen? Hatte einer aus der Gruppe sich vorab mit dem Propheten getroffen und, vielleicht aus Wut darüber, dass ihm kein potenter Wunderwirker, sondern ein übel riechendes Faktotum zugemutet wurde, Striesow ermordet?

Das kleine mitgehörte Gespräch warf Fragen auf, auf die Sándor im Moment noch keine Antworten hatte. Aber für unbeantwortete Fragen hatte er eine ganze Menge Platz in seinem lockenumkräuselten Dickschädel.

Der Nachmittag plätscherte dahin; gegen fünf durfte getanzt werden, aber Sándor, der Bart und Instrumentenfutteral wieder im Mantel verstaut hatte, verzichtete dankend und gab der von einigen Champagnern sichtlich aufgekratzten Rosalind einen Korb. Er musterte die Texanerin, die lachend und mit strahlend aufgerissenen Augen vor ihm stand. Wieder dachte er an Liese, seine Spielkameradin aus Kindertagen, Liese mit den Sommersprossen. Es war kein Spiel, das er mit der Texanerin spielte; ihr Weg führte an obskure Orte. Er war nicht fürs Tanzen zuständig; seine Aufgabe war der Schutz vor Gefahr.

»Los jetzt, wir tanzen! Beschützen Sie mich vor diesen französischen Langweilern. Ich trete Ihnen auch nicht auf die Füße!« Sie lachte. »Sie sollen mir folgen – allright, ich bin auf der Tanzfläche!«

Sándor wehrte ab.

»Ich folge Ihnen, wenn Sie in Gefahr geraten. Nächsten Sonntag in Moabit zum Beispiel: Da bin ich dabei.«

Damit hatte Rosalind Hossrow nicht gerechnet. Hatte Saeckel es ihm erzählt? Sándor verneinte. Also gut, sie würde ihm alles erzählen, was sie wusste. Aber … beim Walzer.

EKSTASE

Vis-à-vis vom Westhafen durchschnitt die Bahntrasse am Moabiter Güterbahnhof die Stadt; eine kilometerlange Brache, an deren südlichen Rand sich die Arbeiterquartiere drängten. Die Quitzowstraße zog einen weiten Bogen unter der Putlitzbrücke hindurch. Zum Bahndamm hin stapelten sich kleine Werkstätten chaotisch übereinander, Fischräuchereien, Gebrauchtwarenläden in schäbigen Bretterbuden, auf der anderen Straßenseite reihten sich die Mietshäuser aneinander, in denen auf engem Raum Zigtausende Hafen- und Bahnarbeiter mit ihren Familien lebten. Erst vor vierzig Jahren waren diese Häuser gebaut worden, aber der Ruß der Lokomotiven und die nasse Kohle ihrer eigenen Heizungen hatten die Fassaden geschwärzt, und an den Erdgeschossen platzte, von Urin und Regen genässt, der Putz ab. In den kalten Wintern wurde hier gefroren, im Sommer huschten die Ratten durch die Kellerverschläge, und viel zu viele Menschen lebten auf viel zu wenig Raum. In engen, lichtlosen Hinterhöfen wurden Schweine, Hasen, Enten und ab und zu sogar Kühe gehalten, die mit Abfall gefüttert wurden und meist genauso krank waren wie die Menschen, denen sie gehörten.

Sándor Lehmann hatte von Rosalind die Adresse von Berta Kolotzki bekommen – die Adresse von Bertas Vater, genau genommen – und beschlossen, das Moabiter Wunder schon vorab unter die Lupe zu nehmen. Nun stand er mit einer Handvoll anderen in einem schmalen Hinterhof auf Lehmboden und wartete darauf, über eine Kellertreppe ins Souterrain vorgelassen zu werden, einen Lagerkeller, in dem die Familie Kolotzki offenbar wohnte und wo Berta zu bestimmten Zeiten Besuch empfing. Vorne im Haus hatte ein Schumacher seinen Laden; der ließ einen durch das eigene Geschäft nach hinten durch, weil es der Hausbesitzer

nicht gerne sah, wenn die Hoftür immer offen stand. Sándor schaute sich die anderen Wartenden an; es waren normale Moabiter, eine Frau mit einem behinderten Kind, ein betrübter Arbeiter, eine sehr alte Frau. Die Alte wirkte am redseligsten; also sprach er sie an. Was konnte Berta Kolotzki, und warum konnte sie, was sie konnte?
Die Alte schüttelte tadelnd den Kopf.
»Wenn'se det nich wissen, sind'se hier janz vakehrt, Jutester. Det Mächen kennt hier um die Putlitz 'rum ja wohl jeder. Wa, Kutte«, der betrübte Arbeiter schien Kurt zu heißen und nickte, »unsere kleene Berta is' wat Besondret, unsere kleene Hohe-Pristarin.«
Sándor hakte nach. Das Berlinerische hatte er von Kindesbeinen an geübt, auch wenn das Hochdeutsch der Amtsstuben und Ermittlungsberichte sich Jahr für Jahr mehr in seine Sprache fraß.
»Hohe wat?«
»Pries-ta-rinn! Ja gloobste det Jör hätt' sich det Jesundmachen selba uff die Klippschule beibring lassen?«
Nein, sicher nicht.
»Siehste. Wenn die Kleene wech is – ick meene: im Koppe wech –, dann isse jemand janz anderet. 'ne Hohepristarin.«
Die Hohepriesterin bewohnte, davon konnte sich Sándor Lehmann kurze Zeit später überzeugen, wenig standesgemäße Gemächer. Die kleine Kellerluke schien der Familie Kolotzki als Küche und Wohnzimmer gleichzeitig zu dienen, und wo die Familienangehörigen schliefen, wollte Sándor lieber nicht wissen. Trotzdem strahlte die »Kleene« – eine zarte junge Frau von vielleicht fünfzehn, sechzehn Jahren – eine sanftmütige Würde aus, wie sie da mit bleichem Gesicht auf einer fleckigen Chaiselongue ruhte und den neu Eintretenden matt nickend entgegenlächelte. Ihr Hohepriesteringewand war eine einfache Kittelschürze, eine zerschlissene Strickjacke. Wer die Kellerstufen herunterkam und von der kleinen Berta mit einem Nicken begrüßt wurde, war für die Sitzung zugelassen und wurde von Vater Kolotzki zunächst

in einen Nebenraum geführt, einen schmalen Flur, in dem eine Holzkiste stand. Da hinein kamen die Spenden, die Mitbringsel, wenn man welche hatte. Wobei Kolotzki, ein kleiner Mann mit besorgtem Gesicht und schnellen Augen, eilig darauf hinwies, dass es um diese Geschenke nicht gehe. Wer welche mitbrachte, war willkommen, und wer keine mitbrachte, auch. Manche gingen auch nach der Sitzung – die Kolotzki ehrfurchtsvoll »Behandlung« nannte – gleich hinaus und kamen Stunden oder Tage später wieder und legten Dankesgaben vor die Tür des Schuhmachers, weil Bertas Hilfe gewirkt hatte, weil sie etwas für sie hatte tun können. Er wusste selbst nicht, wie sie das machte, seine kleine Berta, und das mit der Hohepriesterin hatte auch sie nur vermutet, nur vorgeschlagen als Erklärung für etwas, das über sie herkam wie eine Erleuchtung, ein Klarsehen oder ein Fingerzeig Gottes.

Sándor fischte ein Zweimarkstück aus der Hosentasche und gab es Kolotzki. Er legte dem Mann die Hand auf die Schulter und suchte seinen unsteten Blick. Mit ein paar Worten klärte er Bertas Vater über den Grund seines Besuchs auf, und der kleine Mann bekam einen Heidenschreck. Sándor ächzte. Klar, wenn er selbst seine Tochter irgendwo in einem Kohlenkeller als Wunderheilerin anbieten würde, wäre er auch nicht erfreut über Polizeiermittlungen. Er versuchte, Kolotzki klarzumachen, dass er nicht seinetwegen hier war und dass ihm vollkommen egal war, ob Berta nun Ischias und schielende Kinder heilen konnte oder nur den Hunger und Durst ihrer Familie. Doch der Mann war kaum zu beruhigen, und Sándor staunte darüber, wie sehr der Vater selbst an das Theater zu glauben schien, das seine Tochter hier aufführte.

»Sehn'se sich det kleene Mä'chen doch mal an, wie't sich quält«, beschwor er verzweifelt den polizeilichen Besucher, »vielleicht kann'se nich immer helfen, wie'se will, aber helfen will'se!«

Sándor zuckte die Achseln. Kolotzki überbot sich in schwärmerischen Beschreibungen der Wundertaten seiner Tochter oder –

Sándor würde es ja ohnehin herausfinden – seiner Schutzbefohlenen, denn Bertas Vater war im Krieg geblieben, und ihre Mutter hatte die Tuberkulose dahingerafft, als Berta gerade drei war. Also hatte er das Kind mit durchgefüttert; Kolotzki machte eine ausholende Geste, die auf den engen Keller ringsum deutete: »Durchgefüttert womit? Fragen'se mich nich!«

Unterdessen hatte drüben eine erste Heilungszeremonie begonnen. Der betrübte Arbeiter hatte sich ans Fußende der Chaiselongue gehockt und murmelnd und leise von seinen Problemen gesprochen, eine offenbar peinliche, von längeren Pausen unterbrochene Beichte, die Sándor nur durch die angelehnte Tür mitbekommen hatte. Berta hatte sich den Vortrag eine Weile angehört und war dann in einen fiebernden, unruhigen Halbschlaf gefallen, einen Trancezustand, der sie schwitzen und keuchen ließ. Die Kleine warf sich auf der Liege hin und her, sprach unzusammenhängende Dinge, schien vor etwas Angst zu haben und verkroch sich zitternd ans obere Ende des Lagers. Schließlich klärte sich ihr Blick; sie starrte den Arbeiter an, der den Kopf zwischen die Schultern gezogen hatte und den ekstatischen Ausbruch wie ein plötzliches Gewitter über sich hatte ergehen lassen. Sie hustete, erbrach ein wenig weißen Schaum, lächelte dann tapfer und nickte. Es war vorbei.
Der Arbeiter stand unsicher auf, nickte erst dem Kind, dann dem in die Tür getretenen Vater zu und verschwand.
Sándor hatte die Szene, in den Türrahmen gelehnt, mit gerunzelter Stirn mit angesehen. Wer durch die nächtliche Stadt zog wie er, lernte Blender und Trickbetrüger jeder Couleur kennen; prahlerische Aufschneider, gewiefte Trickkünstler. Die kleine Berta mit ihren Krampfanfällen schien ein unglaubliches, nie gesehenes Naturtalent in diesem Genre zu sein – oder sie hatte eine Macke. Eine beunruhigende, hysterische Macke, die die Leute zu Gläubigen machte und ihre Familie satt. Er konnte den Blick kaum

abwenden von dem blassen, vollgespuckten Kind, das in diesem schmuddeligen Loch solche Dinge machte, und er war sich alles andere als sicher, was er über Berta Kolotzki und ihr Talent denken sollte.

Bis Sonntag waren es noch drei Tage, und ganz egal, ob die Kleine ihre okkulte Ekstase nur spielte oder ob sich wirklich hier unten eine Tür in eine andere Welt auftat, durch die nur Berta Kolotzki gehen konnte: Er musste dafür sorgen, dass ihr in diesen drei Tagen nicht das Gleiche passierte wie Gustav Striesow. Natürlich konnte der Mord am »Propheten« ein bizarrer, in überschäumender Wut verübter Einzelfall bleiben, aber die sorgfältige Inszenierung, das Exempelhafte der Tat wiesen auf krankhaften Fanatismus hin, und Fanatismus erlosch meist nicht, wenn er ein erstes Opfer gefordert hatte, sondern suchte eifernd gleich das nächste. Vielleicht war ein zynischer Rächer in der Okkultismusszene der Stadt unterwegs; einer, der Profiteure und Blender aufstöberte und für ihr Tun bestrafte. Oder war ein Mitglied der Gruppe mit den Nerven so am Ende, dass es vor einem oder mehreren Morden nicht zurückschreckte? Ein rachsüchtiger, geisteskranker Klient von Saeckel, der die aufgetischten Scharlatane schon vorab einer Prüfung unterzog, würde vielleicht auch die kleine Berta für eine gerissene Komödiantin halten. Oder ihr zumindest nicht zutrauen, sein spezielles Problem zu lösen, und aus Enttäuschung und Verzweiflung eine weitere Tat begehen. Wie Sándor es auch drehte und wendete: das Mädchen war in Gefahr. Außerdem war Rosalinds Schutz eine seiner Aufgaben, die er von Gennat persönlich aufgebrummt bekommen hatte, und der Chef würde ihm sehr übel nehmen, wenn der Journalistin hier in Moabit etwas zustieße, weil Sándor nicht zuvor das Terrain zumindest ausgiebig sondiert hatte.

Hansen, Schmitzke und der dicke Plötz rissen sich wahrhaftig nicht um Wachpostenjobs wie diesen, aber Sándor erklärte den

Männern, die draußen auf der Quitzowstraße nicht zu auffällig warten wollten und den Polizeiwagen um die Ecke in der Bremer Straße abgestellt hatten, ihre Aufgabe. Immerhin gab es gegenüber vom Haus, in dem Kolotzkis wohnten, eine kleine Kaffeeklappe, eine Volksküche ohne Alkoholausschank, wo die Schienenarbeiter mittags billig Suppe löffelten und sich vor Früh- oder Spätdienst mit starkem Kaffee für die beißend verrauchte Moabiter Luft und das Durcharbeiten in Acht- oder Zehn-Stunden-Schichten wappnen konnten.

Dort würden die Schutzmänner Posten beziehen und die gegenüberliegende Straßenseite genau im Auge behalten. Wer immer bei Kolotzkis über die Schwelle trat, würde festgehalten und registriert werden. Zwei Mann auf Posten, einer in der Schlafpause: In diesem Wechsel würden sie drei Tage lang dafür sorgen, dass Berta Kolotzki, die Hohepriesterin von Moabit, den Sonntag erlebte. Und akribisch notieren, wer die Ladentür zum Hinterhof des Hauses durchschritt.

GEDULD

Der Freitag verging mit Büroarbeit; nicht gerade Sándor Lehmanns Idealvorstellung vom Polizeidienst. Sicher, es gab Kollegen, die das Archiv mit den Ermittlungsakten für einen sakralen Ort der Wahrheit hielten; alles, was einmal an Verbrechen geschehen war in diesem Lande, musste dort unten in den rollbaren Aktenwänden eine nummerierte, gelochte, abgeheftete Spur hinterlassen haben; man musste nur tief genug graben, lang genug suchen, dann kam es zutage. Sándor lachte über diese Kollegen, ihre durchgewetzten Ellbogen, die blassen Gesichter. Ihr lichtscheues Blinzeln, wenn sie in der Mittagspause ins gleißende Sonnenlicht traten, um zwei Straßen weiter in der Markthalle an der Neuen Friedrichstraße eine Bockwurst zu essen, reizte seine Spottlust, und mehr als einmal hatte er einen der Kollegen am Ärmel gefasst, um ihn mit einem aufmunternden »Sieh an, ein Maulwurf! Darf ich den blinden Herren über die Straße geleiten?« über die Kreuzung zu ziehen.

Für ihn, für Sándor Lehmann, wartete alle Erkenntnis dort draußen auf der Straße. Verbrechen lagen eben nicht ad acta, niemals – sie wirkten im Leben nach, hinterließen ihre Spuren in den Biografien der Menschen, ihren Liebschaften, ihren Geschäften. Was immer es herauszufinden gab, verbarg sich nicht zwischen Pappdeckeln, sondern in einer dunklen Seitenstraße, hinter einem Busch im Park, in einer fragwürdigen Kaschemme kurz nach der letzten Bestellung.

Man konnte auf dieser Überzeugung keine Methode aufbauen, aber sie war weit mehr als nur ein Glaube, sie war pure Erfahrung. Und über die Jahre hatte Sándor Lehmann herausgefunden, dass es für diese Art zu arbeiten keinen Unterschied machte, ob man sich selbst hektisch vorwärts bewegte oder ob man als Einziger stillstand, während ringsum alles wie wild durcheinanderrauschte.

»Das ist wie beim Pilzesuchen«, hatte er Gennat die Sache mal zu erklären versucht, als der skeptisch gefragt hatte, was zum Teufel Sándor unternommen hätte, um irgendeinen kniffeligen Fall – wahrscheinlich die mumifizierten Leichen der Westhafen-Morde 1925, Sándors erste große Aufgabe – aufzuklären. Der auch vom Körperumfang her mächtigste Mann der Mordkommission hatte selbst schon kluge kriminalistische Vorträge über Ermittlungsmethoden gehalten, sogar vor Kollegen aus den USA, die die moderne Polizeiarbeit ja geradezu erfunden hatten. Von einer »Pilzesuchen-Methode« hatte Gennat noch nie etwas gehört.
Sándor hatte Gennats Büro durchquert, schon damals kein ganz leichtes Unterfangen, war an der riesigen Landkarte von Berlin und Umgebung stehen geblieben und hatte auf die Jungfernheide getippt, das riesige Waldgebiet zwischen Reinickendorf und Tegeler See. Dorthin war seine Mutter mit ihm Pilze suchen gefahren; einmal im Jahr und insgesamt nur drei, vier Mal. Lediglich vier Bahnstationen vom Gesundbrunnen entfernt wuchsen riesige Kiefern in den Himmel; im Waggon hatten alle leere Weidenkörbe dabeigehabt für ihre Beute, und gleich nach dem Aussteigen schwärmten sie aus. Sándors Mutter ging mit ihrem Sohn schnurstracks in den Wald hinein, bis die Brombeerranken knapp unter die Oberkante seiner Kniestrümpfe gingen, und setzte sich dann auf einen Baumstumpf oder einen einzelnen Stein.
»Wollen wir nicht Pilze suchen?«, hatte Sándor enttäuscht wissen wollen, und seine Mutter hatte gelacht und gesagt: »Komm mal her, Piefke.« Sandor hatte es gehasst, wenn sie ihn so nannte, aber es war ja keiner da, der es hören konnte, also hatte er sich an sie gedrückt und geschwiegen. Die anderen Pilzsucher hatten sich in alle Richtungen verteilt, sie durchkämmten generalstabsmäßig das Unterholz, versuchten, den anderen voraus zu sein, und hetz-

ten sich ab. Sándors Mutter verfolgte offensichtlich einen ganz anderen Plan.

»Da ist schon einer«, sagte sie urplötzlich und deutete auf einen großen Bogen Farnkraut, unter dem tatsächlich ein matter kleiner Maronenröhrling stand, »und gleich dahinter ist noch ein größerer!«

Sándor stieß einen Freudenschrei aus und lief hin.

»Tritt nicht auf den neben der kleinen rosa Blume hier«, riet sie ihm, und wahrhaftig, da gab es einen dritten, einen von Schnecken etwas angefressenen Steinpilz sogar.

So war das mit dem Pilzesuchen; die Lehmannsche beherrschte es perfekt. Man setzte sich hin, und nach einer Weile fand man die Pilze. Eine Weile hatte Sándor geglaubt, die Pilze würden sich, wenn man lange genug wartete, heimlich anschleichen und dann plötzlich ihre braunroten Köpfe aus dem Moos stecken. Aber das war natürlich Unsinn, die Pilze waren schon vorher da, man hatte nur keinen Blick für sie. Das ganze Kunststück war, zur Ruhe zu kommen, den Wald in sich aufzunehmen, den Blick für die kleinen Dinge zu schärfen. Dann sah man alles, was es zu sehen gab.

Polizeiarbeit funktionierte genau so. Neben den Archivbuddlern gab es hochaktive Außendienstler, die wie in Raserei die Straßen durchkämmten, Bars und Bordelle auf den Kopf stellten und lastwagenweise Zeugen und Verdächtige in die gefürchteten unterirdischen Vernehmungskeller am Alexanderplatz karren ließen. Sie brachten den ganzen Polizeiapparat auf Trab, und ein Außenstehender hätte den Eindruck einer überaus effektiven, auf Hochtouren arbeitenden Polizeimaschinerie gehabt. Nur: Es kam nicht viel heraus bei diesem Manöver. Oder jedenfalls nicht mehr als bei Sándor, der hinausschlenderte in diese Stadt, sich irgendwo eine komfortable Ecke suchte, wo es sich aushalten ließ – und nichts tat.

Ein, zwei Spesenabrechnungen am Tag, alle paar Wochen mal eine glasschadensträchtige Wirtshausschlägerei im Suff, die meist (aber keineswegs immer!) zu seinen Gunsten ausging: Viel mehr bekam die polizeiinterne Buchführung von Sándor Lehmanns Aktivitäten nicht mit, während andere Kollegen Reiterstaffeln, Taucher und jede Menge Blaulichtfahrten abzurechnen hatten. Aber am Ende war Sándor Lehmann es, der den Mörder und eine lückenlose Beweiskette präsentierte – oft lange vor den anderen.

Trotz allem gab es diesen Freitag im Büro zu tun. Sándor ließ sich sogar im Archiv sehen und türmte einen Aktenwagen mit okkulten Prozessen, verbrecherischen Spiritisten und ähnlichen Geistererscheinungen voll. War einer der Protagonisten schon mal in diesem Zusammenhang auffällig geworden, wie weit war es her mit Saeckels These von der wissenschaftlichen Untermauerbarkeit geheimbündlerischer Traditionen?
Die Akte des Falles »Tausend« ließ ihn den halben Vormittag lang schallend lachen. Franz Tausend war der Sohn eines schwäbischen Wunderheilers, dem der Hang zum übersinnlichen Geldvermehren offenbar schon in die Wiege gelegt worden war. Transmutation war das Zauberwort, das Umwandeln eines Stoffs in einen anderen. Tausends Theorie besagte, dass die chemischen Elemente wie Musiknoten zum Klingen und organischen Wachsen gebracht werden konnten und dass bestimmte Zusammensetzungen gemeinsam wie Akkorde in höhere, edlere Stoffe transponiert werden konnten. Eine ganze durchnummerierte Tonleiter der Chemie hatte er sich zusammengeschustert, und die Ordnungszahl 164 – die des Goldes – gab seiner »Gesellschaft 164« auch den wohlklingenden Namen.
Mit spektakulären, oft öffentlichen Versuchen machte er in den Zwanzigerjahren von sich reden, und wenn aus dem blubbernden Metallsud tatsächlich ein Tröpfen Gold extrahiert werden konnte, das vorher allerdings vom Füllfederhalter oder aus der Zigarettenspitze hineingefallen sein musste, dann waren die Aufregung und der Zulauf groß. In Wahrheit benötigte Tausend zur

Befriedigung seiner schnell wachsenden Gläubigerzahl immer neue Geldgeber, und auch wenn er nicht aus Blei Gold machen konnte: Dummheit in Geld zu verwandeln, das klappte ganz wunderbar. Vor allem die Wirtschaftsführer aus dem rechten Spektrum, sogar General Erich Ludendorff selbst, strömten ihm in Massen zu, und jeder versuchte, eine noch größere Summe bei dem von sich selbst begeisterten Franz Tausend an den Mann zu bringen. Besonders NSDAP-Mitglieder waren nur allzu bereit, an die mystische Verwandlung von Alt- zu Edelmetall zu glauben, und ruinierten sich mit Leidenschaft und Hingabe. Doch Tausends Stern war am Sinken, seine Zahlungsunfähigkeit war nicht mehr zu vertuschen, und das Wort »Betrug« machte immer lauter die Runde. Als der Goldjunge am Brenner einen Passanten totfuhr, lieferte ihn Italien an Deutschland aus. Mehr als zwei Millionen Reichsmark hatte der laienhafte Chemiker von seinen Finanziers eingesammelt – und ganz konventionell in barocke Prachtschlösser und einen opulenten Lebensstil für seine geltungssüchtige Frau verwandelt. Gerade im Februar 1931 hatten sich die Gefängnistüren hinter dem Mann geschlossen, der aber, wie man hörte, selbst hinter Gittern das Goldmachen bereits wieder aufgenommen hatte …

Erstaunlich war die Rolle der Gerichte und der Polizei, nicht nur im Fall Tausend. In kaiserlichen Zeiten war man offenbar noch überzeugt gewesen, dass nicht sein kann, was nicht sein darf – und hatte spiritistische Eskapaden kurzerhand als Trickbetrug eingestuft und abgeurteilt. Das war jetzt anders. Heutzutage handelte man nicht mehr nach dem vermuteten Willen eines Monarchen, sondern nach den neuesten Erkenntnissen der Wissenschaft, und was die Wissenschaft im Umkehrschluss nicht felsenfest »unmöglich« nennen konnte, das war möglich. Telepathie, Magnetismus, Telekinese waren kein Humbug, sondern womöglich nur noch nicht bewiesen. Und kaum ein Richter wollte sich selbst als Hornochse hinstellen und jemanden als Betrüger verurteilen, nur weil er selbst, der Richter, seine eigene Urteilsfähigkeit über die Forschungsergebnisse modernster Wissenschaft stellte.

Über keinen der bisher im Zusammenhang mit der Tat in Erscheinung Getretenen gab es sonderlich neue Erkenntnisse in der Tiefe des Archivs. Bertold Lackmeister war mehrmals durch Gewaltausbrüche aufgefallen und einmal von einem Anwalt wieder herausgepaukt worden, den er sich selbst kaum hätte leisten können. Das war nichts Besonderes; die jungen Nationalsozialisten genossen meist den Schutz der Altvorderen; sie prügelten willkürlich und aus eigenem Anlass drauflos, wurden aber von der »Bewegung« stillschweigend gedeckt und finanziell oder juristisch unterstützt, wo das nötig wurde.

Rosalind Hossrow und die Willenthiels tauchten im Polizeiarchiv schlicht nicht auf. Karl Hartwig dagegen füllte ganze Aktenbände, und Sándor Lehmann las staunend nach, wie moderne Reklame für ein Erzeugnis hinter den Kulissen mit allen Mitteln der Juristerei flankiert wurde. Ganz so ungeteilt, wie der Wassermann es dargestellt hatte, war die Zustimmung für die »Hartwig-Quelle« gar nicht ausgefallen; im Gegenteil, schon gleich nach dem Verkauf der ersten Flaschen hatten sich offenbar neben den frenetischen Bejublern, von denen Hartwig berichtet hatte, auch wütende Kritiker gemeldet. Während die Jubler dem Wasser eine wundersame Gesundheitswirkung zugeschrieben hatten, kritisierten die ablehnenden Schreiben nicht etwa ausbleibende, sondern sogar schädigende Auswirkungen des Genusses. Sie hatten Durchfall, Zahnfleischbluten oder Kopfjucken davongetragen; eine einzelne Briefschreiberin behauptete sogar, von im Wasser vorhandenen Schwebstoffen ungewollt schwanger geworden zu sein. Sie hatten den Gang vor den Richterstuhl angetreten und waren dort allesamt von Hartwigs ausgefuchster Armada teurer Anwälte besiegt worden, die – streng wissenschaftlich! – mit fachanalytischen Gutachten bewiesen hatten, dass die »Hartwig-Quelle« in ihrer Zusammensetzung mit dem Berliner Leitungswasser identisch war und schon deshalb keine Schäden anrichten konnte, die das Leitungswasser nicht auch anrichtete. Ob diese Gleichheit der Zusammensetzung nicht im Grunde ein Indiz für einen handfesten Betrug war, hatten die jeweiligen Richter nicht zu untersuchen; im Sinne der Anklage wegen gesundheitlicher Schädigung wurde Karl Hartwig in jedem einzelnen Fall freigesprochen. Auf ein paar Dutzend vorgeblich Geschädigter war erst ganz am Schluss, nach einem überwältigenden Verkaufserfolg, ein einzelner Skeptiker gefolgt, der ohne jeden Vorbehalt das Wasser getrunken und nichts gemerkt hatte; gar nichts. Er, und nur er allein, hatte sich die behauptete Heilwirkung weder eingebildet noch als Vergiftung empfunden – und seine Klage hatte das ganze plätschernde Wasserschloss zum Zusammenbruch gebracht.

Erick Saeckel tauchte in den Polizeiakten nur als Randfigur auf. Vor ein paar Jahren hatte er in einem Verleumdungsprozess gegen seinen Universitätsprofessor Gustaf Kossina als Zeuge zu dessen Gunsten ausgesagt. Ließ sich daraus eine gedankliche oder politische Nähe zum schillernden Vater der neueren Archäologie ableiten? Sándor bezweifelte das. Immerhin führte der greise, masurenstämmige Prähistoriker auf seinem Berliner Lehrstuhl einen erbitterten Privatkrieg für die Anerkennung der germanischen Rasse als eigentlicher Elite des Kontinents, ach was: der Welt. Vorstandsmitglied der Alldeutschen war Kossina gewesen, die den deutschen Führungsanspruch, den Besitzanspruch Richtung Osten und einen erbitterten Antisemitismus formuliert hatten. Im »Nordischen Ring« und in der Nationalsozialistischen Gesellschaft für Kunst und Kultur wetterte er in sorgfältig inszenierten Auftritten gegen den Verfall deutscher Sitten, gegen Kommunismus und Judentum.

Trotz dieser Entgleisungen war der Mann eine Koryphäe, ein universitäres Aushängeschild der Reichshauptstadt. Wahrscheinlich hatte Saeckel nur aus jugendlicher Begeisterung seinem Professor die Stange gehalten; trotzdem klappte Sándor sein Notizbuch auf – ja, er hatte eins, auch wenn er dort eher Adressen nächtlicher Bekanntschaften notierte als ermittlungsrelevante Fakten – und schrieb in flüchtiger, schnörkelloser Schrift »Saeckel/Kossina?« hinein. Er würde mit Saeckel mal über die alten Germanen sprechen müssen bei Gelegenheit.

SELBSTÜBERSCHÄTZUNG

Der Samstagvormittag gehörte in Berlin der Jazzmusik. Wer das Glück hatte, noch arbeiten zu gehen – beileibe nicht alle! –, hatte frei; wer das doppelte Glück hatte, leidlich gut bezahlt zu werden, genoss die laue Frühsommerluft auf dem Kurfürstendamm, dem Tauentzien und gönnte sich ein paar kleine Einkäufe und anschließend ein Stück Torte im Café Berlin an der Hardenbergstraße. Die Zeiten hätten kaum unsicherer sein können, politisch ging es drunter und drüber, die Notverordnungen der Regierung wurden kaum noch an die Litfaßsäulen geklebt, so schnell wechselten sie. Aber hier, im Herzen der neuen westlichen Stadtmitte, hier wurde gelebt auf Teufel komm raus. Jazzbands und Kaffeehauskapellen beflügelten den Umsatz; Musik ließ die Brieftaschen lockerer sitzen und lockte auch die Passanten von der anderen Straßenseite an. Und weil der Berliner schon immer zu Übertreibungen neigte, waren beim ersten Sonnenstrahl alle Tische und Stühle auf den Trottoirs überfüllt, und auf den Dachterrassen standen die Leute Schlange für einen Sitzplatz.

Das Café Berlin im Haus Germania hatte stürmische Zeiten hinter sich oder war mittendrin. Josef Liemann, der umtriebige Ausnahmegastronom der Femina, hatte sich mit dem schwerfälligen, zu sachlich-modern konzipierten Haus übernommen und war spektakulär pleitegegangen. Jetzt führte ein neuer Besitzer aus München, ein Hotelier namens Schalk, die Geschäfte; aber das Café und das renommierte Weinrestaurant Traube wirkten zunehmend schäbig; die teuersten Weine waren ausverkauft und wurden nicht nachbestellt, und die edlen Perserteppiche waren über Nacht fortgeschafft worden, als wollte Alexander Schalk sie vor einer demnächst bevorstehenden Pfändung schon jetzt in Sicherheit bringen.

Trotzdem war die Dachterrasse des Café Berlin noch immer der angenehmste Ort der Welt für einen beschwingten, hauptstädtischen Samstagvormittag. Andere mochten raus zum Wannsee fahren oder im Tiergarten Federball spielen; hier im Café Berlin, das grasgrünen Teppich ausgerollt, die Möbel grün gestrichen und ein paar Blumeninseln und Palmen in Rollwagen aufgestellt hatte, drängelten sich ein paar Hundert Gäste um die flache Bühne, wo – ganz ohne große Vorankündigung außer einer kleinen Anzeige im *Berliner Herold* – der amerikanische Jazz-Mythos Lud Gluskin einen seiner seltenen Auftritte hatte. Lud war ein russischer Jude aus New York, ein wilder Schlagzeuger und Bandleader, der in einer unzähmbaren Arbeitswut seit seiner Ankunft in Europa vor sechs, sieben Jahren Hunderte von Jazztiteln in die Rillen von Schallplatten geritzt hatte. Luds Chicago-Jazzstil war heute Vormittag nicht gefragt; der Mann bemühte sich um kuchenseelige Zurückhaltung und machte sich nur ab und zu einen anarchischen Spaß daraus, urplötzlich das Tempo anzuziehen und aus der rumpelnden Polka einer bayerischen Blaskapelle einen treibenden, »hotten« Swing zu zimmern, der eine halbe Minute vom dritten Stock des Hauses Germania aus bis hinüber in den Zoologischen Garten drang ... und sich dann wieder in geschmeicheltes und gewischtes Wohlgefallen auflöste.

Sándor Lehmann kannte Gluskin alias Ludwig Elias Grassnick aus seiner eigenen Zeit in der Kapelle von Julian Fuhs; mit dem schwarzen Trompeter Arthur Briggs und dem Posaunisten Léo Arnaud hatte er in anderen Formationen schon zusammengespielt, und als er die Jungs so gut gelaunt über den Dächern am Bahnhof Zoo jammen sah, trauerte er für eine Sekunde dem nur unvollständig durchgehaltenen Ende seiner Musikerlaufbahn nach und kramte schon im Mantel nach dem roten Schnurrbart, um in einer Orchesterpause wenigstens unter Kollegen einen Escorial schlürfen zu können.

Da entdeckte er Bertold Lackmeister mit ein paar Freunden an einem der Tische, und Lackmeister hatte ihn ebenfalls bereits entdeckt und winkte ihm wenig erfreut zu. Also ging er hin und blieb nickend neben dem mit Gläsern und Zigarrenstumpen in Glasaschenbechern überfüllten Tisch stehen.

Immerhin schien Lackmeister nicht auf Krawall aus zu sein; im Gegenteil, mit einer weit ausholenden Geste stellte er Sándor Lehmann seinen eher an den vorbeieilenden Kellnerinnen interessierten Freunden vor.

»Männer, darf ich bekannt machen: Kommissar Lehmann, ein wackerer deutscher Polizist, der momentan seine Ermittlungsarbeit in ungewohnte Regionen ausgedehnt hat, nämlich ins Okkulte, wo er einerseits, was zu loben ist«, er holte Luft, rülpste, nahm einen Schluck aus dem Bierglas und schwadronierte weiter, »einerseits der ritterliche Beistand einer gewissen jungen Dame aus dem fernen Amerika ist …« Er verlor den Faden.

»Und andererseits?«, wollte einer der Freunde wissen, der offenbar nüchterner war als Lackmeister selbst, und Lackmeister stierte den Kumpel erst fragend an, erinnerte sich dann vage an seinen Satzanfang und fuhr fort:

»Andererseits ist Kommissar Lehmann hier im Auftrag der Mordkommission dabei, einen wahrhaft grauenvollen Mord aufzuklären, der an einem ›ehrenwerten‹ Mitglied unserer deutschen Volksgemeinschaft verübt wurde, einem Hausierer und Tagedieb, einem Individuum vermutlich nicht ganz astreiner Abstammung.«

Die Freunde schienen diese Eröffnung nicht als große Sensation anzusehen; sie hielten bereits wieder nach Kellnerinnen Ausschau, um neue Bestellungen aufzugeben. Lackmeister blickte Lehmann eine Weile mit zusammengekniffenen Augen an und fuhr dann mit deutlich leiserer Stimme fort:

»Und übrigens, Lehmann, wo wir gerade von Individuum sprechen: Machen Sie Ihre Arbeit meinetwegen, wo und wie Sie wol-

len. Scharwenzeln Sie um diese amerikanische Journalistin herum, nehmen Sie Saeckel ordentlich in die Zange – er hat uns ja schließlich in diese baufällige Ruine im Grunewald geschleppt –, und suchen Sie nur fleißig den Mörder dieses albernen ›Propheten‹. Aber nehmen Sie bitte eins zur Kenntnis: Dass es mir, mir selbst« – vielleicht war Lackmeister es nicht gewöhnt, von sich selbst zu sprechen, jedenfalls huschte eine flammende Röte über seine jugendlichen Wangen, und seine ebenfalls geröteten Augen schienen feucht zu glänzen –, »dass es mir persönlich nicht um egoistische, individuelle Ziele geht. Oh nein, ich selbst – und jeder hier am Tisch, das können Sie mir glauben – habe weit über das Individuelle hinausgehende Interessen. Mich persönlich interessiert die ganze Metaphysik herzlich wenig, und ich hätte mich aus diesem Sammelsurium fragwürdiger Charaktere auch längst verabschiedet, wenn es nicht um ganz andere, übergeordnete Belange ginge, in deren Interesse ich Bericht zu erstatten habe. Es ist nämlich von einem beträchtlichen Belang für das gesamte Deutsche Reich, was der wahre Kern hinter den derzeitigen modernen Phänomenen ist. Und was er zur Selbstfindung des deutschen Volkes beitragen kann, dieser Kern.«
Lackmeister räusperte sich, spuckte neben sich auf den grünen Teppich und fuhr fort:
»Ärgerlich, dass diese für unser deutsches Reich so wesentlichen Untersuchungen ausgerechnet von einem geldfixierten Versager wie Saeckel durchgeführt werden, einem auf Weihrauchnebel fixierten Taschenspieler, der zu den wahren Erkenntnissen und Lehren ganz offenbar noch nicht durchgedrungen ist.«
Der Zorn machte seine Stimme kratzig, und seine Saufkumpane rührten sich, als müssten sie mit ihrem schlecht gelaunten Anführer gleich in die Schlacht ziehen. Lackmeister schüttelte missbilligend den Kopf und sagte:
»Wie gesagt, machen Sie Ihre Arbeit, tun Sie, was Sie nicht lassen können, aber geben Sie es doch ruhig zu: Wer dieses fragwürdige

Individuum, den jüdischen Propheten, zum Tode befördert hat, das ist angesichts wichtiger Reichsbelange doch, bitte schön, zweitrangig.«

Sándor hatte sich während der Ausführungen einen der Gartenstühle herangezogen und gesetzt und nahm, nachdem der andere seinen Monolog beendet hatte, Lackmeisters Einliterkrug mit spitzen Fingern in die linke Hand. Er erklärte Lackmeister in groben Zügen die Wirkung der Erdanziehungskraft, die bei zwei übereinander angeordneten Punkten A und B immer gleich wirke, ganz egal, ob Hindernisse, Umwege oder sonstige Faktoren unterwegs zum Einsatz kämen. Ob ihm, Lackmeister, dieses Bier wirklich durch Mund, Hals und Magen in die Hose flösse oder gleich direkt in die Hose: *Das* sei, bitte schön, zweitrangig.

Nach diesen erklärenden Worten kippte Sándor Lehmann Bertold Lackmeister den Krug in den Schoß, stellte das leere Glas zurück und nickte zufrieden über das triefende Ergebnis und den fluchenden Soldaten.

Zwei Kameraden und Lackmeister selbst machten Anstalten, aufzuspringen und dem unverschämten Polizisten an die Gurgel zu gehen, aber Sándor stand selbst auf, legte dem Düpierten und seinem Tischnachbarn die schweren Hände auf die Schultern, drückte sie tadelnd auf ihre Sitze zurück und schüttelte den Kopf.

»Gehorchen Sie besser der Erdanziehungskraft – die ist ebenfalls von beträchtlichem Belang für Ihr Deutsches Reich. Und wenn Sie mir noch einmal meine Arbeit erklären wollen und mir empfehlen, was ich zu tun und zu lassen habe, dann sollten Sie vielleicht besser vorher ein Glas Leitungswasser bestellen, das stinkt nicht so beim Trocknen.«

Sándor nickte den Kameraden aufmunternd zu, warf noch einen wohlwollenden, professionellen Blick auf Lud Gluskins Kapelle, die eben den Klassiker aus der »Blackbird Revue«, *I Can't Give You Anything But Love, Baby* intonierte, und ging.

GLAUBEN

Den Abend wollte Sándor mit Saufen und Musik in der Friedrichstraße verbringen; der Kaiserhof in der Wilhelmstraße lag auf dem Weg, also sah er noch beim Ehepaar Willenthiel vorbei, das in dem in die Jahre gekommenen Luxushotel ein Doppelzimmer bezogen hatte. Sándor kannte den Kaiserhof vor allem als Kristallisationspunkt wütender Straßenproteste, denn im obersten Stockwerk wohnte seit Monaten Adolf Hitler in einem mit Telefon ausgestatteten Zimmer; hier hielt er mit Rudolf Heß oder Joseph Goebbels nächtliche Beratungen ab, eilte mit seiner Entourage durchs Foyer und schmiedete seine Pläne in unmittelbarer Nähe der Alten Reichskanzlei im Palais Radziwill, Wilhelmstraße 77, und der Dienstwohnung Franz von Papens in der Nummer 74. Immer wieder kam es auf der Straße zu Prügeleien zwischen Hitlers Leibwächtern und kommunistischen Erkundungstrupps, und der Kaiserhof, der seinen glamourösen Ruf schon vor einigen Jahren an das Hotel Adlon am Pariser Platz abgegeben hatte, galt zunehmend als Nazi-Festung im Regierungsviertel der Stadt.
Vielleicht hatten Ludwig und Auguste Willenthiel die Nähe dieser großen Politik gesucht oder gar nicht bemerkt, dass ihre Baedeker-Ausgabe schon etwas überholt war; jedenfalls bewohnten sie unbeeindruckt ein Zimmer im zweiten Stockwerk, das immerhin jeden nur vorstellbaren Luxus bot und – wie Sándor Lehmann neidlos feststellte – im Grunde urgemütlich war. Vor allem dominierte ein überdimensional großes Ehebett den Raum, und in diesem Bett mit Blick nach Osten auf die jetzt von der Abendsonne dramatisch ausgeleuchtete Stadt lag Auguste Willenthiel und durchlitt die letzten Tage ihres Lebens.
Ludwig Willenthiel bat Sándor mit einer schweigenden Geste herein und führte ihn ohne Zögern an das Bett, wo zwei gepols-

terte Lehnstühle neben der Bettlägerigen bereitstanden. Auguste sah aus, als würde sie schlafen, doch der Eindruck täuschte; sie befand sich in einem somnambulen Zwischenzustand, in dem sie auf eine automatenhafte Weise wach zu sein schien und doch ohne echtes Bewusstsein vor sich hin dämmerte.
Sándor setzte sich nicht, sondern blieb neben dem Bett der Sterbenden stehen. Er betrachtete ihr Gesicht.
»Ist sie nicht schön, immer noch schön?«, hauchte Ludwig Willenthiel verzweifelt.
Auf eine seltsame Art und Weise hatte er in Sándors Augen recht. Der Tod verlieh dem fein geschnittenen, ebenmäßigen Gesicht der Greisin eine filigrane Transparenz, die jede kleine Falte wie von innen leuchten ließ; eine edle Blässe hatten ihre Züge, als wäre die Totenmaske schon aus weißem Marmor geschnitten worden. Und trotzdem war die Frau nicht tot, sondern von einem zitternden, flackernden Rest Leben erfüllt, das sich in dem geschwächten Körper versteckte und ihm gerade durch seine Flüchtigkeit etwas wie eine verlegene, ängstliche Schönheit gab.
Ludwig Willenthiel, der selbst auch nicht mehr wie der jugendliche Liebhaber aussah, ein hagerer, schlohweißer alter Mann mit knochigen Fingern und tief umschatteten Augen, bot Sándor einen Schnaps an und trank selbst auch einen. Seine Augen glänzten, wenn er von Auguste sprach, als hätte er die Angebetete letzte Woche erst kennengelernt; ihre Liebe, da war er sicher, würde ewig Bestand haben.
»Wie wollen Sie das machen?«, fragte Sandor. »Ewig … das ist ganz schön lange.«
Willenthiel überhörte den milden Spott; er legte den Kopf in den Nacken, richtete die Augen auf die Stadtkulisse, die draußen gerade in einem Flammenmeer aus Violett, Orange und Türkis versank, und deklamierte einen Satz aus dem ersten Korintherbrief, an den sich Sándor wahrhaftig noch aus seinem Weddinger Konfirmationsunterricht erinnert: »Aber die Liebe höret nimmer

auf.« Er räusperte sich und drehte sein Gesicht zu Sándor, ohne die Tränen zu verbergen, die ihm aus den Augen rollten.
»Hier und dort, im Leben und im Tod, gibt es die Liebe, davon bin ich zutiefst überzeugt, Kommissar. Und genau deshalb können das Jetzige und das Dortige gar nicht so verschieden sein. Die Schwierigkeit ist doch nur, über die Kluft hinweg die Verbindung zu halten oder herzustellen. Wenn das gelänge – wenn uns das gelingen wird! –, dann wird unsere Liebe kein Ende haben.«
Er griff nach der dürren Hand seiner Frau, die den Druck kaum merklich erwiderte. Hörte sie zu? Oder reagierte sie nur auf Reflexe? Sándor konnte es nicht sagen. Ludwig Willenthiel fuhr fort:
»Die Medizin ist nicht in der Lage, diese Verbindung über den Tod hinaus zu halten oder das Leben gar nicht erst mit dem Tod enden zu lassen. Alles, was da versucht werden könnte, haben wir versucht, und glauben Sie mir: Das hat uns eine unglaubliche Menge Geld gekostet. Kein Pfennig davon wäre vergeudet gewesen, wenn das gewünschte Ergebnis eingetreten wäre, aber …« Er brach ab, setzte erneut an: »Sie sehen ja selbst.«
Sándor räusperte sich. Willenthiel schwieg eine Weile. Dann sagte er:
»Aber … an diese Liebe glauben heißt, ihr Ende nicht hinnehmen, nicht akzeptieren, dass es eins geben könnte. Andere Wege suchen, unbeschrittene Wege, neue. Das ist nicht einfach, es gibt Fehlschläge, ärgerliche Irrwege.«
Sándor Lehmann sah auf.
»Ja«, nickte Ludwig Willenthiel, »ich rede von Okkultismus. Längst nicht alles, was in diesem Bereich in den letzten Jahren entdeckt wurde, hat anschließend in den Zeitungen gestanden. Die Wissenschaft des Paranormalen ist weiter, als viele Mitmenschen heute glauben, und was heißt überhaupt ›paranormal‹? Kenntnisse, die uns heute noch absurd und unwahrscheinlich vorkommen und die vielleicht morgen schon fester Bestandteil unseres Alltags sind.«

»Sie sprechen von Saeckels wissenschaftlichem Ansatz«, mutmaßte Sándor. Willenthiel nickte.

»Der Doktor hat uns in diese neue Sicht auf die grundlegendsten Zusammenhänge eingeführt, er hat uns die Augen geöffnet, nicht wahr, Auguste?«

Auguste schwieg, und ihre Augen waren weit davon entfernt, geöffnet zu sein. Ihr Ehemann seufzte.

»Ich hoffe nur, dass Doktor Saeckel die Kontaktaufnahme bald möglich macht.«

»Die Kontaktaufnahme?«, wollte Lehmann wissen.

»Ja, sicher. Den Kontakt zu einem Medium, das die Verbindung zwischen meiner lieben Frau und mir auch über die dunkle Kluft hinüber aufrechterhalten kann. Oder, noch besser, den Kontakt zu jemandem, der meine Frau aus dieser Umklammerung durch den Tod lösen kann; der ihr neue, ewige Frische einhaucht und ihr und mir hilft, den Tod für immer zu überwinden. An Geld soll's nicht scheitern!«

Sándor wagte einen Einwand.

»Das Treffen im Grunewald ist nicht sehr erfolgreich verlaufen.«

Über Ludwig Willenthiels Gesicht mit den brennenden Augen lief ein dunkler Schatten, und sein Blick wurde stumpf, als wäre er selbst vom Tod gezeichnet und nicht seine arme Auguste. Mit einem starren, ausdruckslos gewordenen Gesicht murmelte er kaum verständlich:

»Das war ein Reinfall, wie er uns besser nicht noch einmal passieren sollte. Der uns nicht ungestraft passieren darf.«

Sándor Lehmann stand auf. Draußen war die Sonne hinter der südlichen Friedrichstadt versunken, graublaue Fahlheit überzog binnen Minuten die Häuserschluchten und Straßen. Auguste Willenthiels Gesicht in dem riesigen Ehebett war nur noch eine weiße Arabeske, ein heller Schatten unter vielen dunklen. Ludwig Willenthiel schien das elektrische Licht nicht anknipsen zu wollen; er saß reglos in dem zweiten Lehnstuhl neben dem Bett, starrte vor sich hin und schwieg. Wieso zwei Lehnstühle, schoss es Sándor durch den Kopf, aber von dem gebrochenen Liebenden war keine Antwort mehr zu erwarten, also machte er drei nachdenkliche, lautlose Schritte zur Zimmertür und ging hinaus.

Auf der Marmortreppe hinunter ins Foyer kam ihm eine lachende Horde dicker Männer entgegen, honorige Burschen, allesamt mit Zigarren, gestutzten Bärten und Zylindern. Sie hatten teure Staubmäntel nachlässig über die Arme geworfen, trugen lederne Taschen mit wichtigen Papieren, Monokel oder blanke, blitzende Brillen. Bankdirektoren, dachte Sándor, Waffenhersteller. Oder machte die deutsche Industrie dem Mann im obersten Stockwerk ihre Aufwartung, diesem großmäuligen, machtfiebernden Adolf Hitler, der sich bereithielt im Hotel Kaiserhof, bis man ihn rufen würde?

Draußen auf der Wilhelmstraße war auf die expressionistisch untergegangene Sonne ein plötzlicher Frühsommerregen gefolgt; die Limousinen der gut gelaunten Besucher blitzten nass und schwarz, und ein paar Chauffeure lungerten herum, rauchten und sahen nicht auf, als Sándor Lehmanns große, aber gebeugte Gestalt an ihnen vorbeiging, mit einer nachdenklichen Lässigkeit auf die Straße trat und eine Kraftdroschke heranwinkte.

GESCHMACK

Die Quitzowstraße war praktisch menschenleer an diesem Sonntagvormittag, einem trüben Sonntag voller Nieselregen, der die Holzzäune schwärzte und die Bürgersteige vor den armseligen Häusern rutschig machte. Wer arbeiten musste drüben in den kathedralengroßen Lagerhallen am Westhafen oder auf den nassen Gleisen und Laderampen des Moabiter Güterbahnhofs, der arbeitete; alle Übrigen lagen in ihren Betten und schliefen den Samstagabendrausch aus – oder standen krakeelend schon wieder in den Bierschwemmen und betranken sich erneut.
Sándor hätte den Kopf schütteln mögen über das reflexhafte wochenendliche Trinkritual, aber das Kopfschütteln hätte ihm erhebliche Schmerzen zugefügt, denn den Trinkreflex hatte er selbst schließlich auch, und er büßte mit einem gewaltigen Brummschädel für die alkoholischen Eskapaden des Vorabends. Er empfand ein tiefes Gefühl von Ungerechtigkeit angesichts der Tatsache, dass mit zunehmendem Alter die Kopfschmerzen nach der Sauferei immer schlimmer wurden, während gleichzeitig der schon in der Kindheit antrainierte Impuls, das leidlich freie Wochenende im Vollrausch zu verbringen, gänzlich unvermindert anhielt.
Die anderen schienen gerade angekommen zu sein; Saeckel parkte eben die schwere 630er Pullman-Limousine in der engen Hofdurchfahrt neben dem Schuhmacherladen und drückte dabei fast das Tor zur Remise ein; Sándor würdigte ihn keines Blickes und schob sich durch das ausnahmsweise geöffnete Hoftor hinunter zu Kolotzkis Souterrainwohnung, die von der vielköpfigen Besuchergruppe überfüllt war. Berta Kolotzkis Vater war der Großaufmarsch der Okkultisten offensichtlich alles andere als recht; er machte sich wahrscheinlich Sorgen wegen der Polizei, die im Moabiter Arbeiterviertel jede Zusammenrottung gleich für ver-

dächtig hielt. Aber immerhin entdeckte er in Sándor ja einen Vertreter der Ordnungsmacht; und letztlich war er sicher von Saeckel vorab schon überreichlich für den Besuch entschädigt worden, also ließ er es darauf bewenden und versuchte, die Gruppe einigermaßen in dem kleinen Verschlag unterzubringen, in dem seine Tochter wie immer auf der fleckigen Chaiselongue lag. Sándor lehnte sich mit verschränkten Armen an die mit Makulatur tapezierte Zimmerwand und studierte die Gesichter der anderen. Kolotzki hatte krumme Holzläden vor die Fenster gezogen, und vom fahlen Licht des Hinterhofs drang kaum noch etwas in die kleine Kammer. Dafür stand in der Ecke unter einem kitschigen Heiligenbild – Sándor staunte, waren die Kolotzkis katholisch? – eine flackernde Kerze in einem roten Glas, deren Schein die Konturen der Gesichter noch schärfer erscheinen ließ und Lackmeister, Saeckel, Hossrow, Hartwig, die Willenthiels und Harold Cohn wie die gespenstischen Fratzen in einer höhnischen Parodie eines Gemäldes vom letzten Abendmahl aussehen ließ. Sándor Lehmann merkte, wie ihm der Schweiß ausbrach; er sah von Gesicht zu Gesicht, suchte nach Anzeichen von Nervosität, vielleicht von Aggression – und entdeckte nur eine Gier nach Sensation, das Warten auf Offenbarung, das von Minute zu Minute drängender zu werden schien.

Berta Kolotzki merkte von alldem ganz offenbar nicht viel. Sie lag in der stickigen Hitze des überfüllten Raums wie eine glänzende Wachspuppe, und ihr Vater fächelte ihr zuweilen mit einem Pappdeckel Luft zu oder ermahnte die anderen, seine Tochter nicht zu drängen, sie nicht unter Druck zu setzen. Saeckel ergriff das Wort.

»Nein, von Bedrängen kann keine Rede sein, auch wenn jeder von uns hier auf seine eigene Weise ein drängendes Problem im Reisegepäck hat, für das er Erlösung sucht. Erlösung, die kein einfacher Sterblicher geben kann. Wohl aber einer, der selbst die

Grenzen des Sterblichen überwunden hat und auf uraltes Wissen zugreifen kann, auf das priesterliche Wissen einer untergegangenen Kultur. Hört mich die Hohepriesterin?«

Berta schwieg, und Saeckel wiederholte beschwörend:

»Hohepriesterin, hört Ihr mich?«

Das Mädchen seufzte, sie verzog das Gesicht wie eine Schlafende, die gegen das Gewecktwerden ankämpfte. Die Besucher warteten gebannt, was passieren würde, aber Berta Kolotzki sprach nicht. Stattdessen durchlief ein an den Beinen beginnendes Zittern ihren ganzen Körper, und Sándor meinte Berta mit den Zähnen knirschen zu hören.

Kolotzki hatte ihnen erklärt, wie die Séancen üblicherweise abliefen. Oft ohne die bittstellenden Personen überhaupt zu kennen, ohne irgendetwas über ihre Gebrechen oder Probleme zu wissen, war Berta angeblich in der Lage, intuitiv die Krankheiten der Besucher auf sich selbst zu laden und zu durchleiden, während die Bittsteller oft geheilt oder zumindest mit gelinderten Beschwerden davonzogen. Das war extrem kräftezehrend für das schwache Ding; manche Symptome der Besucher überforderten Berta so, dass Kolotzki die Séance abbrechen musste. Auch jetzt hatte er den Raum nicht verlassen, sondern wartete mit etwas Abstand, um jederzeit eingreifen zu können, wenn die Sache seine Tochter zu überfordern schien.

Tatsächlich sah Berta inzwischen fürchterlich aus. Ihre Haare klebten ihr schweißnass am Kopf; die Haut war nicht mehr blass, sondern regelrecht grau, und die Lippen schienen alle Röte verloren zu haben und wie zwei schwarze Striche unter der kleinen Nase zu hängen; zwei Kommas der Anstrengung.

Sándor hatte jedes Interesse an den anderen Anwesenden verloren; wie sie alle starrte er nur noch das Mädchen an, und seine Fäuste bohrten sich in die eigenen Jackenärmel, als wollte er Fetzen herausreißen. Was zum Teufel ging hier vor? Kein Mensch konnte rote Lippen schwarz schauspielern, und diese glasigen

Augen, mit denen Berta jetzt plötzlich voller Angst an die Kammerdecke starrte, schienen Dinge zu sehen, die nicht aus dem Hier und Jetzt stammten, sondern aus schrecklichen, lange zurückliegenden Zeiten.

Sándor merkte, wie eine rumorende Anspannung nach seinem Magen und seinen Därmen griff; das war nicht der verdammte Kater, das war die nackte Angst. Wo bliebe er denn mit seinem Polizistenlatein, wenn Berta Kolotzki jetzt plötzlich mit der Stimme einer längst vergessenen Hohepriesterin zu ihnen sprechen würde; würde er ihre Identitätskarte verlangen, ihre Fingerabdrücke nehmen?

Ein Krampf schüttelte den schmalen Körper; Berta bäumte sich auf, sie sabberte, würgte Speichel hervor, der mit hellrotem Blut gemischt war, als hätte sie sich in ihrer Verkrampfung auf die Zunge gebissen.

Ihr Vater wurde unruhig, er wollte eingreifen, aber die Besucher beugten sich dicht gedrängt über das kämpfende Mädchen.

»Was siehst du? Was siehst du? Bist du dort?«, wollte Willenthiel mit monoton krächzender Stimme wissen, und Harold Cohn, der Komponist, rüttelte triumphierend an Sándors Schulter, als müsste er ihn überzeugen von dem, was sie hier alle sahen. Seine Stimme überschlug sich vor Begeisterung.

»Glauben Sie es jetzt endlich? Ja? Das ist echt, echt! Das kann man nicht spielen. Das Kind kommuniziert mit der schöpferischen Urgewalt. *Das* ist die Inspiration, die meiner Musik fehlt, Ekstase und Wahnsinn, urtümliche Kraft, ein Kampf um Leben und Tod!«

Cohns Berührung, die er wütend abschüttelte, brachte Sándor für einen Moment wieder in die Realität zurück. Was geschah hier? Wenn das Kind nicht spielte – und was sie hier sahen, das konnte man wirklich nicht spielen, das schien auch Berta Kolotzkis Vater unterdessen zu merken, der verzweifelt versuchte, sich eine Schneise durch die gedrängt stehenden Besucher zu bahnen –, wenn das nicht gespielt war, dann war Berta Kolotzki kurz vor dem tatsächlichen Zusammenbruch, dann bestand hier höchste Lebensgefahr. Er musste handeln, musste den eigenen hypnotischen Zustand überwinden und das Kind retten.

»Saeckel, genug, machen Sie die Fenster auf, schnell!« Unwillen brandete auf über diese Unterbrechung. Er schrie: »Hören Sie nicht? Hartwig, los, setzen Sie das Kind auf! Lackmeister!«

Berta Kolotzkis Vater reagierte als Erster auf die unerwartete Unterstützung, er riss in wilder Verzweiflung mit Schlägen und Rempeln die Umstehende auseinander.

»Ein Brechmittel, los, stecken Sie ihr die Finger in den Hals«, befahl Sándor, doch in dem Moment, in dem Rosalind Hossrow, die sich von dem Anblick des kollabierenden Mädchens losgerissen hatte, die Fensterluke aufstieß und das Tageslicht hereinschwappte wie graues Spülwasser, sahen sie, dass Berta Kolotzki eben mit weit aufgerissenen Augen und schaumverschmiertem Mund in den Armen ihres Vaters ihren letzten Atemzug gemacht hatte.

Chaos brach aus. Bertas Vater brüllte verzweifelt aus vollem Hals; das Geschrei rief seine Frau und weitere Verwandte aus den Nachbarräumen herbei; und auch die okkulte Besuchergruppe reagierte mit panischem Schrecken, als wäre das Kind direkt vor ihren Augen von den Geistern, die es gerufen hatte, verschlungen worden. Was war passiert? Hatte die kleine Berta Kolotzki aus Überanstrengung einen bloßen Schwächeanfall erlitten? Oder war Fremdeinwirkung im Spiel? Sándor fasste mit beiden Händen an seinen Kopf und versuchte, die sich aufbäumenden Kopfschmerzen zu bändigen; dann herrschte er Saeckel an, der fassungslos und streckensstarr, aber als Einziger doch einigermaßen kontrolliert im heillosen Durcheinander stand:

»Saeckel, passen Sie auf das Kind auf, niemand fasst etwas an. Ich hole Verstärkung, sorgen Sie dafür, dass keiner weggeht, hören Sie mich, Mann?«

Saeckel nickte. Er konnte den Blick nicht von Berta wenden, über der ihr Vater schluchzend zusammengebrochen war.
Sándor hastete raus auf die Straße; er pfiff Hansen und den dicken Plötz, die Schicht auf dem Beobachtungsposten gehabt hatten, herbei. Plötz kaute.
»Ihr verdammten Arschgeigen sitzt hier draußen bei Kaffee und Kuchen, und da drin stirbt das Mädchen, auf das ihr aufpassen solltet. Habt ihr gepennt die letzten Stunden? Nix gesehen?«
Die beiden Wachtmeister waren völlig entgeistert. Plötz sprach mit vollem Mund.
»Chef, großet Ehrenwort: Keen Mensch ist da rinjekommen, keene Maus!«
Hansen nickte zustimmend.
»So war's, Chef. Wir haben fünfzehn oder zwanzig Leute gesehen, die was abzugeben hatten, aber reingegangen ist keiner. Wenn er sich nicht übers Dach abgeseilt hat oder durch die Wände gehen konnte.«
Sándor verengte die Augen über den markanten Backenknochen und der irgendwann mal gebrochenen und nur schief wieder zusammengewachsenen Nase zu kleinen Schlitzen.
»Wer hatte da was abzugeben?«
Hansen machte eine ausholende, unbestimmte Handbewegung.
»Die Leute. Alte, Junge, Männer, Frauen: Leute halt. Die Zielperson scheint in der ganzen Nachbarschaft beliebt gewesen zu sein; jedenfalls gab es laufend Geschenke. Schnapsflaschen, Brot, Kuchen, Schokoladentafeln, was man so als Dankeschön überreicht.«
Sándor nickte mit schwerem Kopf. Da hatten sie die Bescherung. Er riss den Schädel seitwärts, deutete die Straße hoch zu einer Gaststätte, die sicher Telefon hatte.
»Los, Plötz, du rufst Verstärkung her. Die sollen gleich einen Chemiker ins Mordauto setzen! Und du«, er knurrte den blass gewordenen Hansen ungnädig an, »du kommst mit rein, du … Aufpasserkönig.«

In der Hofdurchfahrt stand der Mercedes mit laufendem Motor; Willenthiel hatte seine bleiche, schwankende Frau in die Limousine gesetzt, die keine Kraft mehr hatte, um dem Spektakel länger zuzusehen. In der Souterrainkammer war unterdessen betäubte Ruhe eingekehrt; Kolotzki hockte noch immer wimmernd neben seiner toten Tochter, und Sándor Lehmann nickte den Besuchern zu und bedeutete ihnen, draußen zu warten, wenn sie wollten. Erich Saeckel rührte sich nicht vom Fleck, und Rosalind Hossrow schob sich durch den fliegenverdreckten Vorhang in die Nachbarräume, um vielleicht mit den entsetzten Angehörigen sprechen zu können; alle Übrigen trotteten verstört hinaus.

»Ich verstehe das nicht, ich verstehe das nicht!« Bertas Vater wimmerte entsetzt vor sich hin, und Sándor hockte sich ihm gegenüber auf die Bettkante.

»Kolotzki, reißen Sie sich zusammen. Wir müssen herausfinden, was hier passiert ist, und dafür brauche ich Ihre Hilfe. War es normal, dass Ihrer Tochter diese … Sitzungen derart schwerfielen? Dass sie so litt und sich überanstrengte?«

Kolotzki sah auf, und hinter dem Tränenschleier seiner Augen blitzten ein Rest Schadenfreude und väterlicher Stolz.

»Schwerfielen? Et war doch immer nur jespielt, jespielt für all die Jeschenke, die die Leute anjeschleppt haben. Gott, was hat meiner Berta det für'n Spaß jemacht! Je mehr se jejammert und krakeelt hat, umso größer wurden die Berge von Mitbringseln, die die juten Leute uns vor die Neese jelegt haben. Glaub'se mir, ohne Bertas Naturtalent hätten wir die letzten Jahre keene Butter auf den Stullen jehabt.«

»Und heute, war das auch gespielt?«

Der Vater schüttelte sich; die Erinnerung an die zurückliegende Stunde machte ihm sichtlich zu schaffen.

»Am Anfang ja, am Anfang war't so wie immer. Die Leute wolln det sehn, und Berta jibt, Berta jab et ihnen. Bissken Zittern, was Spucke, die Leute sehen da Jott weeß wat drin, und manchmal«,

Kolotzki blickte auf, und seine Stimme bekam etwas Trotziges, »manchmal passierte ja wirklich was. Ooch wenn Berta nur jespielt hatte, die Leute wurden wirklich jesund, und det war ja wohl nicht ooch nur jespielt, oder? Also hatte meen Kind wat an sich, dass det bewirken konnte. Ooch wenn det Jesabbere und Zittern nicht echt war – die Heilungen waren echt, det ist doch die Hauptsache, oder?«
»Hat sie nun heute gespielt oder nicht?«
Kolotzki schüttelte den Kopf. Er wiederholte:
»Am Anfang ja. Aber nach'n paar Minuten fiel mir schon uff, dat et diesmal anders war; dat se diesmal noch mehr Theater machte als sonst, vastehn Sie mich? Erst dacht' ik, hoffentlich übertreibt die Kleene jetzt nicht, det fällt den Herrschaften doch uff, wenn'se so dolle macht. Aber dann war klar, det spieltse nicht, det ist Ernst, und mir wurde plötzlich janz anders.«
Er sah Sándor an mit seinem aschgrauen Gesicht und erschreckten Augen.
»Weiß nich, was heute anders war, aber ich hab die janze Zeit nur Schiss gehabt, so is mir det noch nie jegangen.«
An der Tür zur Kammer entstand Unruhe; draußen war der Mordwagen eingetroffen; der Toxikologe kam herein, ein ernster Mann mit weißem Backenbart und einer altmodischen Arzttasche, der so vertrauenerweckend aussah wie ein guter Arzt und Freund des Hauses – obwohl Vertrauen die kleine Berta nicht mehr lebendig machen würde. Er nickte Sándor zu. Sándor erklärte Kolotzki, was er vorhatte.
»Meine Männer haben mir berichtet, dass Ihre Tochter auch in den letzten Tagen eine Menge Geschenke bekommen hat. Wo bewahren Sie die auf? Wurde etwas davon gegessen? Durch wen, nur durch Berta oder auch durch andere Angehörige?«
Kolotzki hatte die Stirn in Falten gelegt; erst langsam dämmerte ihm, was die Frage bezwecken sollte.
»Wollnse sagen, det meine Kleene vajiftet worden ist?«

Sándor sah ihn weiter unverwandt an, und Kolotzki deutete auf den speckigen Vorhang zu den Nebenräumen.
»Det Zeugs steht alles in der Küche uffm Bord!«
Der Toxikologe nickte und nahm den steifen schwarzen Hut ab, um unter dem niedrigen Türrahmen hindurchzupassen.

Erich Saeckel hatte die verzweifelte Trauer von Kolotzki und das Eintreffen des Polizeiarztes stumm mit angesehen und saß nun, während Bertas Vater den Mann nach nebenan brachte, mit vor dem Gesicht zusammengeschlagenen Händen noch immer neben dem toten Mädchen. Sándor betrachtete ihn; noch immer saß ihm selbst die Beklemmung nach den schockierenden Erlebnissen dieses Vormittags im Nacken, und er schüttelte sich und zog die Schultern hoch.
»Saeckel, was machen Sie noch hier drin? Ihre Spuktouristen warten draußen!«
Saeckel überhörte den galligen Spott in der Stimme des Polizisten, er seufzte und blickte auf. Sándor staunte; auch die Augen des Wissenschaftlers glitzerten feucht.
»Sie flennen?«
Saeckel schüttelte den Kopf und schnäuzte sich die Nase. Er räusperte sich und deutete auf den kalkweißen Leichnam von Berta Kolotzki, der im Schummerlicht dieses trüben Tages langsam seine verzerrte Scharfkantigkeit verloren hatte. Der Tod war über das Gesicht gegangen und hatte alles Leben daraus genommen; die Züge waren weich und verschwommen geworden, als sähe man das Mädchen aus großer Entfernung: ein konturloser heller Fleck in der fleckigen, dunklen Umrandung der Chaiselongue.
»Nein, ich ›flenne‹ nicht, Sie Banause, ich trauere. Um ein totes Kind und einen großen Verlust für die Wissenschaft.«
»Haben Sie nicht zugehört? Kolotzki hat zugegeben, dass das ganze Theater nur gespielt war, um von den Nachbarn ein paar milde Gaben zu erbetteln.«

Saeckel widersprach empört. »Haben Sie selbst nicht zugehört? Gespielt, ja, in der Tat und meinetwegen, aber trotzdem wirkungsvoll. Die Heilungen haben stattgefunden, das hat Kolotzki klipp und klar bestätigt. Warum denn? Ich sage es Ihnen. Weil die kleine Berta Kolotzki eben doch eine okkulte, heilende Kraft hatte, verlorenes, uraltes Geheimwissen.«

Sándor lachte auf.

»Wer soll ihr das beigebracht haben? Haben Ihre okkulten Hohenpriester ihr eine Rohrpost geschickt mit ein paar Zauberformeln?«

Saeckel warf ihm einen strafenden, verächtlichen Blick zu.

»Ich glaube kaum, dass die Wissensvermittlung über Jahrtausende derartige Transportmittel nötig gehabt hat. Das macht ja gerade das Übersinnliche aus, dass es sich Wegen und Wirkweisen bedient, die wir uns mit unserem heutigen Kenntnisstand nicht mal vorstellen können. Berta Kolotzki hätte uns unendlich wertvolle Hinweise geben können.«

Sándor knurrte unwillig. Er hoffte, dass vor allem der Toxikologe wertvolle Hinweise aus der Küche herbeibringen würde, und tatsächlich tauchte der Mann nach kurzem Warten mit einem geöffneten Honigglas wieder auf, das er ehrfürchtig wie einen Weihwasserkelch vor sich hertrug und behutsam auf ein als Tisch dienendes altes Fass in der Kammerecke setzte.

Sándor und Saeckel traten näher.

»Wenn das Opfer – wie Sie zu vermuten scheinen, Kollege Lehmann, wir werden das noch genauer untersuchen müssen, aber das geht kaum hier –, wenn das Opfer tatsächlich mit einem Lebensmittel vergiftet worden ist, dann haben wir hier das einzige, dass nur das Opfer selbst gekostet hat und das offenbar gestern Abend vor der Ladentür draußen auf der Quitzowstraße abgestellt wurde.«

Sándor beugte sich vor, um im Schummerlicht besser sehen zu können, und konstatierte:

»Das ist Honig.«
»Jenau, det is Honig«, bestätigte von der Kammer her auch der Vater der Toten, der hinter dem Polizeimediziner in den Türrahmen getreten war, eine geöffnete, halb leere Schnapsflasche in der Hand hielt und sich schon jetzt seitlich abstützen musste.
»Den Süßkram konnt' die Kleene immer alleene ufffuttern, da war'se janz scharf drauf. Und zum Honigkoofen fehlt uns die Penunze.«
Der Toxikologe nickte.
»Jedenfalls werden wir das Glas mitnehmen und genauer untersuchen.«
Sándor zuckte die Achseln.
»Meinen Sie, der Honig wurde mit Arsen versetzt?«
Saeckel hatte den Honig fasziniert angestarrt und deutete jetzt mit dem Finger auf das gewölbte Pressglas, auf dem ein mit Wachskreide aufgemaltes Zeichen prangte, ein gespiegeltes und auf die Spitze gekipptes »Z« in Groteskschrift.
»Arsen? Ich tippe eher auf den Blütenstaub der Eibe.«
Der Toxikologe drehte sich interessiert um.
»Sieh an, ein Kollege?«
Saeckel schüttelte den Kopf.
»Nein. Nur einer, der sehen und lesen kann. Sehen Sie hier das Zeichen auf dem Glas? Es ist eine Rune – die dreizehnte des Runenalphabets, das Kriegszeichen ›Ihwa‹, um genau zu sein.«
»Eine Rune?«
Sándor waren die seit ein paar Jahren wieder modern gewordenen alten Schriftzeichen suspekt, und noch suspekter waren ihm alle Versuche, sie zu deuten und zu übersetzen. Doch Saeckel schien seiner Sache sicher zu sein; er hob den Zeigefinger und dozierte:
»*Taxus baccata,* die Europäische Eibe, die Gemeine Eibe, wenn Sie so wollen, gibt dieser Rune ihren alten germanischen Namen Ihwa. Er bedeutet wie Taxus selbst so viel wie Pfeilbogen oder Armbrust und steht als Zeichen für den Bogenschützen, dessen

Bogen aus Eibenholz geschnitzt wird. Ihwa wird deshalb auch die Eibenrune genannt.«

Der Toxikologe schien sich über die kollegiale Belehrung geradezu zu freuen; er nickte wohlwollend, und seine Augen glänzten hinter einem kleinen Monokel, das er zur Begutachtung des Honigglases aufgesetzt hatte.

Saeckel fuhr fort:

»Fast alles an der Europäischen Eibe ist hochgiftig; die Rinde, die Nadeln, der Samen bringen Hunde, Menschen und Pferde um. Die roten Fruchtkörper übrigens nicht; aber der Blütenstaub enthält die konzentrierteste Form dieses Eibengiftes. Wenn der, der dieses Glas so kenntnisreich mit der Eibenrune gekennzeichnet hat, den Honig mit Eibenpollen versetzt hat, dann wundert mich nichts von dem, was wir hier vorhin erleben mussten.«

Der Polizeimediziner nickte erneut und wickelte das Glas behutsam in ein Leinentuch. Sándor hob die Hand.

»Moment, haben Sie nach Fingerabdrücken gesehen, Kollege?«

»Nichts zu finden. Ein paar Honigpfoten von dem kleinen Mädchen, doch davor muss das Glas sehr gründlich abgewischt worden sein. Auch das deutet darauf hin, dass wir hier die ...nun ja: die Tatwaffe vor uns haben. Das Eibengift. Ich staune!«

Der Toxikologe zog mit einer formvollendeten Geste vor Saeckel den Hut und verließ in gebückter Haltung die niedrige Kammer. Von der Nebentür her war die betrunkene Stimme von Kolotzki zu hören.

»Eibe? Nie jehört. Wo wächst dit Zeug?«

Sándor sah Saeckel fragend an, und der Mann hob gelangweilt die Schultern.

»Wenn Sie sich vergiften wollen: sogar im Tiergarten.«

EIFER

Vielleicht hatte der Fund des Eibenhonigs Sándor Lehmanns Gedanken wieder in die Dimensionen eines ganz normalen Kriminalfalls zurückgeholt, oder das Verlassen der engen Sterbekammer hatte den beklemmenden Druck von seiner Brust genommen: Jedenfalls atmete Sándor auf, als Saeckel und die anderen den Schauplatz des Verbrechens endlich verlassen hatten, das Mordauto die Leiche der armen Berta Kolotzki mitnahm und er selbst unbeobachtet und unbehelligt den erlebten Wahnsinn überdenken konnte. Im Hinterhof fand er ein ruhiges Plätzchen, lehnte sich an eine Teppichklopfstange und ärgerte sich, keine Zigaretten eingesteckt zu haben. Er versuchte konzentriert, sich das tatsächlich Erlebte vor Augen zu rufen, ohne erneut Opfer von Angstvorstellungen oder Befürchtungen zu werden, die den ganzen Vormittag wie ein Albdruck auf ihm gelastet hatten. Was war mit ihm los gewesen? Früher hatte man ihn zu jeder Tages- und Nachtzeit mit den schockierendsten Dingen konfrontieren können, und er hatte ungerührt und kaltblütig getan, was immer getan werden musste. Bei diesem Fall war alles anders; er zeigte Nerven, verlor sich in Tagträumen, kämpfte gegen einen revoltierenden Magen. Sollte er mit dem Alkohol mal eine Pause machen? Er wäre, dachte er manchmal, nur ein halber Mensch ohne das gleichmäßige Auf und Ab der Gezeiten von Rausch und Kater …
Apropos Kater: Jetzt, wo der vom Vorabend hinterlassene Kopfschmerz langsam nachließ und der Druck der Ereignisse nicht mehr auf ihm lastete, bekam er Hunger. Er beschloss, sich gegenüber in der Kaffeeklappe irgendetwas Herzhaftes einzuverleiben – Blut- und Leberwurst, ein paar Schmalzstullen mit Grieben und grünen Gurken. Vielleicht gab es Pellkartoffeln mit Quark und Leinöl. Er machte sich auf den Weg, durchquerte den Hof

und betrat das Treppenhaus des Vorderhauses. Dort roch es nach Zigarettenrauch. Und wahrhaftig: Rosalind Hossrow saß eine halbe Treppe höher auf den Holzstufen, rauchte und pustete Ringe in die stickige Luft des Treppenhauses, wo es nach gekochtem Mittagessen, nach Kohl und Kohle stank.
»Hören Sie mal«, sagte die Hossrow, »da hat schon einer ein Radio. Ganz schön kostspielig für einen Arbeiter aus Moabit, right?«
Sándor polterte die neun Stufen zu ihr hoch und setzte sich neben sie, lauschte. Richtig, irgendwo in einem der oberen Stockwerke war Jazzmusik zu hören; keine Livemusik, sondern wirklich eine der Radioübertragungen, die die Stadt in den letzten Jahren erobert hatten. In den besseren Stadtteilen sollte schon jeder dritte Haushalt einen Radioapparat besitzen, hier im Arbeiterquartier scharten sich oft mehrere Familien um einen der teuren Empfänger. Dass heute schon mittags Musik gesendet wurde, war wohl dem Sonntag geschuldet; normalerweise gab es tagsüber einen Mix aus Nachrichtensendungen, Zeitsignalen und amtlichen Ansagen, und erst am Abend wurden Konzerte oder Schallplatten abgespielt.
Sándor hörte genauer hin. Das war Ruth Etting mit *Ten Cents a Dance*, einem Song, zu dem er selbst noch letztes Jahr in Julian Fuhs' »Follies Band« die Klarinette gespielt hatte. Ein Song, den er mit der Sängerin Bella verband, die jetzt irgendwo drüben in den Staaten auf irgendeiner Jazzbühne stand und ihre Berliner Anfangsjahre längst vergessen hatte.
Rosalind Hossrow sah zu ihm auf.
»Was soll das Gesicht? Machen Sie sich nichts aus Musik?«
Sándor zog die Augenbrauen hoch und drehte seinen Kopf zu ihr hinüber.
»Donnerwetter, haben Sie eine Karte für das Sonntagskonzert gelöst? Holzklasse, ja? Ich staune. Wieso sind Sie nicht längst drüben in der Birkenstraße auf dem Telegrafenamt?«

Rosalind Hossrow machte ein ärgerliches Gesicht, doch er ließ nicht locker.
»Wollen Sie Ihre Sensation nicht gleich an die amerikanische Presse durchfunken? Noch eine Stunde, und draußen drängeln sich die Reporter und sind begierig zu erfahren, was hier passiert ist. Sie selbst haben es aus allernächster Nähe erlebt. Machen Sie was draus, setzen Sie eine Exklusivreportage ab nach Amerika!«
Rosalind Hossrow schüttelte unwillig den Kopf, und ihre blonden Haare wirkten stumpf und schwerfällig im Halbdunkel des Treppenhauses.
»Sie haben eine falsche Vorstellung von der Pressearbeit, Kommissar.«
Sándor lachte auf.
»Meinen Sie, Ihre amerikanischen Newspaper unterscheiden sich so sehr von unseren deutschen? Wer heizt denn die Sucht des Publikums nach diesem okkulten Firlefanz an? Wer bringt denn jedes neue Medium mit sensationsheischendem Geschrei auf die Titelseite und verkauft das spiritistische Geschwafel gleich als bare Münze?«
Er redete sich in Rage.
»Ja, kaufen Sie sich einen ›wissenschaftlichen Berater‹, zitieren Sie ihn als namhafte Koryphäe, lassen Sie sich von ihm die Wunderheiler und Propheten wie gepökelte Hasenbraten auf dem Silbertablett auftischen. Aber glauben Sie bitte nicht eine Minute daran, dass dieser ganze Hokuspokus auch nur einen Funken Wahrheit enthielte – nicht einen Funken!«
Rosalind Hossrow schüttelte seufzend den Kopf.
»Lesen Sie denn überhaupt Zeitungen, Lehmann? Wahrscheinlich nur die *Gartenlaube*. Von unserer amerikanischen Muckraker-Tradition scheinen Sie jedenfalls noch nichts gehört zu haben. Ja, Kommissar, Muckraking, genau das ist der Job: Mit der Mistgabel im Dreck wühlen, aufstöbern, was aufgestöbert wer-

den kann – nicht mit der geschnörkelten Feder um den Mist herumschreiben, sondern immer mittenrein!«

Sie steckte sich eine weitere Zigarette an und hielt auch Sándor die dünnen Yorck hin; der lehnte ab.

»Teddy Roosevelt hat die Sache damals auf den Punkt gebracht und meine werten Kollegen oder journalistischen Ahnen als erster ›Mistgabler‹ genannt; ich selbst – und viele mit mir – haben das immer als Auszeichnung verstanden; wer den Dingen auf den Grund gehen will, kann das nicht mit der Kuchengabel in der einen und dem Champagnerglas in der anderen Hand. Deshalb – nur deshalb! – bin ich hier. Halten Sie mich nicht für einfältig oder schnell zu beeindrucken, Lehmann, den Fehler haben schon andere gemacht; wildere Pferde und wütendere Ochsen, als Sie mir einer zu sein scheinen.«

Sándor verzog das Gesicht über den unschmeichelhaften Vergleich, Rosalind lachte. Sie fuhr fort:

»Nein, keine Sorge. Dass mir vorhin reichlich mulmig zumute war, gebe ich gern zu; aber dass es wirklich nicht mit rechten Dingen zugehen könnte, habe ich keine Sekunde geglaubt. Ich habe vom Boss, von Jesse Jones drüben in Houston, kein derartig dickes Spesenkonto bekommen, damit ich hier irgendwelche romantischen Geistergeschichten liefere. Das Sich-selbst-für-heilig-Halten der Nazis ist ein handfester Betrug, da bin ich sicher. Geschichtsfälschung und Propaganda machen einen Kult daraus – und genau *das* will ich zeigen. Denn nebenbei: Dass unsere beiden bisherigen okkulten Erlebnisse offenbar noch mit einem verrückten Mörder zu tun haben, ist eine dramatische Sache, aber im Grunde haben wir doch, von den beiden armen Opfern abgesehen, bisher nur Kinderkram erlebt. Eine pubertierende Gesundbeterin, ein kleinkrimineller Prophet: Ich bitte Sie, Lehmann. Ich bitte Sie!«

Sándor schwieg, und das Gesicht von Rosalind Hossrow verlor seinen Eifer und machte einer verunsicherten Beklemmung Platz.

»Zumindest war das der bisherige Plan: Quacksalber und Wunderheiler als Zeitphänomen entlarven, dem deutschen Volk Leichtgläubigkeit nachweisen und den aufkommenden Nazis Missbrauch dieser Leichtgläubigkeit. Aber …«
Sándor blickte auf, als wäre er eben aus einem Mittagschlaf erwacht; fast schläfrig und trotzdem voller hintergründiger Aufmerksamkeit.
»Aber?«
Rosalind schwieg.
Sándor wiederholte: »Aber was?«
Sie seufzte.
»Aber wenn ich das eine als Illusion und Blendwerk ansehen will, dann muss ich auf der anderen Seite einen festen Standpunkt haben, eine Position, die stabil ist, auf Wissenschaft und gesundem Menschenverstand basiert. Wenn ganz Deutschland einigermaßen vernünftig bleibt, kann ich ein paar okkulte Blender leicht für verrückt erklären.«
Sándor Lehmann lachte rau auf, und Rosalind Hossrow nickte.
»Ja, ich weiß, das brauche ich Ihnen nicht erzählen, Kommissar. Dass wir es, je länger ich es mir ansehe, nicht mit einer Handvoll Verrückten zu tun haben …«
»… sondern mit einem ganzen Land, das verrückt geworden zu sein scheint«, beschloss Sándor ihren Satz.
»Ja. Welcher Vater lässt denn sein Kind vor Fremden und für Geld in Trance fallen? Wer legt den Leichnam eines ermordeten Trickbetrügers zu einem okkulten Rätsel aus? Männer in Uniformen auf der Suche nach der tausendjährigen Rechtfertigung ihres rassischen Machtanspruchs; verfallende Villen in prachtvollen Luxusvierteln und Straßenschlachten zwischen politischen Gegnern in den Arbeiterquartieren; ein Volk, das gleichzeitig hungern und hassen kann, Jazz in den Nachtlokalen und Mord und Totschlag in den Suppenküchen: Dieses Land ist am Abgrund, Lehmann. Was da auf uns zukommt, ist kein Sieg der Vernunft

und der Wissenschaft, sondern eine albtraumhafte Manifestation des Wahnsinns.«

Sie griff sich mit der gespreizten Hand in die Haare.

»Hergeschickt worden bin ich, um ein okkultes Zeitphänomen als Hokuspokus zu entlarven. Und jetzt stehe ich mittendrin im Hokuspokus und merke, dass das, was da passiert, in ein paar pointierten Zeitungsartikeln gar nicht mehr einzufangen ist. Weil es dafür längst zu groß geworden ist, viel zu groß.«

Sie sah ihn an, und auch er musterte dieses robuste, hochgewachsene Cowgirl, das da neben ihm auf der Treppe dieses Moabiter Arbeiterhauses hockte und an seiner Mission zweifelte.

Ihre Augen waren grün mit braunen Sprenkeln, und nichts an ihrem Gesicht lachte mehr.

»Glauben Sie an Gespenster, Lehmann? Und welche Beschwörungsformeln haben Sie, um sie zu bannen, die heutigen … und die Gespenster der Zukunft?«

Sándor schüttelte langsam, aber entschlossen den Kopf. Nein, er glaubte nicht, dass Beschwörungen viel halfen. Er benutzte, was er hatte, um auf dem Boden der Tatsachen zu bleiben, einen klaren Kopf zu behalten.

»Eine Flasche Schnaps.«

Rosalind lachte. »Schnaps! So stellen Sie sich einen klaren Kopf vor?«

Eine Klarinette.

Ein paar Handschellen.

Er wendete sich ihr zu.

Einen Kuss.

ÜBERFORDERUNG

Das Polizeipräsidium am Alexanderplatz, das sich an der Dircksenstraße entlang in Richtung Jannowitzbrücke zur Spree hinunter erstreckte, war im Grunde ein imposantes, hoch aufragendes Gebäude, ein Polizeipalast mit zwei mächtigen Ecktürmen, von Straßenbahnlinien und Automobilen umbraust und nach Südwesten hin flankiert von den immer lauten, stark frequentierten Bahngleisen – ein Fels in der Brandung der Großstadt. Allerdings hatte der Fels über die Jahre Patina angesetzt; die Fassade hatte sich schwärzlich verfärbt, und die Fensterscheiben der Büros, Warteräume und Vernehmungskammern waren verrußt und blind geworden. Wie ein steinaltes Rhinozeros ragte das Gebäude mit einem seiner Türme in den Alexanderplatz, taub, faltig und lendenlahm – ein Ort, der jeden Glanz verloren hatte.

Sogar die fünf Tonnen schwere kupferne Berolina-Statue, die vis-à-vis vom Präsidium wenigstens ansatzweise weibliche Anmut repräsentiert hatte – und die angeblich nach Gestalt und Gesicht einer Schustertochter namens Anna Sasse geformt worden war – hatte man 1927 beiseitegeschafft, um unter dem Platz die U-Bahn zu modernisieren; jetzt, vier Jahre später, war von Fräulein Sasse weit und breit nichts zu sehen, und nur das Berolinahaus nebenan erinnerte noch an die frühere Anwesenheit der Namenspatronin Berlins.

Ein zweites altes Nashorn befand sich im Innern des Polizeipräsidiums; ein besonders fettes Exemplar obendrein, alt und immer hungrig und um diese abendliche Stunde selbst gegenüber einem seiner Lieblingspolizisten, Sándor Lehmann, alles andere als gut gelaunt. Ernst Gennat hatte zweifellos den ganzen Tag Akten gewälzt, den Fernsprecher bedient und sich mit einem Schwarm lästiger Presseleute herumgeärgert; Presseleute, die wie die Madenhacker auf einem Nashorn an ihm herumgepickt hatten, um ihm ein paar Würmer aus den Zähnen zu ziehen, ein paar Informationen über das, was sich in ihren Köpfen zunehmend als »Berliner Spukmorde« zu einer handfesten Sensation verdichtete. Und Sándor Lehmann konnte sich vorstellen, wie dieses Angepicktwerden an dem Alten nagte; der Mann hasste es, von seiner kriminalistischen Arbeit abgehalten zu werden und im Visier der Abendzeitungen zu stehen, die allesamt unbedingt schnell noch vor Redaktionsschluss ein paar Informationsbröckchen ergattern wollten.

Deshalb hatte Sándor versucht, lautlos und ungesehen am Büro des Chefs vorbeizukommen, aber der Dicke hatte die Bürotür extra weit offen stehen gelassen – überhaupt eine Marotte von ihm, die offen stehende Bürotür, die noch dem kleinsten Polizisten signalisieren sollte, dass er willkommen war beim obersten Chef, dass hier Teamarbeit gefragt war, gemeinsames wissenschaftliches Arbeiten, zu dem jeder etwas beitragen konnte.

Ja, auch Sándor Lehmann konnte an diesem Abend etwas beitragen. Er konnte nämlich Kopf und Buckel hinhalten für eine erstklassige Standpauke; einen hochkarätigen Anschiss von Ernst Gennat höchstpersönlich.

In solchen Augenblicken hasste Sándor den Chef; es war einfach zu offensichtlich, dass irgendeiner für das Feststecken in einem Fall einen Arschtritt bekommen musste, doch wieso dieser eine ausgerechnet er selbst sein musste – schließlich war er derjenige, der am intensivsten an der Sache arbeitete und sich, von kurzen wochenendlichen Knock-outs abgesehen, wirklich bemühte –, das wollte nicht in seinen kantigen Kopf.

»Bemühen, bemühen! Wenn ich nur das *Wort* schon höre!«

Gennat war wirklich sauer; Sándor hatte den Chef selten so erlebt. Das war, die eingefleischten Gennatologen im Präsidium wussten das, ein ernstes Zeichen dafür, dass der Mann mit seinem

Kriminalistenlatein ebenfalls am Ende war, dass ein Fall nicht zu seinem üblichen Instrumentarium passte, nicht nach Schema F oder irgendeinem anderen Schema bearbeitet werden konnte.
Wenn Gennat ehrlich wäre, müsste er zugeben, dass er sich doch im Grunde nach genau solchen Fällen sehnte – das meinte Sándor zu wissen. Jeden Nachmittag grub sich der Chef, über die Unterforderung seines Intellekts klagend, frustriert mit der Kuchengabel durch aufgetürmte Stachelbeertortenberge. Doch wenn dann mal ein Fall ganz anders war, aufregend anders sogar, dann wurde er wütend.
Sándor seufzte, und Seufzen war das Allerletzte, was der Chef hören wollte.
»Sie seufzen? *Sie?* Worüber denn bitte, wenn es erlaubt ist, das zu fragen? Über die Last Ihrer Arbeit? Die Bürde der Ermittlungen? Mein lieber Scholli! Einen kleinen Begleitauftrag gibt man Ihnen, um den sich andere Kollegen reißen würden – eine bildhübsche Amerikanerin vor den Grobheiten der Reichshauptstadt beschützen –, und was machen Sie? Sie führen das arme Kind direkt zum Tatort eines bevorstehenden Verbrechens und lassen sie zur Zeugin eines Giftmords werden!«
»Ich konnte doch nicht wissen …«, versuchte Sándor eine Rechtfertigung, aber es war klar, dass er damit nicht weit kam.
»*Das* aber ist genau Ihre Aufgabe, Lehmann, zu wissen – und nicht zu raten, zu tasten, zu versuchen, sich zu bemühen. Haben Sie draußen die Abendzeitungen gesehen? Spukmorde geschehen in unserer Stadt, geheimnisvolle Morde in okkulten Zirkeln, zwei in einer Woche! Täter aus dem Jenseits werden vermutet! Und Sie? Sie nehmen die Lady bei der Hand – und es gibt bereits Gerüchte, mein Lieber, dass Sie sie nicht nur bei der Hand nehmen! – und führen sie mitten hinein in diesen Irrsinn!«
»Gerüchte?« Jetzt verdüsterte sich auch Sándor Lehmanns Stirn. »Über mich? Von wem?«
Gennat lachte dröhnend, ein unlustiges, hohles Lachen.

»Von wem? Na Sie sind gut, Mann, von wem. Von wem nicht, *das* wäre die richtige Frage. Sie poltern in einem Kriminalfall herum wie ein Stiesel aus 'ner Kleinstadt und tun dann noch beleidigt, wenn man sich über Sie beschwert?«
»Beschwert? Wer?«
Sándor hatte einen trockenen Mund, er brauchte sofort einen Schnaps. Wahrscheinlich hatte das alte Nashorn vor ihm den ganzen Schreibtisch voll davon, aber er würde lieber auf der Stelle verdursten, als den Chef um einen Schnaps zu bitten.
Gennat, der sein Pulver allmählich verschossen hatte und auch mit seiner korpulenzbedingten Kurzatmigkeit kämpfte, winkte genervt ab.
»Alle. Jeder. Der meschuggene Komponist und dieser Lackmeister und ...«
Sándor machte eine hasserfüllte, bittere Miene, und die schien dem Chef nun endlich zu signalisieren, dass es genug war, dass sein braver Zinnsoldat genug Keile eingesteckt hatte.
»Ja, Lehmann, so ist sie, die Polizeiarbeit, man ist nicht allein im luftleeren Raum, sondern mittendrin in der Gesellschaft.«
Diesen Satz kannte Sándor schon, er stammte aus einer von Gennats Abhandlungen und war ein untrügliches Zeichen dafür, dass das Rhinozeros sich in Kürze wieder in den Schlick am Flussufer legen und weiterschlafen würde. Also nickte er ergeben.
Gennat fuhr fort:
»Und natürlich ahnen Sie schon, mit welcher Forderung die Journaille uns belagert, seitdem das Wort ›Okkultismus‹ die Runde macht, nicht wahr? Mit welcher Fachkraft wir nach Ansicht der Herren Reporter unbedingt unser marodes, unfähiges Team verstärken sollten.«
Sándor ächzte. Es lag auf der Hand.
»Elisabeth Günther-Geffers?«
Gennat nickte gravitätisch.
Sándor Lehmann sprang auf.

»Chef, diese alte Jahrmarkthexe können Sie ja wohl nicht ernsthaft ins Auge fassen!«
Gennat seufzte. Die meisten der zurzeit populären, selbst ernannten »Kriminaltelepathen« musste man leider gar nicht erst in Betracht ziehen, sie zogen sich selbst in Betracht. Und hatten – Sándor wusste, wie sehr der Chef gegen diese Tatsache ankämpfte – bis in hohe Kreise der Justiz und Staatsanwaltschaft gläubige Fürsprecher, obwohl unlängst sowohl der kaum weniger populäre Hypnotiseur Dorst als auch Elisabeth Günther-Geffers selbst ihre Prozesse wegen Betrugs spektakulär verloren hatten. Doch was nützte es, wenn das Publikum – angestachelt von einer sensationslüsternen Presse – bei jedem Verbrechen stereotyp nach Telepathie krähte? Die »telepathischen Medien«, die die Schmuddelecken der Tageszeitungen regelmäßig mit ihren dunklen Andeutungen und bedeutungsschwangeren, aber unpräzisen Vorhersagen füllten, witterten bei einem Fall wie diesem ein lukratives Betätigungsfeld und hatten längst ihre Fürsprecher und Steigbügelhalter in Bewegung gesetzt. Tatsächlich hatten Kröner und Winkelberg, die umtriebigen Anwälte und Mentoren der Telepathin, ihr Medium von Bernburg nach Berlin bringen lassen und gedachten offenbar, die Sache weidlich für ihre Belange auszunutzen.
Gennat sah auf die Taschenuhr, und Sándor ahnte, was der Chef ihm eröffnen würde: dass just in diesem Augenblick die Günther-Geffers bereits einen ihrer schillernden Auftritte hatte – vor Kolotzkis Souterrainwohnung in der Moabiter Quitzowstraße.

HALTUNG

Die Wagenmeisterei unter dem Polizeipräsidium am Alexanderplatz war ein Reich für sich, und nicht viele wussten davon. Für ganz normale Polizeibeamte endete die Fahrt mit dem Paternoster im ersten Untergeschoss; dort gab es einen Tresen, hinter dem ein Beamter vom technischen Dienst saß und eine beachtliche Kollektion an Stempeln und Formularen bewachte. Der ganz normale Polizeibeamte gab hier Beschlagnahmungs- oder Überführungskopien ab; die Staatsanwaltschaft ordnete Fahrzeugüberstellungen an, und manchmal ließ sich die von Gennat aufgerüstete und ausgebildete Spurensicherung ein Fahrzeug in ihre gekachelte Untersuchungshalle im Kellergeschoss bringen. Die polizeilichen Einsatzfahrzeuge wurden in einer lang gezogenen Garage an der Alexander-, Ecke Dircksenstraße ausgegeben und betankt.

Aber das alles war nur die äußere Fassade der Wagenmeisterei. Denn hinter dem Empfangstresen begann ein mäanderndes Reich aus Werkstätten, Garagen und Fahrzeughallen, in dem ein eingeschworener Trupp an Technikern eine Art unterirdische Automobilfabrik betrieb, die Fahrzeuge aufbewahrte, reparierte, Ersatzteile lagerte – und längst nicht jede Tätigkeit in den Werkstattberichten notierte.

Früher waren hier mal Pferdewagen über eine lange Rampe von der Voltairestraße her ein und aus gefahren; die waren zunehmend aus der Mode gekommen und durch leistungsstarke Automobile ausgewechselt worden. Doch auch die Gegenseite, das Verbrechertum, liebte schnelle und starke Fahrzeuge, die bei Festnahmen gleich zusammen mit den schweren Jungs einkassiert wurden, und ohne dass die Obrigkeit es mitbekommen hätte, wuchs der unterirdische Fahrzeugbestand innerhalb weniger Jahre in den späten Zwanzigern auf ein Vielfaches.

Sándor Lehmann kannte dieses unterirdische Reich wie kaum ein zweiter Externer. Wie viele Feierabende – und auch Arbeitsstunden – hatte er hier unten schon fachsimpelnd verbracht, mit den Technikern fachmännisch die Neuzugänge begutachtet, die zweihundert Meter lange Rampe raus ans Tageslicht für Kavalierstarts genutzt, um zu sehen, was die beschlagnahmten Kisten unter der Haube hatten! Die Jungs schätzten seine direkte Art. Er war nicht arrogant wie die früheren k. u. k. Offiziere, die an jedem kleinen Automobilmechaniker ihren Standesdünkel abreagieren mussten. Sándor war einer von ihnen, einer, dem sie gern einen Gefallen taten – kleine Gefälligkeiten, die er seinerseits nur zu gern mit einer Flasche Schnaps aus einer Beschlagnahmung oder etwas abgezweigtem Informantengeld honorierte.

Der heutige »kleine Gefallen« stand abseits der großen Limousinen und des Polizeifuhrparks unscheinbar in einer Ecke unter einer Plane, und das ziemlich lange schon. Eigentlich war das schwere schwarze Motorrad, eine BMW R 32, nach einem Bankraub in der Friedrichstadt als Fluchtfahrzeug benutzt worden. Dabei hatte es offenbar ein paar Schüsse aus einem Polizeirevolver abbekommen. Oder hatte der hinter dem Fahrzeug herfeuernde Beamte doch gleich auf den Bankräuber selbst gezielt und keinen Warnschuss auf die Reifen des Motorrads abzugeben versucht? Ein mächtiger Charlottenburger Strafverteidiger behauptete das jedenfalls und zog – im Auftrag eines ungenannten, nach dem Sturz geflohenen Mandanten – mit der Sache vor Gericht. Also wurde das Motorrad wieder und wieder auf Schussspuren, Querschläger, Kratzer und Abdrücke untersucht – ein Unterfangen, das sich schon eine Weile hinzog und das sich, wenn es nach Sándor gegangen wäre, noch endlos hinziehen würde.
Denn abends, wenn die Automobilmechaniker der Wagenmeisterei Feierabend machten, konnte sich ja ohnehin niemand mehr das Fahrzeug für weitere Untersuchungen bestellen oder anse-

hen. Also konnte es niemanden ernstlich stören, dass er selbst sich das Vehikel für eine oder zwei oder ein paar weitere Spritztouren auslieh. Solange es dabei keine zusätzlichen Schussspuren abbekam, wurde das polizeitechnische Untersuchungsergebnis schließlich nicht verändert oder infrage gestellt.
Per Handschlag wurde mit dem Wachdienst die Übergabe besiegelt, und schon röhrte der Motor auf, und Sándor flog die Rampe zur Voltairestraße hinauf, als wäre er einer dieser albernen Raketenmänner, die im Zirkus aus riesigen Kanonen zu den Sternen abgeschossen wurden.
Dircksen-, Oranienburger, Chausseestraße, am Weddingplatz an der kleinen Dankeskirche nach links in die Fennstraße: Die R 32 trug Sándor im Nu über sommerregennasse Straßen hinüber nach Moabit, und der Fahrtwind pfiff ihm um die Ohren. Ein Motorrad war die angemessene Art, diese schnelle Stadt zu durchqueren – pure Kraft, schmal, wendig. Im Zickzackkurs kurvte er um zwei entgegenkommende, wütend klingelnde Trambahnen, wich einem Bierlaster aus und trieb eine Schar kleiner Sportwagen vor sich her, die verzweifelt und erfolglos versuchten, ihn abzuhängen. Sándor war wütend über diesen lästigen Sondereinsatz, doch vor allem war ihm bewusst, dass man, wenn Elisabeth Günther-Geffers erst mal im Spiel war, keine Zeit verlieren durfte, wenn man die Zusammenrottung eines gefährlichen Mobs verhindern wollte.

Sándor hatte den berühmten Insterburger Prozess, der 1928 in der Presse für Wirbel gesorgt hatte, nicht näher verfolgt. Grundsätzlich las er kaum Zeitungen, schon gar nicht zu polizeilichen Fragen. Die Journalisten bekamen ihre Informationen schließlich von ihnen selbst; besser konnten die Fakten also durch die journalistische Aufarbeitung kaum werden. Stattdessen flossen Meinungen und Vermutungen von Laien, Gutachtern und allen möglichen anderen Besserwissern in die Berichterstattung ein, verfälschten, was man wusste, und bauschten auf, was man nicht wusste.

Gut, der Chef selbst war ein begieriger Zeitungleser, der grundsätzlich zweimal am Tag alle Blätter ausgiebig studierte. Allerdings hatte Ernst Gennat eigene, andere Beweggründe dafür. Für ihn war die Realität dort draußen nichts Statisches, Unbeeinflussbares; die öffentliche Meinung nahm er wie ein Echo des eigenen Tuns wahr. Spiegelte sie seine Ansichten korrekt wider, diente sie dem erhofften Fahndungserfolg, gab sie potenziellen Zeugen und Informanten ausreichend weitgehende, den mitlesenden Tätern aber gleichzeitig ausreichend unklare Informationen über die polizeilichen Maßnahmen? Das kontrollierte er in ausgiebigen Lektüresitzungen. Über die allerdings auch gemunkelt wurde, sie dienten neben der reinen Informationsaufnahme ebenso dem Lösen von Kreuzworträtseln.

Den Insterburger Betrugsprozess hatte Sándor Lehmann jedenfalls nicht in der Presse verfolgt; immerhin hatte er in Kantinengesprächen und ironischen Bemerkungen durchaus mitbekommen, wie die Anklage gegen die bekannte »Kriminaltelepathin« verlaufen war. Dass die Günther-Geffers vom Vorwurf des Betrugs freigesprochen worden war, hatten die Boulevardblätter und die »Fachzeitschriften« der Okkultisten als glanzvollen Sieg und als Beweis der besonderen Fähigkeiten dieser Person gefeiert. In Wirklichkeit war sie freigesprochen worden, weil das Gericht ihr nicht mit letzter Sicherheit nachweisen konnte, dass sie selbst nicht an die Wahrheit ihrer Weissagungen geglaubt hatte. Insofern waren ihre Aussagen – zum Beispiel in den Fällen Eulenburg und Kaschnitzky – vielleicht wirklich kein Betrug gewesen, sondern nur schlichter Irrtum. Richtig hatte das die Aussagen aber trotzdem nicht gemacht.

Immerhin hatte der Prozess unvoreingenommenen Beobachtern gezeigt, wie Telepathen arbeiteten. Das Kunststück lag im Erfinden unwichtiger Kleinigkeiten; wer hier einen Zufallstreffer landete, musste sich über den Rest keine Sorgen machen. Kaschnitzky war keineswegs von einem Automobil mit abgeblendeten Lichtern absichtlich überfahren und liegen gelassen worden; er war auch nicht von einer Gruppe schwarz gekleideter Männer fortgetragen worden, die ihn schließlich mit Steinen in seinen Taschen beschwert und in den See geworfen hatten, um eine Suche nach ihm unmöglich zu machen. Das alles hatte die Günther-Geffers sich nur zusammengereimt aus Gehörtem, Gemunkeltem und Erfundenem. Aber sie hatte ihre Flunkergeschichte so ausgeschmückt, dass die einzig richtig vorhergesagte Kleinigkeit – dass die Leiche, die schließlich gefunden wurde, ihren Hut noch auf dem Kopf hatte – sich wie ein Lauffeuer verbreitete und schnell dazu führte, dass der Telepathin eine generell richtige Voraussage zugeschrieben wurde. Dabei war der Mann schlicht im Vollrausch von der vorbeiführenden Straße in den See gefallen und ersoffen; ein alltäglicher Unfall, der erst durch Günther-Geffers wüste Räuberpistole zu einem »Fall« aufgeblasen worden war, der die Presse und die Öffentlichkeit interessierte.

Vor dem Haus der Kolotzkis in der Quitzowstraße war, als Sándor eintraf und die R 32 gegenüber neben der Rampe einer Fischräucherei abstellte, die Hölle los, und der dicke Plötz war mehr als glücklich, seinen Chef als Verstärkung anrücken zu sehen. Von einer polizeilichen Kontrolle der Menschenmenge konnte sowieso keine Rede mehr sein; der Straßenverkehr kam nur noch im Schritttempo durch das aufgeregte Fußvolk voran, das den Schusterladen und die Souterrainwohnung der Kolotzkis belagerte. Sándor Lehmann ließ den Blick über die Menge schweifen und versuchte, Akteure und Gruppierungen auszumachen, die ein Konfliktpotenzial bedeuteten und die Zusammenrottung zum gemeinsamen Agieren nutzen könnten, aber vorerst war die vielleicht hundertköpfige Menschenmenge vor allem neugierig oder schockiert und brannte darauf, nichts zu verpassen. Heimkehrende Arbeiter aus dem Westhafen bevölkerten mit ihrer derben Arbeitskleidung die Straße; abgekämpfte Burschen mit holzschnittartig markanten Gesichtern, gezeichnet von der harten Arbeit in Lagerhäusern, Frachtkähnen oder den Trinkhallen rings um das Hafengelände. Viele Frauen waren zu sehen, auch sie meist dürre, sehnige Gestalten; an ihren schwarzen Rockschößen hingen verrotzte Kinder, die zwischen den Beinen der Schaulustigen klemmten und nichts mitbekamen. Am Rand der Menge gab es ein paar nationalsozialistische Zeitungsverkäufer, die von Sándor näher inspiziert wurden, aber vorerst keine Gefahr für den öffentlichen Frieden darstellten. Das Zentrum des Auflaufs bildeten drei oder vier Sensationsreporter – wie schafften diese Burschen es nur, grundsätzlich immer als Erste zur Stelle zu sein, wenn die Volksseele irgendwo brodelte? –, Vater Kolotzki selbst und eine schwarz gewandete einzelne Frau, die anklagend beide Arme zum Himmel reckte und von Sándor mühelos als Günther-Geffers identifiziert wurde.

Elisabeth Günther-Geffers war im Grunde alles andere als eine imposante Erscheinung. Ihre dürren Arme, die dünnen Beine, die kurzen Füße, die in altmodischen Schnürschuhen steckten, dazu die dramatisch hochgezogenen Schultern: »Vogelscheuche« war die erste Charakterisierung, die Sándor Lehmann zu der Telepathin, von der Deutschland sprach, einfiel. Die Frau war in ein unförmiges schwarzes Kleid gewickelt, über das sie noch einen ebenso mattschwarzen Mantel gezogen hatte, und den vogelartigen, kleinen Kopf krönte ein unmoderner Napfhut, der ihr bei ihren expressiven Gesten wieder und wieder über die Augen rutschte. Überhaupt schien die Günther-Geffers den aktuellen Wandel des Kinos vom Stumm- zum Tonfilm selbst noch nicht vollzogen zu haben, denn ihre ganze Körpersprache war überdeutlich und überzeichnet; sie schien ständig archetypische Posen einzunehmen, die »Günther-Geffers denkt nach«, »Günther-Geffers hat eine Eingebung« und dergleichen betitelt sein konnten.

Sándor wusste genau, warum sie das tat. Elisabeth Günther-Geffers war absolut kamerabewusst; sie ahnte instinktiv, wie eine Körperhaltung auf einem Foto von ihr wirkte, und Fotos wurden bei ihrem Auftritt in der Quitzowstraße in großer Menge gemacht.

Eben hatte die »Kriminaltelepathin« sich über den kreidebleichen und offensichtlich betrunkenen Kolotzki gebeugt, als müsste sie wie ein Spürhund zunächst spiritistische Witterung aufnehmen. Kolotzki hatte die Nähe der Frau stoisch über sich ergehen lassen, die Frau sogar als Stütze genutzt, um sein Schwanken ein wenig zu kaschieren. Doch schon einen Augenblick später hatte die Günther-Geffers sich mit einem Ruck aufgerichtet und den rechten Unterarm vor die Stirn gerissen, als träfe sie just in diesem Augenblick der gleißende Blitzstrahl der Erkenntnis.
»Ich sehe sie, ich sehe!«, krähte das schwarz gekleidete Orakel unter dem entsetzten Gemurmel der Umstehenden, und die Menge schob und drängelte zur Mitte des Pulks hin, um näher an der bevorstehenden Offenbarung zu sein und bloß kein Wort zu verpassen. Auch Kolotzki war aus seiner – allerdings alkoholisch bedingten – Trance erwacht und stierte die Frau mit blutunterlaufenen Augen an.
Elisabeth Günther-Geffers drehte den Kopf zur Seite; ihr hagerer Körper zuckte, als müsste sie einen Teufel oder Dämon abschütteln, der sie zur Seite zu zerren schien. Sie stritt mit dem unsichtbaren Geist, zeterte unverständlich vor sich hin. Die Menge raunte; was für einen Kampf machte die Frau dort durch!
Sándor versuchte erneut, die Ansammlung zu überblicken; im Augenblick hatte die Neugierde alle erfasst, und was vorne geschah, wurde tuschelnd nach hinten weitergegeben.
»Der Durst, dieser Durst …«
Die Telepathin fasste sich verzweifelt an den Hals. Die Westhafenarbeiter am Rand der Menschenmenge waren noch nicht so von der Dramatik der Ereignisse erfasst wie die Leute weiter

drinnen im Pulk. »Durst? Det Jefühl kenn ick!«, rief deshalb einer gut gelaunt in die Menge, doch niemand lachte.
Kolotzki fasste die Günther-Geffers am Mantelaufschlag.
»Wo ist mein Kind? Was ist mit meinem Kind?«, schrie er mit kehlig sich überschlagender Stimme.
Sándor schüttelte missmutig den Kopf. Kolotzkis wusste genau, wo sein Kind war; in der Gerichtsmedizin am Alexanderplatz; aber er schien die Frage eher metaphysisch zu meinen und wurde auch so verstanden.
Die Telepathin jedenfalls schrak zusammen, als hätte sie eine Ohrfeige bekommen, und starrte den schmuddeligen Mann mit scharfem Blick an.
»Der Durst«, rief sie erneut, »der trockene Hals ... Das Kind ist so durstig, so ausgedörrt!«
Ganz vorne fiel eine Frau in Ohnmacht, wahrscheinlich war der Druck der Nachdrängenden schlicht zu groß geworden. Sie wurde von den anderen aufgefangen und durch die ganze Menge behutsam nach außen weitergereicht.
»Das Kind ... stirbt!«
Die Menge schrie entsetzt auf, als würde eine Neuigkeit verbreitet, dabei waren sie ja alle hergekommen, weil genau diese Meldung eines toten Kindes wie ein Kanonenknall den Feierabendfrieden in Moabit erschüttert hatte.
Sogar Kolotzki, der doch seine sterbende Tochter im Arm gehalten hatte, stieß einen animalischen Klagelaut aus. Doch die Günther-Geffers gebot mit weit vom Körper weggestreckten Armen Ruhe, und der Lärm der Menschenmenge brach abrupt ab. Die Frau legte eine Hand ans Ohr, als wäre die entfernte Stimme aus dem Geisterreich so besser zu hören.
»Sie sucht«, berichtete sie dann über die arme Seele der kleinen Berta Kolotzki, »sie sucht das Wasser!«
Ein vielstimmiges Stöhnen, und wieder eine Einhalt gebietende Geste der Günther-Geffers.

»Sie sucht … den Wassermann. Den Wassermann!«
Ein Raunen in der Menge; wovon sprach die Hellseherin gerade? Nur Sándor Lehmann ahnte schon, vielleicht als Einziger, was kommen würde. Elisabeth Günther-Geffers hatte die Abendzeitungen gelesen. Dort hatte der geschwätzige, begeisterte Harold Cohn ausufernd über die Todesumstände des kleinen Mädchens berichtet, und er hatte haarklein aufgezählt, wer in den letzten Minuten vor dem Tod von Berta Kolotzki dabei gewesen war.
»Der Wassermann quält das Kind. Er hat ihr kein Wasser gegeben, sondern Gift!«
Ein wütender Aufschrei aus vielen Kehlen durchfuhr die Menge. Sándor hatte sich bereits auf den Weg gemacht und schlug sich mit Fäusten eine Gasse durch die Schaulustigen, um zu Plötz zu gelangen und ihn mit sich zu reißen, zurück zu dem abseits abgestellten schwarzen Motorrad.
Die gellende Stimme der selbst ernannten »Kriminaltelepathin« verkündete weiter ihre waghalsigen Offenbarungen.
»Sucht den Wassermann, und Ihr findet auch den Giftmörder!«
Das Publikum war hellwach; ihm dämmerte, wer gemeint war.
»Hartwig, der war doch dabei!« – »Ick weeß, wo die Kanaille wohnt!« – »Det Früchtchen wer'n 'wa vom Boom kloppen!«
Die Menge schrie durcheinander, und Sándor registrierte, wie die Arbeiter am Rand der Gruppe drüben am staubigen Vorgarten eines Lagerhauses die Latten aus einem Jägerzaun brachen, um sich bewaffnet auf den Weg zu machen.
»Auf einer Flasche reiten sie den Hades hinunter, das Mädchen und der Wassermann!«, heulte die Günther-Geffers auf, und Kolotzki brüllte wie ein gequälter, wütender Stier.
Sándor Lehmann wartete nicht ab, was hier weiter geschah. Er ließ den Motor der R 32 donnernd aufheulen, schrie den dicken Plötz an, auf dem Sozius Platz zu nehmen, und machte sich mit hoher Geschwindigkeit auf den Weg zu Hartwigs Räumen an der Gotzkowskybrücke.

GLEICHMUT

Sándor Lehmann kannte die Berliner gut genug, um zu wissen, dass besonnene Worte kaum halfen, wenn einer von ihnen den dicken Max markierte. Und es gab Berufe, die waren geradezu prädestiniert dafür. Trambahnschaffner zum Beispiel oder Kutscher aller Art. Möbelpacker! Möbelpacker markierten den dicken Max – er hatte keine Ahnung, woher der Ausdruck kam – schon aus Prinzip. Und gleich drei von ihnen blockierten den Aufgang in das pompöse Biedermeier-Eckhaus an der Kaiserin-Augusta-Allee, wo Hartwig wohnte, mit einem Klavier, das sie passgenau und mit kernigen Kommandosprüchen gerade durchs Treppenhaus hinabbugsierten, als Sándor mit Plötz vom Motorrad stieg und hinaufgehen wollte.

»Momentchen, Kollege, wir helfen hier eben Muttern Moll die Treppe runter«, konstatierte einer der drei Möbelmaxen, und der zweite – der »Moll« vermutlich nicht mit dem Klavier, sondern dem Berliner Wort für Flaschenbier in Verbindung brachte – ergänzte:

»Hochjehn is' nich, det kost' dree Mollen, nur runta jehn is gratis.«

Sándor war schon vier Stufen nach oben gekommen, als auch der dritte Möbelpacker sein Maul öffnete, um einen weiteren Kraftspruch zum Besten zu geben, doch da hatte Sándor ihm schon ein Bein weggetreten. Der Möbelpacker ließ verblüfft das Klavier los und setzte sich auf den Hosenboden, und das Piano – ein edles Stück aus dem Hause Bechstein, das durch die antisemitische Anbiederung der inoffiziellen Geschäftsführerin Helene an die Nationalsozialisten unter Jazzmusikern nicht mehr den allerbesten Ruf hatte – kam über ihm ins Rutschen, riss die beiden oberen Möbelpacker mit sich und schrammte, während sich

Sándor auf einem der weißen Treppengeländer in Sicherheit brachte und die Beine anzog, ein halbes Stockwerk hinunter, um auf dem bunt gescheckten Marmorboden der Eingangshalle zu zersplittern.
Sándor setzte seinen Weg nach oben ungerührt fort, während die drei Packer sich verdutzt die Köpfe rieben, ihre muskulösen Körper unter den gestreiften Kitteln nach Knochenbrüchen und Fleischwunden absuchten und, als sie keine fanden, sich wutentbrannt auf Sándor stürzen wollten.
Sándor allerdings drehte sich auf dem oberen Treppenabsatz halb um und präsentierte seine bronzene Polizeidienstmarke.
»Kripo Berlin, die Herren. Bis ich wieder runterkomme, haben Sie das Sägemehl zusammengefegt, alles klar?«

Oben in Hartwigs luxuriöser Suite – einem Achtzimmergelass mit Blick auf Brücke, Spree und Erlöserkirche auf der anderen Straßenseite – war noch ein weiterer Möbelpacker damit beschäftigt, unter den Augen eines Gerichtsvollziehers oder Pfandhausvollstreckers Wertgegenstände in weiche Wolldecken einzuwickeln. Eben wurde ein riesiges Ölgemälde in Tücher geschlagen, das einen gewaltigen Sturm auf hoher See zeigte. Hartwig stand mit fatalistischem Gesichtsausdruck daneben und gab Sándor Lehmann, der mit Plötz eintrat, gleich ein paar kunsthistorische Nachhilfestunden:
»Claude Joseph Vernet, *Seesturm vor der Bretagne,* sicher irgendwann um 1750 gemalt, als der alte Zausel noch genug Mumm in den Knochen hatte. Vernet war ein Pedant, da stimmte jede Welle, und wenn er ein Bild wie dieses hier malte, dann hat er sich vorher im Sturm an einen Mast ketten lassen, um auch um Himmels willen alles richtig zu machen und nicht etwa aus der bloßen Imagination zu malen.«
Sándor streifte das Bild mit einem nüchternen Blick. Im Krieg hatten sie Maler und Zeichner dabeigehabt, die das Schlachtge-

schehen aus nächster Nähe auf die Leinwand oder den Zeichenblock hatten bannen wollen; wahrscheinlich ein ähnlicher Beweggrund. Sie waren verwundet worden und gestorben wie jeder andere Soldat auch.

Er zuckte die Achseln.

»Wieso wird's rausgeschleppt? Und das Klavier unten war sicher auch Ihres. Sind Sie pleite, Hartwig? Dann haben Sie gleich mehrere Probleme.«

Hartwig reagierte mit Gleichmut, Sándor fand: mit dem resignierten Gleichmut des routinierten Bankrotteurs. Mit Nonchalance. Er machte eine halbe Drehung und deutete ausholend auf all die Möbel, Gemälde, teuren Teppiche und Vorhänge.

»Pleite? Pleite ist man, wenn man keine Ideen mehr hat. Ich bin vorübergehend nicht ganz liquide; oder sagen wir: Es ist mir zu mühsam, für einen einzelnen panischen Gläubiger mal wieder die Bankhäuser zu besuchen und fantasielosen Geldmenschen, die meine Vision nicht verstehen, einen weiteren Kredit aus der Tasche zu leiern. Nichts ist anstrengender als die Dummheit von Bankdirektoren, finden Sie nicht? Na ja«, Hartwig musterte Sándors hoch aufgerichtete, aber eher zweckmäßig als sonderlich elegant gekleidete Gestalt, »vermutlich kennen Sie gar nicht so viele Bankdirektoren.«

»Ich habe mal den einen oder anderen hinter Gitter gebracht«, berichtete Sándor gleichgültig. »In gestreiften Leinenhosen und -hemden sehen sie alle ziemlich gleich aus.«

Hartwig lachte.

»Da hat's wenigstens keinen Unschuldigen erwischt! Aber keine Bange, ich will selbst auch nicht das Unschuldslamm mimen; die momentane monetäre Klammheit habe ich mir selbst zuzuschreiben, weil ich mich zu lange mit Pumpentechnik, Abfüllmengen und Flaschenverschlüssen beschäftigt habe und zu spät mit Reklame. Ich hätte mich selbst schon vor einem halben Jahr auf die Suche nach einem spiritistischen Zugpferd machen müssen, dann

brauchte ich jetzt nicht diesem überforderten Magister Saeckel von Aufschneider zu Aufschneider zu folgen.«
Er öffnete ein gläsernes, flaches Möbelstück mit verspiegelten Seitenwänden und zauberte zwei offenbar gekühlte schmale Gläser hervor.
»Einen Wodka? Gin? Grünen Escorial?«
Sándor zog beide Augenbrauen in die Höhe, bekam runde Augen und lächelte verträumt, fast dümmlich. Er nickte gedankenverloren zweimal und sagte mit klarer, harter Stimme:
»Nein.«
Hartwig hatte die Hand schon nach einer Flasche ausgestreckt, zögerte und schenkte dann nur sich selbst einen doppelten Tanqueray ein, in den er einen Dash Teeextrakt träufelte.
Sándor folgte jeder Bewegung aufmerksam, dann kam er wieder auf ihr eigentliches Thema zurück.
»Apropos Aufschneider: Ich bin gar nicht hier, um Ihren interessanten Ausführungen über Pumpentechnik oder Kontoauszüge zu lauschen. Ich wollte Sie auf eine weitere Geistererscheinung aufmerksam machen, eine Dame in Schwarz, die keineswegs in Trance ist, sondern ungefähr in dieser Minute Alt-Moabit heruntergestiefelt kommen dürfte. Und hinter ihr laufen rund einhundert ziemlich wütende Kerle mit Dachlatten, Knüppeln und Totschlägern her.«
Hartwig begriff sofort, dass der große Polizist mit dem zerknautschten Gesicht und den blonden Haarfransen sich nicht wichtig machen wollte, sondern eine reale Gefahr beschrieb, die ihm offenbar drohte. Er wurde blass und wollte mehr wissen, und Sándor erklärte in knappen Worten, was passiert war.
Hartwig traf diese Eröffnung wie ein Faustschlag; er angelte gleich zum zweiten Mal nach der Ginflasche und stammelte:
»Aber w-was wollen die von mir?«
»Haben Sie nicht eben selbst gesagt, dass Sie kein Unschuldslamm sind? Na bitte. Die suchen einen Schuldigen, einen, den sie

windelweich prügeln oder notfalls vollständig totschlagen können; und die Hexe in Schwarz hat Ihnen diese Rolle zugedacht. Ich möchte nicht in Ihrer Haut stecken, Mann.«
Hartwig faltete die Hände vor dem Gesicht, beugte sich vornüber und weinte. Sándor Lehmann und auch der dicke Plötz, der wie immer an der Tür stehen geblieben war und die Sprechrolle dem Chef überlassen hatte, sahen ihm eine Weile dabei zu, bis die Krokodilstränen versiegt waren und die roten, verquollenen Augen wieder den harten Geschäftsmann durchblitzen ließen.
»Was muss ich tun? Wie komme ich da raus? Sie wären doch nicht hier, wenn Sie keinen Vorschlag hätten.«
Sándor nickte langsam; Hartwig glaubte zu begreifen und sprang auf.
»Ah, ich verstehe! Deshalb haben Sie gefragt, ob ich pleite bin, richtig? Nun, natürlich bin ich das nicht, jedenfalls nicht so pleite, dass ich nicht noch ... Warten Sie ...«
Er eilte durch seine luxuriöse Etage, öffnete einen üppig goldverzierten Louis-Quinze-Sekretär, stöberte in Papieren herum, fand nichts, eilte weiter zu einem Garderobenständer, auf dem ein beigefarbener Cutaway hing. In der Innentasche entdeckte Hartwig ein Bündel Geldscheine, mit dem er freudestrahlend auf Sándor Lehmann zueilte.
»Hier, na bitte, da sollten wir doch eine Lösung finden. Und oh«, ihm fiel der dicke Plötz ein, zu dem er sich umdrehte, »Sie gehen natürlich ebenfalls nicht leer aus; auch Ihren werten Beistand weiß ich sehr zu schätzen, deshalb möchte ich sehr gerne ...«
»Schluss mit dem Quatsch.«
Sándor Lehmanns barsches Kommando ließ Hartwig mit dem Geld in der Hand wie eine Statue erstarren. Langsam sanken dann seine Hände an dem massigen Körper herunter, und der Igelkopf legte sich schief, als wäre sein Besitzer eben bei irgendeiner Unbotmäßigkeit erwischt worden.
»Nicht? Aber ich dachte ...«

Sándor stand auf und winkte mit einem einzigen, knappen Kopfnicken Plötz herbei. Er trat auf Karl Hartwig zu und fixierte das irritierte Gesicht des unternehmerischen Schlaumeiers mit einem unbarmherzigen, kalten Blick.
»Nein, Hartwig, das war nicht das, was ich wissen wollte. Ich habe eine ganz andere Frage an Sie, und ich glaube nicht, dass wir hier noch viel Zeit vertrödeln sollten. Stattdessen nehme ich Sie mit aufs Präsidium, und wenn Sie einen Rechtsanwalt haben, dann rufen Sie den Burschen jetzt an.«
Hartwig war fassungslos.
»Aber … welche Frage denn?«
Sándor ging zum Glasschränkchen, öffnete den verspiegelten Deckel und goss sich das zweite der kalten Gläser randvoll mit grünem Escorial. Dann hielt er das Glas nachdenklich gegen das Licht des viel zu großen, kristallenen Kronleuchters, führte es schweigend an die Lippen und trank die klirrend kalte, grüne Flüssigkeit mit einem einzigen Zug. Er hatte keine Zeit zu verlieren und versuchte es mit einem Bluff.
»Erinnern Sie sich nicht mehr? Bei unserem allerersten Gespräch habe ich Ihnen das Foto des toten Propheten gezeigt. Und obwohl ich Ihnen keinerlei Informationen über den Mann gegeben habe, waren Sie sofort im Bilde und wussten, dass der Mann kein zufälliges Opfer gewesen ist, auch kein Séancen-Tourist wie Sie selbst, sondern der Geheimbündler, auf den Sie alle erfolglos gewartet hatten. Woher wussten Sie das?«
Hartwig war den Ausführungen des Polizisten mit leicht geöffnetem Mund gefolgt; er war offensichtlich überrascht von der plötzlichen Wendung, der unverhofften Anklage, und wollte sich mit einem leichtfertigen Lachen aus der Affäre ziehen.
»Ach so, das hätten Sie auch gleich fragen können. Das ist doch leicht erklärt. Passen Sie auf, es war nämlich so …«
Doch Sándor schnitt ihm das Wort ab.
»Heben Sie sich Ihre leichten Erklärungen für später auf; für die

ist jetzt keine Zeit. Unten vor Ihrer Tür ist gleich die Hölle los; wir müssen zusehen, dass wir hier wegkommen; sonst kriege ich Sie nur noch als Leiche aufs Revier.«
Er packte den schwach protestierenden Hartwig am Revers und zerrte ihn zur Tür, die Plötz offen hielt.

Minuten später hatte Elisabeth Günther-Geffers an der Spitze des vielköpfigen, wütenden Mobs das Eckhaus an der Spree erreicht und gedachte offensichtlich, unter dem anfeuernden Blitzlichtgeflacker der Pressefotografen Hartwig gleich zur Rede zu stellen. Doch in der Eingangstür des Hauses lehnte nur mit verschränkten Armen ein großer, sehr ruhiger, sehr entschlossener Polizist: Sándor Lehmann, ein Mensch, mit dem sich keiner der aufgebrachten Holzlattenschwinger gerne prügeln würde, zumindest nicht allein.
»Das haben Sie nicht vorhergesehen, Sie Provinz-Orakel, habe ich recht?«
Lehmann würde freiwillig keinen Zentimeter beiseiterücken von seinem Posten an der Tür, und das sah man ihm auch an.
»Und wenn Sie schon mal das Weissagen von mir beigebracht bekommen wollen, dann hören Sie mir genau zu: Wenn Sie wegen einer Geschichte, die Sie nichts angeht, noch einmal ehrbare Leute auf der Straße aufwiegeln, dann werde ich dafür sorgen, dass Sie das Kristallkugelsehen künftig in einer Arrestzelle üben können, und zwar ziemlich lange. Wenn Ihnen das nicht passt, sollten Sie besser Ihre vorlaute Klappe halten, denn sonst wird ein großer, blonder Fremder in Ihr Leben treten, und zwar in den Teil Ihres Lebens, auf dem sie normalerweise sitzen.«
Sándor hatte keine übermäßig laute Stimme, doch die Menschenmenge hatte das Gespräch zwischen der Günther-Geffers und dem Polizisten atemlos mit angehört und quittierte seine explizite Drohung nun mit ein paar wohlwollenden Lachern, die die aufgeheizte Situation entspannten. Gleichzeitig heulte hinter

ihnen allen ein schwerer Motor auf, und Karl Hartwig schoss, angstvoll an den dicken Plötz geklammert, auf dem Sozius der schwarzen R 32 vorbei, ohne dass irgendwer ihn daran hätte hindern können.

Der Mob war unzufrieden; man war um den Höhepunkt des Aufzugs gebracht worden. Für ein paar knisternde Sekunden rangen offenbar Einzelne in der Menschenmenge mit der Frage, ob man dem selbstbewussten Bullen da vorn ein Brett gegen den Kopf werfen sollte. Aber was, wenn niemand sonst mitmachte beim Bretterwerfen und man ganz allein mit diesem großen Kerl fertig werden musste? Dieses Risiko wollte niemand eingehen, also zerstreute man sich räuspernd und enttäuscht.

ERSCHÜTTERUNG

Die Straßenbahn der Linie 11 wäre nicht ganz so schnell gewesen wie Hartwig und Plötz auf der schweren BMW, aber doch ein bequemes Vehikel zwischen der nicht weit entfernten Huttenstraße und dem Alexanderplatz. Doch das bimmelnde Mistding kam nicht. Wahrscheinlich hatte sich ein Selbstmörder von dem tonnenschweren Stahlgefährt in Stücke schneiden lassen: Zweitausend Berliner, eine stetig steigende Zahl, verabschiedeten sich unterdessen jährlich per Selbstmord aus dem Elend von Hunger und Arbeitslosigkeit.

Also ging Sándor Lehmann zu Fuß, streunte, ohne über den kürzesten Weg nachzudenken, über Wikingerufer und Hansaufer, immer dem geringelten Band der Spree folgend, in der sich nach jeder Biegung neu die Abendsonne brach, Brückenbögen ihre weiten Schatten warfen oder die Pappeln am Ufer im lauen Abendwind leise raschelten.

Er dachte über all den Irrsinn nach, den aufgebrachten Mob, dem er sich gegen jede Vernunft allein entgegengestellt hatte. Die Leute hatten sich von einer klaren Pose und einem schlechten Kalauer beeindrucken lassen und ihr eigentliches Vorhaben, das Lynchen von Karl Hartwig, nicht weiter verfolgt. Hatte er das wirklich vorher gewusst oder nur gehofft und improvisiert? In einer Stadt, in der weissagende Moabiter Töchter vergiftet wurden, wo Leute mit viel Geld in einem dicken Automobil hinter den Geheimnisses germanischer Hohepriester herfuhren und wo eine schwarz bestrumpfte Xanthippe behaupten durfte, einen Mörder telepathisch ermitteln und beschuldigen zu können – in einer solchen Stadt war alles möglich. Auch, dass der Mob sich von ihm, Sándor Lehmann, nicht einschüchtern ließ, sondern ihn über den Haufen rannte oder gleich totschlug.

Wirklich, was wusste er schon? Sándor spuckte in die Spree und rempelte – nur um sich zu zeigen, dass er es sich gefahrlos leisten konnte – einen muskelbepackten Lastenträger mit Karren an, der arglos das Holsteiner Ufer entlangkam. Der Mann fluchte und wäre für einen schnellen Schlagabtausch zu haben gewesen, aber Sándor ging weiter. Jahrelang war diese Stadt sein eigenes, sicheres Revier gewesen, ein Ort, wo er alles unter Kontrolle gehabt hatte. Und jetzt hatte er zweimal innerhalb einer guten Woche Nerven gezeigt und wusste bis heute nicht, warum. Hatte er als Kind Angst vor Gespenstern gehabt? Er konnte sich nicht daran erinnern. Er war nicht religiös, kümmerte sich einen Teufel um die Frage, was nach dem Tod mit einem geschah, und er konnte nachts über einen Friedhof gehen, ohne auch nur einen Quadratzentimeter Gänsehaut davonzutragen. Trotzdem blieb es dabei: Er hatte Angst gehabt, zweimal schon. Von einer Sekunde auf die andere, als hätte einer den elektrischen Anlasser betätigt und die Angst in ihm gestartet. Angst, die nach seinem Magen gegriffen hatte wie eine Stahlfaust, die ihm den Schweiß in die Haarwurzeln getrieben hatte und, eben doch, einen Schauer über den Rücken gejagt. Angst, die ihn an allem zweifeln ließ, an seinem Erfolg, seinem Beruf, an sich selbst.

Überm Humboldthafen versank der Abendhimmel in schwarzblauer Dunkelheit, aber selbst an diesem Umladeplatz für kleinere Frachtkähne war zu jeder Tageszeit Betrieb. Das Leben erlosch nicht in Berlin, nie tat es das – und diese Vorstellung hatte für Sándor etwas Tröstliches. Was immer auch geschah und was immer auch geschehen würde, ob die Nazis an die Macht kämen oder irgendwelche germanischen Priester auferstünden, ob der Swing in den Jazzlokalen irgendwann von einer Polka abgelöst wurde oder von Marschmusik – hier würden sie für immer den Kies mit Schubkarren vom Kahn holen, und das Geräusch der Eisenräder des Karrens auf dem Brett, das an die Bordwand gelehnt war, würde immer genauso klingen wie gerade jetzt. Und das war gut so.

Sándor kickte eine tote Taube aus dem Weg und peilte vom Schiffbauerdamm rüber zum Reichstag, wo noch Licht brannte. So sicher, wie sie den Kies mit Karren vom Kahn holten, so sicher würde er den Mörder der kleinen Berta und des Propheten drankriegen über kurz oder lang, und es würde keine Spukgestalt sein und kein Dämon aus grauer Vorzeit, sondern ein ganz normales Arschloch, das ihm jetzt mittendrin viel Kopfzerbrechen bereitete und das irgendwann – vielleicht schon heute, vielleicht morgen – einen Fehler machen würde. Einen typischen kleinen Arschlochfehler, der ihn auf die richtige Spur bringen würde, einfach so. Wie beim Pilzesuchen, wenn einer der Burschen den Kopf ganz plötzlich aus der Deckung nahm … und gefunden wurde.

Als Sándor Lehmann an Sommerlatte's Schanghai in der Albrechtstraße 11 vorbeikam – einem kleinen Tanzschuppen, in dem meist unbekanntere junge Kapellen ihre ersten musikalischen Schritte machten –, schrillten ungewohnt atonale Töne durch die Nacht zu ihm herüber. Er drehte den Kopf, wechselte die Straßenseite und strich, neugierig geworden, an der verschnörkelten, chinesisch dekorierten Fassade entlang, die wahrscheinlich von einem erfolglosen Vorbesitzer übernommen worden war und aus Geldgründen weiterverwendet wurde. Niemand wusste, ob der Besitzer wirklich Sommerlatte hieß; gab es den Namen überhaupt? Der Laden war dubios. Im Inneren verbarg sich eine winzige Bühne im Hintergrund eines bambusverkleideten Raums; der Schnaps wurde in Teeschalen ausgeschenkt, die wahrscheinlich ebenfalls kein origineller Einfall, sondern schlicht Fundstücke aus dem Bierkeller gewesen waren. Hot Jazz passte in dieses Interieur wie eine Pekingente in den Luna-Park. Aber es war ja nicht mal Hot Jazz, was da heute Abend von einem irritiert herumtastenden Piano und einem kaum noch synkopisch zu nennenden Kornett zu hören war, sondern … ja, was? Sándor klebte

sich mit einer geübten Handbewegung den unverzichtbaren roten Schnurrbart ins Gesicht und betrat das Lokal.
Schon der erste Blick ins Dunkel, an das sich seine Augen schnell gewöhnten, zeigte, dass die extravaganten Klänge von der Bühne nicht gerade für ein großes Publikum gemacht waren. Der Laden war komplett leer, wenn man von zwei genervten Herren in Abendgarderobe absah, die an der Bar hockten, gemeinsam die Köpfe schüttelten und zweifellos Bassist und Schlagzeuger der kleinen Combo waren, die da eben von einem von allen guten Jazzgeistern verlassenen Kornettisten zu Tode getrötet wurde.
Die Männer grüßten Sándor beiläufig; man kannte sich zumindest vom Sehen oder hatte vielleicht sogar mal zusammen gejammt. Sándor deutete mit dem Kopf zur Bühne und grinste. Die zwei verdrehten die Augen, und Sándor nickte zum Keeper hinüber, der auch ohne Worte verstand und drei Teeschalen mit irgendeinem chinesischen Feuerdrachenwasser füllte.
Auf der Bühne stand Harold Cohn, die Füße breitbeinig in den Bretterboden gerammt wie ein Seemann auf einem schwankenden Schiff, und, ja, wahrhaftig, sein Schiff schwankte, sehr sogar. Er hatte heute Nachmittag in Moabit das Jenseits erblickt, und er war durch die Visionen der kleinen Berta weit hinausgesegelt, wahrscheinlich zu weit. Was immer er dort gesehen haben mochte, es schien ihn mächtig beeindruckt zu haben. Jedenfalls hatte er die Erschütterung umgehend in Noten umgesetzt – und in Drogen. Beides zusammen schien sich in seinem knochigen Schädel zu einem wild wirbelnden Knäuel verfilzt zu haben, und Sándor konnte beim besten Willen nicht sagen, ob das Quietschen, das aus dem demolierten Kornett drang, wirklich noch als ungestümes, expressives Musikexperiment durchging oder doch schon blanker Unsinn war. Jedenfalls hatte es die Gäste aus dem Schanghai getrieben und die Mitmusiker von der Bühne; nur der Pianist perlte unbeeindruckt vor sich hin. Sándor sah hinüber und lachte

lauthals los, als er sah, wer da spielte. Der Mann am Klavier war ein virtuoses, aber alkoholisches Wrack, das drüben im Scheunenviertel mitunter als musikalischer Rausschmeißer noch ab und zu an die Tasten gelassen wurde; ein k. u. k. Kapellmeister von altem Schrot und Korn, der sein ganzes Leben vor und hinter dem Tresen unzähliger Bars zugebracht hatte, jetzt aber mit über achtzig stocktaub mehr sah als hörte, was er spielte. Der Mann las den Takt leidlich vom Schlagzeug ab; ohne Schlagzeug purzelten endlose, verschachtelte Soli aus ihm heraus, die Gassenhauer und populäre Volkslieder eines ehemals riesigen Repertoires durch den musikalischen Fleischwolf drehten, bis er irgendwo wieder einen Rhythmus sah, sich musikalisch unterhakte und ins Bandgeschehen zurückfand. Da konnte er bei Harold Cohn allerdings lange warten; der Mann hatte längst jedes Rhythmusgefühl verloren, nahm Mitspieler ohnehin nicht mehr wahr und blies sein bullerndes Horn fast atemlos ohne Absetzen.

Sándor hatte an dem Hausgetränk genippt, die Teeschale dann kopfschüttelnd beiseitegeschoben und beim Keeper einen eiskalten grünen Escorial geordert; der hochprozentige Kräutertrunk klingelte in seinen Ohren und verdrängte für eine wohltuende Sekunde das Quäken und Blubbern des Kornetts. Harold Cohn schien aber im selben Moment ebenfalls aus den Tiefen seines Rauschzustands an die Oberfläche paddeln und einen japsenden Atemzug nehmen zu müssen, und in die kurze Stille hinein knurrte Sándor: »Unser Auftritt, Jungs«, und machte sich auf den Weg. Der Bassist und der Schlagzeuger – inzwischen erinnerte sich Sándor wieder an die Namen, es waren Dick Buisman und Erich Schulz, die normalerweise mit James Kok im Moka Efti auftraten und von Cohn wahrscheinlich nur für diesen einen Set für ein paar Drinks angeheuert worden waren – nickten gelassen und folgten ihm auf die Bühne.

Harold Cohn blies sein Kornett mit geschlossenen Augen und bekam gar nicht mit, dass sich seine Nachbarschaft oben im

schwachen Scheinwerferlicht auf dem schmalen Handtuch von Bühne wieder belebte. Doch da setzte Sándor mit seiner Klarinette ein, ahmte die drei letzten quietschenden Töne des kurzen Horns meckernd nach und leitete sofort in das Thema von *Black Bottom* über, einem Klassiker, den sie alle kannten und immer wieder spielten und in den Buisman, Schulz und wie durch ein Wunder sogar der taube Kapellmeister sofort einstimmten. Harold Cohn schien diese jähe Rückkehr zur Melodität zunächst kurzerhand ignorieren zu wollen; allerdings ließ sich das druckvolle Duett von Buismans Bass und Sándors Klarinette kaum übertönen, und sosehr der fiebernde Jazz-Expressionist sich auch anstrengte – seine atemlosen Tonkaskaden perlten an dem selbstbewussten Jazzstandard ab wie Sprühregen.
Schulz zog das Tempo jetzt noch weiter an; er trieb Sándor und das atemlose Klavier vor sich her wie der Fuchs die Hühner, und Sándor Lehmann ließ die Klarinette hüpfen und purzeln, untermalt von dem trillernden und ächzenden Klavier, über dem das Bollern des Basses wie ein Gewittersturm dröhnte. Harold Cohn hatte das Kornett inzwischen abgesetzt und verdutzt die schlitzschmalen Augen geöffnet. Es war vermutlich eine bizarre, angsteinflößende Szenerie, in der er hier so plötzlich erwachte – vier schwitzende Männer im Halbdunkel, die auf der von holzgeschnitzten Drachen und chinesischen Lampions gerahmten Bühne einen Hot Jazz ablieferten, der die Bretter beben ließ. Der Kellner wippte lächelnd mit, aus der engen Küche war ein kleiner Chinese mit Zopf getreten, der grinsend ein riesiges Fleischermesser mit dem Trockentuch abwischte. Harold Cohn ließ mit schreckensstarren Augen den Blick schweifen, dann klapperte das Kornett unbeachtet auf dem Bühnenboden, und der Mann bahnte sich hektisch seinen Weg durch Tische und Stühle in Richtung Ausgang. Sándor meckerte ihm mit der Klarinette hinterher.
In der Tür drehte sich der hagere Komponist noch einmal um und schüttelte wie in einem alttestamentarischen Passionsspiel

wütend die Faust gegen die Männer auf der Bühne. Er schrie mit sich überschlagender Stimme:
»Das werdet ihr noch bereuen, alle! Die Töne, die ich Wotan opfere, sind heilig, und wer sie stört … wer sie stört, ist verdammt und des Todes. Das frivole Gedudel wird euch im Hals stecken bleiben, und zwar bald. Ich höre sie schon, die Trompeten des jüngsten Tages, ich allein, ihr werdet noch bereuen, diese heilige Musik gestört zu haben!«

Die Abendluft war warm, als Sándor eine halbe Stunde später die Karlstraße zur Friedrichstraße hinauflief, wo ihn die Lichter der Großstadt wieder umfingen. Hinter ihm in den Seitenstraßen hungerten kleine Lokale und Bühnen wie Sommerlatte's Schanghai nach Kundschaft; hier dagegen, in Berlins traditionellem Amüsierviertel, standen die Menschen trotz aller Krisen noch immer Schlange vor den Nepplokalen, den Trinkhallen und den dubiosen Animierkaschemmen mit ihren schmuddeligen Separees und dem schlechten Schampus für viel zu viel Geld. Sicher, die Friedrichstadt war in die Jahre gekommen; die schillernderen Neueröffnungen und bombastischeren Etablissements gab es jetzt drüben im neuen Westen, am Wittenbergplatz, rund ums KaDeWe, am Tauentzien und Kurfürstendamm. Aber war hier in der Friedrichstraße nicht das richtige, das echte Berlin zu Hause – eine Stadt, die keine Schönheit mehr war, die es in ihrer Armut mit jedem trieb, der die paar Groschen dafür auf den Zahlteller legte, und die dafür großzügig darüber hinwegsah, ob derjenige Bügelfalten in der Hose hatte und einen gestärkten Kragen oder nicht? Das war das Berlin, das Sándor Lehmann liebte und kannte; auch wenn die Polizeiarbeit ihn meist rüber in den Westen brachte: Hier hatte er seine Wurzeln, hier schwamm er im Strom. Von hier an hätte er seinen Weg mit geschlossenen Augen zurücklegen können, so gut kannte er diesen Teil Berlins. Und weil auch Berlin selbst ihn so gut kannte, hätte man ihm nicht mal in

die Taschen gefasst dabei. So blöd war in ganz Berlin keiner, Sándor Lehmann einen Fuffzjer aus der Tasche mopsen zu wollen.
Gegen zehn wurde das Gedränge auf den Straßen immer dichter; die Kurfürstenbrücke am ehemaligen Marstall brachte ihn über die Spree, und er ließ sich einfach treiben, hinüber zum Alexanderplatz, um den sich hier – wie schmutziges Badewasser um den Abfluss – alles drehte. Zwischen Heilige-Geist- und Klosterstraße umfing ihn ein Gewirr von Gassen; aus einem Hauseingang hörte er ein gegurrtes »Komm doch mal rüber, Großer« und gleich gegenüber ein rauchiges »Komm lieber hier rüber, schöner Mann«, das er mit einem freundlichen »Hallo, Rosi« beantwortete. Ein Kichern kam zurück. Automobile und zwei Pferdedroschken fuhren im Schritttempo vorbei; die Neue Friedrichstraße öffnete die Stadtkulisse wieder, machte Platz für größere Häuser, für von Säulen gerahmte Hauseingänge. In einer heranrumpelnden Straßenbahn wurde gesungen; unter der Eisenbahnbrücke traten drei Männer in SA-Uniformen auf einen Liegenden ein und rannten weg, als Sándor mit einem entschlossenen »He, stehen bleiben!« auf sie zulief. Hinter der Eisenbahnbrücke war die Luft ein, zwei Grad kälter; der unterirische Bahnhof tief unter seinen Füßen atmete kühle Tunnelluft durch Schächte, Röhren und Abzüge in die Berliner Nacht. Sándor überquerte den Platz mit hochgeschlagenem Mantelrevers; vor ihm in der Dunkelheit lag – fast unbeleuchtet, aber alles andere als schlafend – das Polizeipräsidium der Stadt Berlin.

VERSCHWIEGENHEIT

Tatsächlich fand Sándor es immer wieder erstaunlich, mit wie wenig Licht so ein großer, steinerner Kasten wie das Polizeipräsidium auskommen konnte. Unten am Haupteingang konnte man meinen, ein großes, längst geschlossenes Museum zu betreten, einen grauen Saal mit Säulen und schattigen Nischen, bis man in einer Ecke in einem Glaskasten mit angelaufenen Messingbeschlägen einen wachhabenden Beamten bemerkte, der sich in einem satten Dunkel über das spärliche Licht einer kleinen Schreibtischleuchte beugte, eine Zeitung las und trotzdem alles mitbekam, was sich tat.

Wenn man die Treppe hochging, stand man im ersten von vielen Fluren, aus denen das Gebäude bestand. Alle sahen gleich aus, und jetzt, am späten Abend, verloren sie sich in der Endlosigkeit tiefer Schwärze. Manchmal fuhr draußen ein Zug vorbei, dann flackerten wandernde Rechtecke an den Flurwänden entlang, die für einen Moment erahnen ließen, wie lang diese Flure tatsächlich waren. Manchmal öffnete sich am Ende eines Flurs eine Bürotür, und für eine Sekunde fiel Licht in den Gang. Dann war es wieder dunkel.

Doch Sándor ging heute nicht hoch zu den endlosen Fluren, und er benutzte auch nicht den polierten, beleuchteten Aufzug, der vor allem für Leute wie den häufig wechselnden Polizeipräsidenten und seinen offenbar weitaus haltbareren Stellvertreter, den Vizepolizeipräsidenten Bernhard Weiß, zur Verfügung stand. Stattdessen ging er, ohne den Wachtmann zu grüßen, rechts an der großen Treppe vorbei, wo es eine schmalere Stiege gab, die zunächst nur zu ein paar Aktenkammern führte, sich dann aber nach links wendelte und tief in den Bauch des Gebäudes hinabführte.

Was brachte die Architekten all der Jahrhunderte dazu, ihre Kerker, Karzer und Folterkammern immer im Keller ihrer Schlösser und Burgen unterzubringen? Vielleicht hörte man dort unten die Schreie der Gepeinigten weniger, oder das Blut aus Nasen und vielen Wunden konnte keine darunterliegenden Stockwerke besudeln, sondern versickerte im erdnahen Keller oder wurde mit Wasserschläuchen in die Kanalisation gespritzt. Sándor hatte noch nie darüber nachgedacht. Die Verhörräume für die Vernehmungen, bei denen es darauf ankam, waren schon hier unten gewesen, bevor er bei dem Verein angefangen hatte, und im Lauf der Jahre hatte sich ein echter Mythos darum gerankt, was im Untergeschoss dieses Gebäudes schon alles passiert war. Kleine Ganoven brüsteten sich (meist völlig zu Unrecht) damit, schon hier unten gewesen zu sein, und beschrieben das Tiefgeschoss des Polizeipräsidiums und seine Schrecken minutiös und in den schillerndsten Farben. Große Ganoven schwiegen, denn sie waren wirklich hier gewesen und erinnerten sich meist nicht gerne daran.

Sándor hatte eine prosaischere Sicht auf diesen Ort, aber fest stand, dass die Dunkelheit des ganzen Hauses hier noch ein kleines bisschen dunkler wirkte, dass die Außengeräusche der nächtlichen Stadt kaum bis hier herunter drangen und dass man, wenn man einen Moment stehen blieb, Menschen atmen hören konnte, schwer und mühsam und mitunter nur noch mit wenig Kraft.

Waren es Folterkeller, die die Berliner Kriminalpolizei hier unten eingerichtet hatte? Nein. Es waren Räume intensiver Befragung, harter Arbeit. Räume, in denen man stundenlang mit einem Verdächtigen sprechen konnte; Räume, in denen der Verdächtige lange über die Fragen nachdenken konnte, die man ihm stellte. Räume mit sehr wenig Licht, mit schlechter Luft. Räume, in denen sich niemand freiwillig aufhielt, in denen jeder schnell mal die Nerven verlor, ausfallend wurde. Sándor selbst war hier schon ausfallend geworden, hatte Schädel auf Tischplatten geknallt, an Ohren gerissen, einen Finger gebrochen. Wenn man mit ausgemachten Arschlöchern sprach – und ja, verdammt, es gab ausgemachte Arschlöcher; wer etwas anderes behauptete, log –, dann konnte man ziemlich lange versuchen, höflich zu bleiben, gelassen Fragen zu stellen und die ausweichenden Antworten, die man bekam, für bare Münze zu nehmen. Oder man konnte mit dem Arschloch in einer Sprache sprechen, die es verstand, und das ging hier unten weit besser als an vielen anderen Orten dieser großen Stadt.

War Karl Hartwig, den Sándor am Ende des langen Kellergangs links in einem kleinen und sehr niedrigen Raum zusammen mit Hansen, Schmitzke und Plötz antraf, ein Arschloch? Unter anderem sicher auch das. Vor allem aber war er ein Mann, der normalerweise bekam, was er wollte; einer, für den die Welt da oben eine Welt der Möglichkeiten, der verlockenden Chancen und Gelegenheiten war. Hartwig war nicht zimperlich, und er machte auch kein Hehl daraus. Es war eine ungerechte, gefährliche Zeit, seit vier, fünf Jahren schon – im Grunde war die ganze Welt mit dem Krieg ins Rutschen gekommen, 1914, 1915, und war aus den Fugen geraten und nie wieder ganz ins Gleichgewicht gekommen seitdem. Und Hartwig war in diese Zeit hineingeboren worden – Sándor war das ebenfalls – und hatte versucht, zu überleben, um jeden Preis zu überleben. Und: komfortabel zu überleben. Wenn er mit einer Geschäftsidee gutes Geld verdienen konnte, dann tat er das. Wenn er einen Partner ausbooten musste, um noch besseres Geld zu verdienen, zögerte er keine Sekunde. Und wenn es nur mit Betrug, mit Bestechung, mit sanfter oder unsanfter Gewalt zu machen war, dann eben so. Das war eine einfache, nachvollziehbare Strategie, die Sándor verstehen und akzeptieren konnte.

Sándor Lehmann beklagte sich nicht über den bösen Kapitalismus oder über den Siegesmarsch des Verbrechens, sondern er sah, dass die Zeiten so waren, wie sie waren, und versuchte, mit ihren Kreaturen klarzukommen. Hartwig war ein solches Produkt seiner Zeit, und weil Sándor ihn verstehen konnte, hegte er keinen besonderen Groll gegen ihn – den brachte er nur für Dinge auf, die er nicht verstand. Kein Mensch konnte einem Krokodil übel nehmen, dass es einen Schwimmer unter Wasser zog und auffraß. Es lag in der Natur des Krokodils, das zu tun, und es lag in Hartwigs Natur zuzusehen, dass er von jedem Kuchen möglichst alles (inklusive Tortenplatte und schürzchenbestückter Serviererin) bekam. Man musste das nicht mögen, aber jeder Versuch einer moralischen Verurteilung war albern und überflüssig. Würde Karl Hartwig vor einem Mord zurückschrecken? Das war eine schwierige Frage, fand Sándor. Mord war ein schmutziges Geschäft, etwas, das einem an den Fingern klebte, das man nicht einfach mit der nächsten Bilanz oder einem getürkten Rechnungsbuch wieder geraderücken konnte. Ein Eingriff ins Räderwerk des Daseins. »Das Räderwerk des Daseins« war ein alberner Ausdruck, auf den Sándor gern verzichtet hätte, aber er hatte schon zu viele starke Kerle in diesem Räderwerk gesehen, wie sie zermahlen wurden, er hatte sich selbst schon zu oft empfindlich die Finger geklemmt, als dass ihm ein besseres Wort dafür eingefallen wäre.

Hartwig kannte das Räderwerk zweifellos auch sehr gut, und gerade deshalb würde er es sich gut überlegen, einen Mord zu begehen. Oder zwei. Vor allem war Karl Hartwig immer auf seinen eigenen Vorteil bedacht, und was der tote Prophet und die kleine Berta Kolotzki für einen Vorteil darstellen sollten, das musste man erst mal aus dem Mann herausprügeln.

Immerhin gaben sich Hansen und Schmitzke alle Mühe, genau das zu tun. Sie fassten Hartwig nicht gerade sanft an, oder wenigstens drohten sie ununterbrochen damit, ihre Geduld zu verlieren und ihm endlich zu zeigen, was ihn erwartete, wenn er nicht allmählich mit der ganzen Geschichte herausrückte. Und Hartwig – immerhin ein Mann, der teure Hotelbetten gewohnt war, acht Sorten echten französischen Champagner am Geschmack voneinander unterscheiden konnte und der seine teuren Armbanduhren halbjährlich zur Wartung bringen ließ –, Hartwig schien von dieser intensiven Behandlung sehr beeindruckt zu sein und seinen stadtweiten Ruf als harter Bursche und zäher Verhandlungsführer nicht ausgerechnet hier unten im Verhörkeller der Berliner Kriminalpolizei überstrapazieren zu wollen. Sándor kannte das schon, denn so waren viele von ihnen, oben gaben sie den ungerührten Mann von Welt, den abgebrühten Geschäftsmann – aber Ohrfeigen, die versuchten sie um Himmels willen zu vermeiden.

Allerdings schien sich hinter der verzerrten, schweißüberströmten Fratze seines Gesichts mehr zu verbergen als nur ein schlichtes Geständnis, und als Sándor den Vernehmungsraum betrat und Hartwig ihn sah, brach er – wie schon vorhin in seinem Apartment – in Tränen aus. Sándor verzog angewidert das Gesicht; diese Heulerei wurde zur Gewohnheit.

Aber es war klar, dass die Kollegen gute Vorarbeit geleistet hatten; der Mann war reif, er wollte sprechen. Mit ihm, mit Sándor Lehmann. Sándor grunzte zufrieden. Vielleicht wäre er doch noch vor dem Morgengrauen im Bett. Er nickte den Männern zu und setzte sich, während die drei den Raum ohne weitere Worte verließen.

Hartwig zog den zuvor gelockerten Hemdkragen wieder ein Stück weit zu; ihn fröstelte offenbar plötzlich in dem durchgeschwitzten Hemd, und mit gierigen Schlucken stürzte er das Glas Wasser hinunter, das Sándor ihm hinschob.

»Ich will … ich muss sicher sein, dass Sie das hier niemandem sonst erzählen.«

Sándor schüttelte den Kopf. Da war nichts zu machen, das hier war keine Beichte, sondern eine Vernehmung.

»Ich weiß, was Sie meinen, Hartwig. Aber was Sie sagen, kommt ins Protokoll, ohne Wenn und Aber. Das heißt, wenn es Sie beruhigt: Draußen in der Stadt wird niemand erfahren, was Sie mir sagen wollen. Nur hier im Haus und – wenn nötig – vor Gericht. Also legen Sie endlich los, Mann.«
Hartwig lehnte sich auf seinem Stuhl zurück und schloss die Augen, als wollte er ein Nickerchen machen, und er machte die Augen auch bei den ersten Sätzen nicht wieder auf.
»Ich habe versucht, das hier zu vermeiden, aber aus einem ganz anderen Grund, als Sie vielleicht denken. Ich habe mit Ihren verfluchten Morden nichts zu tun, und Ihre Männer könnten mich hier windelweich prügeln, ohne dass sich daran etwas ändern würde. Dieser Mob auf der Straße könnte mich lynchen dafür, und ich wäre trotzdem der Falsche. Nein, Kommissar, der Grund für meine Aufregung ist, dass ich schlichtweg Angst habe, nicht Angst vor Bestrafung oder einer weltlichen Gerichtsbarkeit, sondern Angst vor der Rache des Jenseits.«
Er öffnete die Augen und sah Sándor geradewegs ins Gesicht, als wollte er sehen, welche Wirkung seine Worte hatten und ob der Kommissar vielleicht lachte. Doch Sándor Lehmann lachte nicht, deshalb fuhr Hartwig fort:
»Vielleicht haben Sie sich gefragt, was dieses sonderbare kleine Trüppchen antreibt oder verbindet, zu dem ich da gehöre. Lackmeister, die Willenthiels, Cohn, Rosalind Hossrow, Erich Saeckel und ich selbst: Uns treibt mehr von Medium zu Medium als nur das zufällige gleichzeitige Interesse an einer klandestinen Offenbarung.«
Er atmete tief ein und aus und zitterte dabei. Sándor hätte dem Mann gern einen Schnaps gereicht, aber den gab es hier unten nicht.
»Am Anfang war es die schlichte Neugierde. Neugierde und das Interesse daran, für mein neues Produkt, für mein Wunderwasser, ein spiritistisches Zugpferd zu finden, eine spektakuläre Ga-

lionsfigur. Wir trafen uns ein-, zweimal, um uns kennenzulernen, die Beweggründe der anderen auszuloten«, er machte eine vage Bewegung mit der rechten Hand, »Sie kennen das ja, wenn bei spiritistischem Hokuspokus ein Ungläubiger mit am Tisch sitzt, dann funktioniert die ganze Chose nicht.«

Hartwig senkte die Stimme, beugte sich vor und sah sich um, als wäre außer ihnen beiden noch jemand anders in diesem kleinen, niedrigen Raum.

»Aber dann kam das erste Billett, und ich merkte, dass da noch etwas anderes im Spiel war.«

»Was denn für ein Billett?«, fragte Sándor nach. »Haben Sie das dabei?«

Hartwig schüttelte mit bleichem Gesicht den Kopf.

»Sofort verbrannt. Das war eine der Anweisungen. Eine längliche Karte, graues Bütten, gedruckt. Ich dachte erst an einen Scherz, einen Reklamegag, vielleicht von Saeckel, um seine Führung durch Berlins okkulte Welten interessanter und, nun ja, auch unheimlicher zu machen. Denn diese Billetts waren unheimlich. Namentlich adressiert, von wechselnden Boten abgegeben, natürlich ohne Absender.«

Sándor nickte ungeduldig.

»Und was stand nun drin?«

Hartwig schwieg eine Weile und überwand sich dann.

»Wir wurden angesprochen als Mitglieder eines Ordens. Ich sage ›wir‹, aber im Grunde weiß ich das alles ja nur von mir selbst, ich schlussfolgere nur, dass alle anderen die gleichen Nachrichten erhielten wie ich selbst. Gesprochen habe ich nie mit jemandem darüber. Und Sie müssen mir versprechen, dass Sie …«

»Diesen Teil hatten wir schon«, bemerkte Sándor Lehmann, und Hartwig nickte und schwieg wieder. Fuhr schließlich fort:

»Schon in der allerersten Nachricht wurde befohlen, über diese ganze Sache zu schweigen wie ein Grab. Äußerstes Stillschweigen; ein Tabu, dessen Bruch mit dem Tod bestraft würde.«

Sándor zog eine Augenbraue hoch; er stand auf und stellte sich mit den Händen in den Hosentaschen vor Hartwig hin. Der sprach weiter:
»Wer von uns versuchen würde, die gemeinsame Sache zu verraten, wer sich der Scharlatanerie hingäbe oder sonst wie abtrünnig würde, der würde ebenfalls mit dem Tod bestraft.«
»Aber abtrünnig wovon?«, wollte Sándor wissen. »Was waren oder sind denn die Regeln Ihres Ordens?«
Hartwig schüttelte entsetzt den Kopf.
»Das ist ja das Furchtbare. Ich habe keinerlei Ahnung. Es gibt diese Handvoll an Verboten, aber im Grunde kann ich jeden Moment etwas Falsches tun und dafür bestraft werden. Und ganz sicher mache ich hier im Moment einen tödlichen Fehler, weil ich mit Ihnen spreche.«
»Keiner tut Ihnen hier unten etwas«, merkte Sándor an, obwohl Hansen, Schmitzke und der dicke Plötz die halbe Nacht lang das Gegenteil in Aussicht gestellt hatten. Er korrigierte:
»Jedenfalls kommt hier unten keiner rein. Der müsste durch die Wände gehen.«
Hartwig sah angstvoll die Wände an, als drohte dort bereits weiteres Ungemach.
»Ich habe das erst nicht ernst genommen, und leichtsinnigerweise habe ich sogar mit Saeckel darüber gesprochen. Dann passierte die Sache mit dem Toten im Palais Pannwitz, und eins dieser gespenstischen Billetts hat den Mann postwendend einen falschen Propheten und Scharlatan genannt und seinen Tod einen Ritualmord, mit dem die jüdisch-levantinische Spreu vom germanischen Weizen getrennt worden sei!«
Hartwig legte den Kopf in die Hände und schluchzte.
Sándor hatte beim Namen des okkulten Führers Saeckel aufgehorcht und fragte jetzt nach:
»Was hat denn Saeckel zu der Sache gesagt?«
Hartwig überlegte.

»Der hatte die Billetts ebenfalls bekommen. Aber ihn interessierte gar nicht so sehr die Todesgefahr, in der wir alle schwebten, sondern viel mehr der angebliche Orden, dem wir offensichtlich und ganz ohne unser Dazutun angehörten. Der war für ihn der ersehnte Kontakt zu den ganz großen Geheimnissen und Bünden des Okkulten. Allerdings habe ich nur einmal mit ihm darüber gesprochen; denn untereinander zu reden war uns ja ebenfalls bei Todesstrafe verboten worden.«

Hartwig schnäuzte sich die Nase in einen Hemdsärmel; darauf kam es jetzt auch nicht mehr an.

»Bitte glauben Sie mir das, Kommissar: Ich habe nicht die geringste Idee, wer uns diese Billetts schickt. Und nicht Saeckel, sondern der unbekannte Absender regt an, wen wir als Nächstes besuchen sollen. Saeckel organisiert dann jeweils nur die Anfahrt und die Terminabsprachen; die Anweisung selbst kommt von dem, der uns auf diesen Weg geschickt hat und gleichzeitig mit dem Tod bedroht. Ich glaube inzwischen selbst, dass diese Sache nicht mit rechten Dingen zugeht, dass da wahrhaftig Mächte im Spiel sind, die wir nicht kennen, mit denen wir uns nicht messen können. Und die Sphären jenseits von Leben und Tod bevölkern, die wir erst noch kennenlernen müssen. Bis dahin können sie uns jederzeit dort hinüberholen ... Und Sie machen sich keine Vorstellung davon, wie viel Angst ich genau davor habe!«

Doch, Sándor hatte einen ziemlich klaren Eindruck davon, wie viel Angst Hartwig hatte. Und er erkannte Angst, wenn er sie sah. Normalerweise waren hier unten kleinere Chargen dafür zuständig, die Hosen voll zu haben, und dass ein abgebrühter Geschäftsmann wie Hartwig, der sich ja aus freien Stücken auf die Suche nach dem Okkulten gemacht hatte, dermaßen aus der Bahn geriet, das gab ihm zu denken. Natürlich untergrub es jedermanns Selbstsicherheit, zwei rätselhafte Mordfälle aus nächster Nähe zu erleben und dabei die dringende Vermutung zu haben, dass auch man selbst über kurz oder lang im Visier des mysteriö-

sen Täters stehen könnte. Aber gerade diese mystische Färbung des ganzen Geschehens war es, die sich wie ein wabernder Weihrauchnebel zwischen Sándor und das, was da geschah, legte, das Atmen und das Sehen schwer machte und ihn im Dunkeln tappen ließ wie schon lange kein anderer Fall mehr.
Hartwig sah ihn mit großen, rot geränderten Augen starr an, und Sandor fragte unwirsch:
»Noch was?«
Hartwig nickte langsam.
»Ja, Kommissar. Sie selbst. Wenn Sie einen Handtaschenräuber festnehmen, ist der Ihnen nicht weiter böse, er weiß ja, dass Sie nur Ihre Arbeit als Polizist machen. Ich glaube, das ist hier anders. Wenn Sie die Billetts gesehen hätten – als kämen die Karten aus einer anderen Zeit! –, dann wüssten auch Sie, dass hier mehr dahintersteckt. Dass Sie dabei sind, sich in ein uraltes Geheimnis einzumischen, Steine aufzuheben, unter denen sich nicht nur ein paar Kellerasseln verbergen könnten, sondern das Tor zur Hölle selbst.«
Er leckte sich die trockenen Lippen, während ihm gleichzeitig der Schweiß über die Stirn rann.
»Sind Sie bereit, für das, was da auf Sie zukommt, Kommissar? Auch wenn es … Ihr Tod sein könnte?«
Hartwig starrte weiter und brach dabei in ein hysterisches, keifendes Lachen aus, das Hansen, der auf dem Gang Posten bezogen hatte, hereinlockte. Sándor nickte ihm zu, und Hansen musste dem Verdächtigen nur die Hand auf die Schulter legen, schon stand Karl Hartwig ohne jeden Widerstand auf und begleitete den Polizeibeamten hinaus in den Gang und zu seiner Arrestzelle.

Hartwigs rätselhafte Worte hallten noch eine Weile in Sándor Lehmanns Kopf nach, während der über die enge Treppe nach oben strebte. Okkulte Ritualmorde, ein angeblicher Geheimorden, der nichts Besseres zu tun hatte, als eingeschüchterte Laien

in Angst und Schrecken zu versetzen … An dieser Geschichte stimmte einiges nicht.
Sándor seufzte. Hatte er oben noch eine Flasche im Schreibtisch, irgendein versprengtes Beutestücke aus einer Razzia, das Weihnachtsgeschenk eines geduldeten Bordellbesitzers, eines Mehrfachverbrechers, den er laufen gelassen hatte, weil seine sieben Kinder sonst schlicht verhungert wären? Die Aussicht auf einen lauwarmen Schnaps war zwar nicht sonderlich verlockend – Schnaps musste man eiskalt trinken oder gar nicht –, aber draußen im nächtlichen Trubel des Alexanderplatzes würde er in irgendeiner Bar kaum ungestört seinen Gedanken nachhängen können, also nahm er mit der Einsamkeit seines Büros vorlieb und stieg hinauf in den ersten Stock, wo links hinter der dritten Tür das unbeleuchtete Vorzimmer lag, in dem normalerweise »sein« Fräulein Wunder wundervoll klaglos ihren Dienst verrichtete. Fräulein Wunder, die er nie mit »Anneliese« angesprochen hätte, falls das tatsächlich ihr Vorname war, hielt den Laden am Laufen, und Sándor Lehmann wäre aufgeschmissen ohne sie und wusste das genau. Wahrscheinlich wäre die ganze Berliner Polizei aufgeschmissen ohne die Armada von Fräulein Wunders, die krude Ermittlungsergebnisse, schlampig notierte Verhörprotokolle und veritable Platzwunden an Polizeibeamten jedes Dienstgrades zu einem wirklichen »Fall« zusammenflickten, Aktenordner füllten, den Vorgesetzten berichteten. Es gab Gerüchte, dass die Hälfte der Kommissare der deutschen Schriftsprache nur teilweise mächtig waren, und Sándor war überzeugt davon, dass die meisten Kollegen sich nicht einmal allein die Schnürsenkel zubinden konnten, ohne sich dabei ins Bein zu schießen. Falls sie überhaupt eine Schleife beherrschten. Ganz so schlimm war es mit ihm selbst und seiner Vorzimmerdame natürlich nicht, trotzdem wusste er ziemlich genau, dass er ohne Anneliese Wunder keine drei Wochen in diesem Gebäude überleben würde.

Die Wunder hatte natürlich längst Feierabend; der Lebensrhythmus von Vorzimmerdamen und Kriminalbeamten teilte das ganze Personal des Hauses in zwei grundverschiedene Spezies – die regelmäßig, gleichmäßig und leidlich überstundenfrei Arbeitenden und die, für die immer Schicht war wie für ihn selbst. Es gab Tage, da arbeitete er mit Fräulein Wunder eine halbe Stunde lang zur selben Zeit; wenn er sich für eine Ermittlung eine Nacht um die Ohren schlug, hatte sie Feierabend.
Also hatten sie begonnen, sich kleine Zettelchen zu schreiben. Und weil sie sich schon gut und lange kannten, hatten ihre Zettelchen die deutsche Sprache auf eine geradezu stenogrammhafte Effektivität reduziert. Fräulein Wunder und er brauchten keine Höflichkeitsfloskeln, keine Anreden, Grußworte oder kleine Nettigkeiten. Sie sprachen – auch wenn Sándor sehr widersprüchliche Gerüchte gehört hatte, nach denen die Wunder entweder lesbisch war und ihn für einen ausgemachten Idioten hielt oder ihn abgöttisch liebte und für ihn bereits eine jahrzehntelange Ehe beendet hatte – schlicht Klartext.
Deshalb runzelte Sándor nicht mal die Stirn, als am üblichen Ablageort – direkt im Fokus seiner Schreibtischleuchte – einer der typischen Zettel lag, beschrieben in Fräulein Wunders makelloser, gut lesbarer Kleinmädchenhandschrift. Da stand: »Hossrow treffen, Mohrenbar, sofort. Entscheidende Wendung!«
Dieser Abend ging offenbar nie zu Ende. Sándor vergaß, dass er eigentlich im Schreibtisch nach einer Schnapsflasche stöbern wollte, und stakste müde die Treppe wieder hinunter. Unterwegs drückte er die alberne Lederkappe, die auf dem Sattel des Motorrads geklemmt hatte, wieder auf den ungekämmten Schädel, grüßte den Kollegen in der Eingangsloge mit einem Kopfnicken und fand vor der Tür die in der Berliner Nacht glänzende R 32, deren Schlüssel Plötz ihm unten im Keller zurückgegeben hatte. Mit einem bassstimmigen Bellen, der Stimme eines alten, fetten Hundes, sprang die Maschine an, und Sándor Lehmann über-

querte den Alexanderplatz und entschloss sich für den kürzesten Weg hinüber in die Mohrenstraße. Wer wusste denn, wie lange Rosalind Hossrow – wenn sie überhaupt noch da war – schon auf ihn wartete. Es gab ein paar dringende Dinge, die auch er mit ihr bereden wollte; Dinge, die sich um die Frage drehten, wie weit ihr wissenschaftlicher Berater Erick Saeckel das ganze Projekt überhaupt noch in der Hand und wie weit er es schon an irgendeinen okkulten Großwesir im Hintergrund abgegeben hatte. Rosalinds Meinung dazu interessierte ihn sehr. Der Nachtwind zerrte an den offenen Riemen seiner Kappe. Er hatte noch ein paar andere Dinge im Kopf, zu denen ihn Rosalinds Meinung interessierte, und der Gedanke daran ließ ihn dem Gaspedal der R 32 einen Tritt geben, der die Maschine mit einem lautstarken Brüllen vorwärtsstürmen ließ.

UNSCHULD

Es gab in Berlin Straßen, die mittendrin waren im Trubel der Großstadt und die trotzdem, vielleicht aus einer Ungeschicklichkeit der Verkehrsführung heraus – oder vielleicht aus einem Missverhältnis von Straßenbreite zu Bebauungshöhe – von den nächtlichen Flaneuren gemieden wurden. Niemand hätte sagen können, warum. Auf dem Stadtplan verband das kurze Straßenstück den rund um die Uhr noch immer hell illuminierten Kaiserhof am Zietenplatz, der wie ein Gardeoffizier die Parade der Ministerien gegenüber abnahm, mit der schweigenden Pracht des Gendarmenmarktes mit Französischem und Deutschem Dom. Doch irgendwie wichen die Passanten der Straße aus, auch wenn die zwei, drei kleinen Etablissements, die sich ins Halbdunkel der Häuserreihen duckten, nach Leibeskräften mit flackernden Leuchtreklamen und weit geöffneten Türen, aus denen sentimentale Musik drang, gegen dieses Gemiedenwerden ankämpften.
Die Mohrenbar hatte es von allen Läden der Straße am schwersten, denn ihr Name klang für Berlinbesucher aus der Provinz anrüchig und gefährlich, und obendrein hatte der letzte Besitzer die kleine Kellerkneipe im Innern kohlrabenschwarz streichen lassen; ein Anstrich, der für Liebespaare manche ungestörte Ecke in samtenes Dunkel hüllte, aber sonst kaum geeignet war, Besucher von der Straße hereinzulocken. Vielleicht alle zwanzig Meter warf draußen eine Gaslaterne etwas Licht an die staubigen Hausfassaden; auch das sorgte dafür, dass die Mohrenbar Insidern vielleicht ein Begriff war, von Touristen oder Zufallsgästen aber kaum jemals gefunden wurde.
Selbst Sándor fuhr erst an der schmalen, mit bunten Lampions geschmückten Stiege vorbei, wendete dann und stellte sein geliehenes Motorrad schließlich in Sichtweite des Kneipeneingangs

ab. Vielleicht war es in dieser abgelegenen stillen Ecke besser, das fremde Eigentum zumindest pro Forma einer Aufpasserin anzuvertrauen, auch wenn die Türsteherin der Mohrenbar, eine auf wild geschminkte Amazone im Baströckchen, die gelangweilt oder von den im Lauf des Abends zu sich genommenen Substanzen betäubt am Geländer der Stiege lehnte, im Zweifelsfall sicher kaum Anstalten machen würde, einem etwaigen Motorraddieb hinterherzulaufen.

Die Frühsommernacht war merklich kühler geworden; vielleicht wehte aus dem nahen Tiergarten die Feuchtigkeit der Büsche und Bäume herüber; trotzdem hörte man aus den Ministergärten Stimmengewirr und Gelächter. Offenbar war dort ein abendliches Gartenfest im Gange; oder es saßen noch ein paar Unentwegte drüben vor dem Kaiserhof auf der Sommerterrasse? Sándor fröstelte. Er lächelte der Amazone im Baströckchen zu und nickte, um einen freundlichen Satz mit der Bitte um etwas Augenmerk für sein Motorrad einzuleiten, nach links hinüber, wo die Maschine stand.

Genau in diesem Moment fühlte er schmerzhaften Wischer an der rechten Schläfe, und die Frau vor ihm riss entsetzt die Augen auf und öffnete den Mund zu einem Schrei, den sie nicht mehr über die Lippen brachte. Ein sicher halbmeterlanger, federnder Stahlpfeil hatte durch die leichte Kopfdrehung seinen Schädel nur gestreift, war an der stabilen ledernen Motorradkappe abgerutscht, ohne einzudringen, und hatte mit kaum geminderter Wucht den Hals der Türsteherin durchschlagen. Der fast geräuschlose, nur zischende Schuss riss die schlanke Frau von den Beinen, und auch Sándor Lehmann warf sich die Stiege hinunter in den Eingang der Kellerbar neben den zuckenden Körper der Sterbenden, um für weitere Schüsse kein Ziel abzugeben. Noch im Hinunterhechten – einem sportlichen Sprung mit einem schmerzhaft ungelenken Aufprall – riss er den Revolver aus dem Holster und drehte sich halb um. Zwei Sekunden später lag er schon in der Deckung der obersten Stufen und peilte angestrengt in die Finsternis, das undurchdringliche Dunkel der anderen Straßenseite, von wo aus der Schuss abgegeben worden sein musste.

Doch wer auch immer ihm da ganz offensichtlich nach dem Leben getrachtet hatte – der Scheißkerl blieb unsichtbar, verschluckt von der schwarzen Nacht in der Mohrenstraße. Ein Revolverschuss hätte wenigstens durch den Blitz seines Mündungsfeuers und das vielfach gebrochene Echo des Knalls klare Hinweise auf den Aufenthaltsort des Schützen gegeben, der Ursprung eines Pfeils aber war nicht zu orten, auch wenn der Winkel des Aufschlags darauf hindeutete, dass der Angriff wohl aus Augenhöhe oder einer nur wenig erhöhten Position abgegeben worden war. Wenn der Angreifer jetzt die Nerven behielt und sich nicht vom Fleck rührte, sondern reglos in der Dunkelheit stehen blieb, gab es keine Chance, ihn aufzuspüren, ohne sich der Gefahr eines erneuten Schusses auszusetzen, gegen den diesmal wohl auch die Lederkappe nichts würde ausrichten können.

Also kroch Sándor rückwärts ins Innere der Bar. Dort drinnen herrschte ein furchtbarer Tumult. Der Barkeeper war offenbar der Freund oder Ehemann der Getöteten; er brach über ihrem Leichnam, den sie durch die Tür nach innen gezogen hatten, weinend zusammen. Gleichzeitig hatten sich die Gäste, die sich nahe an der Tür aufgehalten hatten, hinter den massiven Eichenplatten von zwei schnell schräg gelegten Tischen verschanzt und schrieen vor Aufregung wie am Spieß. Am Tresen entdeckte Sándor Rosalind Hossrow; sie war still und kreidebleich. Ganz offensichtlich hatte sie gleich begriffen, was draußen vorgefallen war – und wem der Mordanschlag in Wahrheit gegolten hatte. Sándor begrüßte sie nur mit einem kurzen, harten Kopfnicken; jetzt war keine Zeit für langes Palaver. Zuerst musste er mit dem Telefon hinterm Tresen eilig Verstärkung anfordern, um die Mohrenstraße möglichst schnell von beiden Seiten dichtzumachen und zu

versuchen, den Bogenschützen noch an Ort und Stelle hochzunehmen. Viele Hoffnungen auf einen Erfolg dieser Maßnahme machte Sándor sich nicht; aber auch wenn sie selbst diesen Laden im Lauf der Nacht wieder verlassen wollten, würde das nur im Schutz einer Polizeieskorte vonstatten gehen können.
Sándor beschrieb der Frau am Telefon in knappen Worten, was vorgefallen war und wie zügig jetzt gehandelt werden musste, um vielleicht noch einen Fahndungserfolg zu erzielen. Während er sprach und sein Blick durch den schwarz gestrichenen Innenraum und das Durcheinander hinter dem Tresen schweifte, weckte irgendetwas eine Erinnerung; der Schatten eines Wasserhahns, die Silhouette eines langstieligen Sektkelchs oder eine Handvoll Bleistifte in einem Kasten hinter dem Tresen. Irgendetwas formte dort ein Hakenzeichen nach, an das er sich urplötzlich wieder erinnerte und dessen Bedeutung er inzwischen kannte: Ihwa, die Eibe, die dreizehnte Rune, das Zeichen des Bogenschützen. Die Rune hatte auf Berta Kolotzkis Honigglas geprangt, und mit einem Bogen oder einer Armbrust war die Türsteherin vor seinen Augen getötet worden – mit einem Schuss, der ihm selbst gegolten hatte.

Gut zwanzig Minuten später erhellten gleißende Polizeischeinwerfer die Nacht; zwei Technikmannschaften der Bereitschaftspolizei hatten an den beiden Straßenkreuzungen der Mohrenstraße, Ecke Kanonier- und Friedrichstraße Aufstellung genommen und die runden Lichttrommeln, die auf die Ladeflächen von Automobilanhängern montiert waren, mit dunklen Fauchgeräuschen aufflammen lassen. Schaulustige sammelten sich an der Friedrichstraße und mussten von einer Polizistenkette zurückgehalten werden; auch vom Hotel Kaiserhof, aus der entgegengesetzten Richtung, kamen die Menschen herübergelaufen und wollten neugierig herausfinden, was hier geschah. Wurde ein Film gedreht, gab es prominente Schauspieler zu sehen – mögli-

cherweise Hans Albers, dessen Tonfilm *Bomben auf Monte Carlo* vielleicht noch ein paar letzte Großstadtszenen brauchte, bevor er Spätsommer in die deutschen Lichtspieltheater kam?
Sándor schritt zusammen mit dem diensthabenden Einsatzleiter die Hausfassaden ab; das an den Stuckverzierungen entlangscheinende Licht formte aus den Rosetten und Putten dämonische, lang gezogene Fratzen, die die ganze Mohrenstraße zu einem expressionistischen Stück Theaterkulisse machten. Hier drüben in dem Kellereingang vis-à-vis der Mohrenbar konnte er gestanden haben; auch oben auf dem Arkadengang, auf den man vom Garten aus hätte hochklettern können, wäre ein guter Platz gewesen. Vorn parkte ein einsames Automobil, auch das wäre eine gute Deckung gewesen für einen Schützen, der sich in aller Ruhe dort hätte aufhalten können, bis er, Sándor Lehmann, mit dem Motorrad angeknattert kam. Oder – Sándor konnte sich nicht vorstellen, dass der Angreifer seine Ankunft auf dem Motorrad hatte vorhersehen können – aus einem Automobil stieg oder sogar zu Fuß als wandelnde Zielscheibe die Straße entlangspaziert kam.
Jetzt allerdings war alles schlichtweg leer; der Mörder der Türsteherin hatte alle Zeit der Welt gehabt, seinen Bogen oder die Armbrust unter einem Mantel zu verstecken und seelenruhig das Weite zu suchen.

Die wenigen Gäste der Mohrenbar waren nach Feststellung der Personalien einzeln in die Nacht hinaus entlassen und von Polizeibeamten bis zur Friedrichstraße geleitet worden; ihre Befragung durch Sándor selbst hatte nicht den geringsten Anhaltspunkt dafür ergeben, dass irgendwer irgendetwas Zweckdienliches wusste. Die Leiche der Türsteherin war – gegen den verzweifelten Protest des Barkeepers – nicht in einen ebenfalls bereitstehenden Leichenwagen, eine schwarze Pferdekutsche, geladen worden, sondern zunächst in den Mordbereitschaftswagen, wo Polizeitechniker den noch immer in ihrem Hals steckenden Pfeil begutachteten und versuchten, aus der Durchschlagskraft, aus Durchmesser des Pfeils und Form der Spitze Rückschlüsse auf die Beschaffenheit und den Abstand der Waffe zu ziehen. Auch Sándors Lederkappe – eigentlich ein zum geliehenen Motorrad gehörendes Beweisstück aus einem ganz anderen Fall – war einkassiert worden, und die vom Stahlpfeil verursachte rissige Narbe an der rechten Seite wurde vermessen und fotografiert.

Kurz darauf saß Sándor neben Rosalind Hossrow, die all die polizeilichen Maßnahmen abgewartet hatte, untätig und schweigend, und mit einer fast fatalistischen Geste eine halbe Flasche Rotwein geleert hatte. Die Frau war nicht verängstigt, hatte ganz offenbar nicht um ihr Leben gefürchtet – so wie auch er selbst in den Sekunden des Angriffs keine Angst empfunden, sondern zielstrebig und mit einer grimmigen Wut agiert hatte. Trotzdem war sicher auch Rosalind Hossrow heute Abend in aller Deutlichkeit klar geworden, dass sie da in etwas hineingeraten war, das in seinen Folgen und Dimensionen von ihnen beiden nicht überblickt werden konnte, nicht von Sándor Lehmann und nicht von ihr selbst. Wahrscheinlich hatte die ganze Geschichte sie bis zu einem gewissen Punkt noch fasziniert; ja, keine Frage, das Deutschland an seinem derzeitigen Scheideweg hatte sie kennengelernt, und dieses Deutschland hatte sie verunsichert und auch geängstigt. Doch dass sie selbst im Mittelpunkt eines verbrecherischen Geschehens stehen würde, dass sie selbst Zielscheibe eines Mordanschlags werden könnte – das war ihr, Sándor sah es ihr deutlich an, erst in der letzten Stunde bewusst geworden. Denn auch sie selbst hatte eine Nachricht bekommen, auch sie selbst war hierher bestellt worden, und der Absender, den der Hotelpage im Excelsior, wo sie wohnte, auf den Nachrichtenzettel gekritzelt hatte, war er selbst gewesen – Sándor, kein Nachname. Und nur weil sie nichts anderes vorgehabt hatte, war sie gegen jede Gewohnheit schon eine halbe Stunde vor der verabredeten Zeit hier heruntergestiegen in die schwarzen Kellerräume

der Mohrenbar. Wäre sie pünktlich gewesen – und sie war immer die Pünktlichkeit in Person, man konnte buchstäblich die Uhr nach ihr stellen, wie sie versicherte –, wer wusste denn, ob nicht sie selbst von dem tödlichen Stahlpfeil durchbohrt worden wäre, der jetzt im Hals der armen Türsteherin steckte?
Sándor Lehmann stützte sich schwer auf den Tresen und orderte beim Barkeeper, der fahrig und kreidebleich seiner Tätigkeit nachkam, einen zweiten Escorial. Er sah unter einer zu tief hängenden Fransenleuchte hinüber zu seiner unfreiwilligen Begleitung, studierte schweigend ihre Gesichtszüge, die kleinen Lachfalten um ihre Augen, die jetzt glatt und unbenutzt waren und dem Gesicht den Eindruck von Nacktheit gaben, einer Nacktheit, die sich sonst hinter der ironischen Maske eines selbstbewussten Lächelns verbarg.
Hossrow schüttelte den Kopf und zählte die schon so oft aufgezählten Namen noch einmal an den Fingern ab. Wem konnte denn Sándors Einmischung in ihren okkulten Zirkel ein solcher Dorn im Auge sein; wer wollte vielleicht auch sie selbst dafür bestrafen, dass sie und der Polizeibeamte die Köpfe zusammensteckten und das Rätsel zu ergründen versuchten?
»Zuallererst natürlich der Ordensmeister selbst, der uns die mysteriösen Benachrichtigungen schickt. Ich bin sicher, dass Sie das nicht erst von mir hören, Lehmann. Wer ist der Mann? Er hat uns alle mit dem Tod bedroht, und er scheint seine Drohungen weiß Gott wahr machen zu wollen.«
Sie überlegte einen Moment.
»Oder ein anderes Mitglied unserer kleinen Truppe; Lackmeister, dieser unangenehm eifersüchtige Mensch?«
Sándor lachte rau auf.
»Glauben Sie, der würde einen Pfeil auf mich abschießen? Wäre da nicht eher eine Eierhandgranate die Waffe der Wahl?«
Rosalinds Augen funkelten spöttisch, allmählich schienen auch bei ihr die Lebensgeister zurückzukehren. Sie zählte weiter auf.

»Harold Cohn, der Komponist: ein Verrückter, der die okkulten Rituale am liebsten für sich allein hätte, der sich – und nur sich selbst – für auserwählt hält, diese Dinge zu erleben ...«

Sándor nickte langsam, diesmal ganz ohne Lachen. Er hatte den Auftritt in Sommerlatte's Schanghai noch gut im Gedächtnis; aber konnte der Mann ihn dort erkannt haben? Das war sehr unwahrscheinlich bei dem Rauschzustand, in dem er sich befunden hatte.

Rosalind war noch nicht am Ende ihrer Aufzählung angelangt.

»Oder Willenthiels, die Angst haben, dass Sie irgendeinen magischen Wunderheiler einbuchten könnten, bevor er ihnen das Lebenselixier liefern kann?«

Sándor schnaubte. Den beiden Greisen war eine solche Gewalttat kaum zuzutrauen. Auch Rosalind Hossrow kam umgehend zum nächsten Verdächtigen.

»Der dicke Bursche mit den Froschaugen, Hartwig, dieser Wasserwundermann ...«

Jetzt schüttelte Sándor den Kopf.

»Der sitzt bei uns im Kahn, vor dem sind Sie sicher, Rosalind.«

Rosalind Hossrow bemerkte genau, dass dieser große, müde Polizist eben ihren Vornamen benutzt hatte, und hob leicht den Kopf.

»Saeckel?«

Sándor schmunzelte.

»Sie scheinen Ihrem kleinen Magister doch allerhand zuzutrauen«, foppte er sie, »einen Giftmord, gut und schön; einen Obdachlosen Kleinkriminellen abstechen ... Aber Bogenschießen? Mal ganz davon abgesehen, dass ich nicht glaube, dass er ausgerechnet Ihnen etwas zuleide tun würde: Hätte er überhaupt das Haus getroffen?«

Er lachte. Rosalind lachte nicht.

»Er hat ja auch nicht Sie getroffen, sondern diese arme Frau im Baströckchen, Sándor.«

Jetzt war sie mit dem Vornamen dran, aber Sándor dachte gerade an den Moment, als der Stahlpfeil seinen harten Schädel gestreift hatte, und schluckte. Das war knapp gewesen, und der Schuss war keineswegs schlecht gezielt gewesen, ganz im Gegenteil. Nur die kleine Drehung seines Kopfes zum abgestellten Motorrad hatte ihm das Leben gerettet.

Sándor langte nach dem grünen Escorial und trank den Rest des Glases in einem Zug aus. Das Zeug schmeckte metallisch heute, nach Eibengift und Tod und Stahl.

Er sah Rosalind in die Augen und tappte mit der flachen Hand auf den Tisch; ein Aufbruchssignal.

»Solange der Täter, ganz egal, wie er heißt, Ihre Adresse kennt, besteht für Sie jedenfalls akute Lebensgefahr, Rosalind. Sie sollten einen sofortigen Umzug ins Auge fassen.«

Kampfeslust blitzte in ihrem Blick auf; sicher mutmaßte sie, dass er sie in die Staaten zurückschicken wollte, weil hier das Pflaster zu heiß für sie wurde. Doch Sándor hatte einen ganz anderen Plan.

»Ich bringe Sie zu einem Versteck, das außer mir niemand kennt und niemand findet. Noch heute, gleich jetzt.«

Sie protestierte zum Schein, dabei roch alles nach Abenteuer, und sie war ganz offensichtlich bereit dazu.

»Mein Gepäck …«

»… lasse ich morgen abholen. Für den Moment reicht, was sie dabeihaben.«

Er ließ einen flüchtigen Blick an ihrer schlanken, sportlichen Gestalt hinuntergleiten, gerade schnell genug, um unverdächtig zu wirken.

Minuten später verließ die R 32 mit leisem Surren und abgeblendetem Licht langsam die abgesperrte Mohrenstraße. Sie bog nach links in die Friedrichstraße ein, beschleunigte und fuhr in langen Bögen um langsamere Fahrzeuge herum, wich entgegenkommenden Trambahnen aus, überquerte die Straße Unter den Linden und unterquerte die Bahngleise am Bahnhof Friedrichstraße. Hinter der Weidendammer Brücke bog Sándor, jetzt sicher, dass sie nicht verfolgt wurden, erneut links ein und folgte dem Verlauf der Spree und ihren weiten Kurven. Schnitt dann den Lauf des Flusses südwestlich ab und folgte der Fasanerieallee in die Tiefe des dunklen, schweigenden Tiergartens, wo er den Motor langsam drosselte und das Motorrad nur noch im Schritttempo das Tiergartenufer entlangrollen ließ, bis sie an einem Uferstück des Landwehrkanals zum Stehen kamen. Hier zogen vom Zoologischen Garten die Stimmen der nachtaktiven Tiere herüber, Käuzchengeschrei, ein Hyänenruf, und man hatte den unwirklichen Eindruck einer Nacht im Dschungel. Hinter den Büschen, unterhalb einer Böschung, glitzerte das Wasser zwischen den dunklen Rümpfen alter Frachtkähne oder Hausboote, die hier vor Anker schliefen.

Eins der Boote war mit einer kleinen roten Laterne beleuchtet, doch die letzten Besucher des schwimmenden Bordells waren längst von Bord gegangen, und Sándor kannte die Besitzerin des Schiffs gut und schätzte ihre Verschwiegenheit ebenso wie sie seine. Hier waren sie geschützt vor allen Nachstellungen und Mordverschwörungen – zumindest vor denen, die nicht übernatürlicher Art waren. Wenn es einen Ort gab, wo niemand sie finden würde, dann war es hier, auf einem versteckten, behördlich unbekannten Schiff mitten im Bauch der westlichen Innenstadt.

Eine schmale, hölzerne Gangway verband das Ufer mit den Deckplanken des Kahns, und Sándor, der den Weg schon so oft gegangen war und ihn deshalb gut kannte, reichte Rosalind Hossrow seine Hand. Als sie sich an ihm festhielt, wurde ihm bewusst, dass er diese schmale, kühle Hand die ganze Nacht hindurch nicht mehr loslassen würde, und so war es.

EINFALT

Sándor kannte eine ganze Reihe verschwiegener, versteckter Bäckereien, wo man nach einer Nacht mit wenig Schlaf ein paar Schrippen, Bouletten vom Metzger nebenan und einen guten Topf Kaffee bekommen hätte. Aber Rosalind mochte sich zumindest tagsüber nicht verstecken und hatte partout auf den Ku'damm gewollt, wo Saeckel sie schon gestern um ein morgendliches Gespräch gebeten hatte.

»Gefahr, Gefahr – mach dich nicht lächerlich. Du darfst am Fenster sitzen; wenn auf der anderen Straßenseite ein Kerl mit einer Armbrust auftaucht, darfst du dich gern schützend vor mich werfen!«

Sie lachte ihn an.

Sándor mochte dieses Lachen, aber das Café Uhlandeck, ein Riesenladen an der Uhlandstraße, Ecke Kurfürstendamm, mochte er nicht, wenigstens nicht zu dieser Zeit. Auffälliger konnte man in Berlin kaum frühstücken. Seit seiner Eröffnung 1929 war das spitzwinkelige Café mit Konditorei und Tanzdiele ein spektakulärer Anziehungspunkt für alle, die gesehen werden wollten, und das waren selbst montags morgens um halb neun schon eine ganze Menge Leute.

Kaufmann und Wolffenstein, die Architekten, hatten ganz expressionistisch Tabula rasa gemacht und die alte Gründerzeitfassade des Eckhauses glatt geputzt und mit klaren, goldgefliesten Säulen und breiten Schriftbändern hochmodern inszeniert. Innen war das Café ein goldener Tempel mit, immerhin, fand Sándor, verschwiegenen Nischen, und das Frühstück war zwar unangenehm teuer, aber doch ganz traditionell berlinerisch und ziemlich reichlich.

Nach der zweiten Tasse Kaffee lehnte Sándor sich, allmählich

entspannter, zurück und beobachtete die Frau ihm gegenüber, Rosalind Hossrow, die amerikanische Journalistin und Geisterjägerin, der möglicherweise jemand hier in diesem gespenstischen Deutschland nach dem Leben trachtete. So wie ihm selbst. Allerdings schien der Mordanschlag für sie inzwischen schon wieder lang genug zurückzuliegen, um ihr keine Sorgenfalten mehr um die bunt gesprenkelten Augen zu machen. Und was gestern Nacht zwischen ihnen beiden geschehen war, schien sie mit einer ebensolchen Selbstverständlichkeit hinzunehmen wie das Töpfchen mit Keiler's Jam, einer Orangenmarmelade aus Irland, die sie gerade mit schwungvollen Löffelbewegungen auf einer halben Schrippe verteilte. Er selbst stopfte mit gutem Appetit Brötchen, Käse, Leberwurst und Kaffee in sich hinein und versuchte, nicht an den dicken Gennat zu denken, der seine sexuellen Eskapaden als unprofessionelle, die Ermittlungsergebnisse verzerrende Parteinahme gewertet hätte.
Parteinahme? Sándor dachte nach. Traute er Rosalind einen Mord zu? Er sah sie an. Die Journalistin studierte ihn jetzt selbst ebenfalls mit einem ernsteren Blick. Er traute ihr alles zu, auch einen Mord, allerdings hatte er im Augenblick keinerlei Idee, warum sie den begehen sollte. Das Vergiften kleiner Moabiterinnen wäre eine etwas zu aufwendige Methode, um spannenden Stoff für ihre Pressemeldungen nach Texas zu liefern, und hatte sie auf der Treppe in der Quitzowstraße nicht sogar Tränen vergossen? Gut, das konnte man aus Reue auch.
»Frühstückst du noch, oder ermittelst du schon wieder?«, fragte Rosalind leise nach und zog dann selbstsicher auch sein Marmeladentöpfchen – Himbeer, aus der Marmeladenfabrik in Tangermünde an der Elbe – zu sich herüber.
Er grinste schief, und Rosalind deutete mit dem Marmeladenlöffel durch die meterhohe Glasscheibe auf den Kurfürstendamm. »Jedenfalls kannst du gleich weitermachen mit dem Ermitteln, da kommt unser gemeinsamer Freund Saeckel.«

In der Tat, Erich Saeckel überquerte eben, aus der U-Bahn kommend, den Ku'damm und kam zu ihnen herüber. Er wirkte aufgekratzt und ein bisschen verlegen angesichts der überbordenden Pracht des Kaffeehauses und der offensichtlichen Intimität der beiden Frühstückenden, die ihm – als er ihrer gewahr wurde – kurz den Atem zu verschlagen schien und sein Gesicht mit einer flammenden Röte überzog, die schnell wieder abebbte.

Saeckel zog sich – unter eifrigen Höflichkeitsverbeugungen zum Nachbartisch hin, mit denen sich der Studiosus früher vielleicht auch die Gunst der professoralen Autoritäten erschmeichelt hatte – einen Stuhl heran. Allerdings schien er mit den Neuigkeiten, die sein Blut gerade so in Wallung brachten, nicht recht herausrücken zu wollen, bis Rosalind Hossrow ihm bedeutete, dass Sándor Lehmann von Hartwig bereits in die Existenz ihres geheimen Bundes eingeweiht worden sei. Das gefiel dem kleinen Magister absolut nicht; er kniff Augen und Mund zu einer Grimasse zusammen.
»Hartwig redet sich um Kopf und Kragen. Der Ordensmeister hat uns diese Indiskretion in seinen Communiqués ausdrücklich verboten; mehr als das, er hat sie bei Todesstrafe untersagt.«
Er schüttelte düster den Kopf.
»Es sollte mich nicht wundern, wenn Hartwig inzwischen in ernsten Schwierigkeiten steckte oder sogar schon gar nicht mehr lebte.«
Sándor lachte auf.
»In ernsten Schwierigkeiten? Ja, das kann ich bestätigen, wenn Sie eine Nacht auf einer Holzpritsche im Polizeipräsidium so nennen wollen. Am Leben dürfte er allerdings noch sein, wenn er nicht am Arrestzellenfrühstück erstickt ist. Übrigens habe ich veranlasst, dass er heute früh wieder freigelassen wird. Sehr früh sogar, damit er sich in Sicherheit bringen kann, bevor seine gestrige Anhängerschar wieder auf den Beinen ist und für ihn ein Empfangskomitee bereitstellt.«

»Warum?«, wollte Saeckel wissen, und Sándor fragte zurück: »Warum was? Eingesperrt oder freigelassen?«
Saeckel zuckte die Achseln.
»Es ist ja auch gleichgültig. Mir selbst soll's egal sein, ob der Ordensmeister Hartwig oder Sie für diesen Regelverstoß zur Rechenschaft zieht. Zunächst haben wir ja immerhin neue Nachricht von unserem unbekannten Führer.«
Rosalind Hossrow nickte zustimmend, und Sándor zog erstaunt eine Augenbraue hoch. Was war ihm da verschwiegen worden?
»Ein neues Treffen? Verraten Sie mir Ihr großes Geheimnis, oder wollen Sie es lieber im Polizeipräsidium zu Protokoll geben?«
Saeckel sah zu Rosalind Hossrow hinüber, die wieder nickte. Er zog die Achseln hoch und kramte in einer offenbar unergründlichen Innentasche seines Jacketts nach einem Kuvert, das er endlich herausnestelte und erst Sándor Lehmann über den Kaffeehaustisch reichen wollte. Dann allerdings schien er sich eines Besseren zu besinnen und legte den Umschlag vor Rosalind auf den Tisch. Die lachte laut auf.
»Saeckel, Sie sind ein Angsthase, wissen Sie das eigentlich? Meinen Sie, Ihr okkulter Ordensmeister sitzt hier irgendwo am Nebentisch und sieht Ihnen zu? Aber warten Sie«, sie bückte sich seitlich an ihrem Stuhl hinab und zog einen genau gleichen Umschlag aus ihrer Handtasche, die zweifellos in den USA genäht worden war – in einer Näherei, die auch Satteltaschen herstellte. Sie legte den Umschlag mit einem elastischen Flippen wie eine Trumpf-Ass-Karte vor Sándor ab.
»Okay, Saeckel, ich gebe ihm meine eigene; damit haben Sie selbst keine Rache aus der Geisterwelt mehr zu befürchten, und ich schätze, ich selbst bin dort längst unten durch.«
Sándor sah ihr unverwandt und ohne zu blinzeln in die Augen, während er den Umschlag aufnahm und die Lasche öffnete. Rosalind Hossrow hielt dem Blick stand. Er zog die schwere Büttenpapierkarte heraus – der Ordensmeister scheute keine Kosten

für seine Befehlsübermittlung – und überflog die Nachricht ungerührt.
»Die Pan-Arische Gesellschaft«, beendete er schließlich die Lektüre, »Saeckel, Sie sind hier der Okkultismusspezialist: Wer soll das sein? Noch so ein hausgemachter Wahrsagerzirkus wie in Moabit und im Grunewald? Wieder eine Wunderheilerin aus dem Souterrain?«
Erick Saeckel seufzte vernehmlich auf. Der Wissenschaftler schien die gänzliche Uninformiertheit des Polizeibeamten zunehmend als Zumutung zu empfinden. Trotzdem dozierte er – auch für Rosalind, die aufmerksam zuhörte – geduldig:
»Den ironischen Unterton können Sie sich getrost verkneifen, Kommissar. Denn wenn wir heute Abend wirklich der Pan-Arischen Gralsbruderschaft, wie sie sich auch nennt, entgegentreten, dann sind wir Zeugen einer Sensation, einer echten Offenbarung. Ob diese exklusive, streng geheime Loge überhaupt existiert, ist in der okkulten Wissenschaft seit Jahrzehnten umstritten. Denn dass Männer wie Jörg Lanz von Liebenfels oder Guido von List ihr Wissen nicht nur überlieferten, sondern auch aus lebendigen Quellen schöpften, dass der Germanenorden und die Thule-Gesellschaft weit mehr verteidigen als nur ein paar historische Standpunkte – nämlich den wirklich vorhandenen germanischen Gral, den einen, alles beweisenden Kultgegenstand, der die arische Überlegenheit über die Jahrtausende endlich außer jeden Zweifel stellt –, das ist immer gemunkelt worden, aber nie wirklich schlüssig bewiesen. Eine geheime Gralsbruderschaft, die seit Jahrtausenden das Erzheiligtum eines überlegenen germanischen Glaubens bewahrt und weitergibt – ist Ihnen auch nur ansatzweise klar, was das für uns Wissenschaftler bedeuten würde? Schlagartig könnten alle unsere Theorien an einem lebendigen Kult überprüft werden. Als wenn ein Zoologe plötzlich auf ein lebendes Mammut treffen würde!«
Saeckel hatte sich atemlos geredet, er rang um Luft.

»Wenn die Pan-Arische Gralsbruderschaft wirklich diesen echten und wahren Gral bewacht und wenn es mir im Rahmen des heutigen Zusammentreffens möglich sein wird, das Objekt wissenschaftlich zu verifizieren, zu vermessen, womöglich zu fotografieren, dann tritt das ganze okkulte Wesen mit einem Schlag aus dem Halbdunkel des Wanderpredigertums in den Stand einer nachprüfbaren Wissenschaft! Dann haben wir endlich nicht nur Theorien und Indizien, oh nein, Herr Kommissar, dann haben wir Beweise. Und eine Weltsensation, um die Sie, verehrte Frau Hossrow, die Weltpresse beneiden wird!«
Er warf Rosalind einen begeisterten Blick zu, aus dem Sándor weit mehr herauslas als nur beruflichen Mitteilungsdrang. Liebte Saeckel die Journalistin, versuchte er, sie mit okkulter Angeberei zu beeindrucken, zurückzuerobern womöglich sogar?
Der Magister beugte sich weit vor und deutete auf die bedruckte Karte, die Sándor noch immer in der Hand hielt.
»Und lesen Sie genau, was dort steht, Kommissar. Dort ist die Rede nicht von ›der‹ Gralsbruderschaft, sondern ... von ›meiner‹. Ist Ihnen klar, was das bedeutet?«
Saeckel fixierte Sándor mit einem wilden, begeisterten Blick.
»Das bedeutet, dass wir heute ihn selbst, ihn, unseren Ordensmeister, kennenlernen werden. Ich weiß nicht, wie es Ihnen mit dieser Erkenntnis geht, aber ich selbst – das kann ich Ihnen verraten –, ich selbst erwarte diesen Moment so gespannt, wie ich noch keinen anderen erwartet habe, und ich bin sicher, dass wir alle den heutigen Abend nie wieder vergessen werden.«
Sándor Lehmann ließ die ausufernden Belehrungen des kleinen Magisters mit hochgezogenen Augenbrauen ablaufen wie die endlosen Rollen des hypermodernen Drahttongeräts, das Gennat für die Protokollierung von Vernehmungen angeschafft hatte – eine klobige, metallisch rasselnde Kiste, die die Stimmen der Verdächtigen mit einem Magneten auf Stahldraht speicherte, leiernde Stimmen, die vor sich hin brabbelten, ohne Anfang, ohne Ende.

Doch Saeckel leierte nicht, auch wenn Sándor kaum noch zuhörte. Er war Feuer und Flamme, denn das gemeinsame Projekt bekam zusehends neue Dimensionen; wissenschaftliche für ihn selbst, journalistische für Rosalind Hossrow, die vielleicht der öffentlichen Geburtsstunde einer germanischen Sinngebung und Weihung des ganzen Deutschen Reiches beiwohnen würde. Einer Weihung, die auch politische Folgen haben würde und die damit von allerhöchstem Interesse für Lackmeister und seine Hintermänner sein dürfte.

Bevor Sándor, einem spontanen Wunsch nach Streit folgend, eine anzügliche Bemerkung zum Stichwort »Hintermänner« machen konnte, tauchte der zuletzt Erwähnte wie auf ein Schmierentheater-Stichwort hin wahrhaftig draußen auf. Sándor hielt inne und verfolgte mit dem Blick den Soldaten, der mit erhobenem Haupt und strahlenden Augen in die Konditorei schritt.

»Es gibt Interessen, die sind schlichtweg übergeordnet«, Lackmeister hatte seit seinem Eintreffen ein opulentes Frühstück herbeikommandiert, sich bergeweise Brote, vier Spiegeleier und einen ganzen Liter Milch einverleibt und eben auf diese solide Grundlage ein erstes Bier gegossen und ein zweites in Auftrag gegeben, »und damit meine ich: Interessen des deutschen Volkes.«

»Der Ordensmeister hat ...«, warf Saeckel ein, aber Lackmeister wedelte den Einwand mit einer großzügigen Geste der rechten Hand beiseite und unterbrach:

»Der Ordensmeister hat Absichten und Grundsätze, die ehrbar sind und seine heiligen Geheimnisse vor der Trivialisierung und dem Missbrauch durch Unbefugte schützen sollen. Ja. Recht so! Aber das deutsche Volk als unmittelbarer spiritueller Nachfolger des Germanentums wird ja eben keinen Missbrauch treiben, sondern ganz im Gegenteil diesen Kult aufnehmen, neu beleben, sich mit jubelndem Herzen auf ihn berufen.«

Lackmeister hatte ein Stück Ei am Kinn, und Sándor verdrehte die Augen. Der Mann konnte nicht mal mit Messer und Gabel essen und berief sich auf das jubelnde Herz des ganzen Volkes. Lackmeister bemerkte die abschätzige Grimasse und zeigte mit wütend ausgestrecktem Zeigefinger auf den Polizisten.
»Und deshalb wird der Ordensmeister auch nichts dagegen haben, dass ich einen noch weit hochrangigeren Sachwalter der Interessen des deutschen Volkes zu unserer heutigen Zusammenkunft eingeladen habe. Meinen unmittelbaren Vorgesetzten nämlich. Von der Anwesenheit dieser Person hier allerdings«, sein Zeigefinger wackelte bedrohlich vor Sándors Nase, doch der zuckte und blinzelte nicht angesichts dieses Angriffs, »von dieser Person wird der Ordensmeister alles andere als begeistert sein. Die Anwesenheit eines Polizisten profaniert das ganze Treffen; dieser Mann gefährdet den Erfolg unseres gesamten Projekts!«
Sándor Lehmann hatte bei den letzten Worten seine Kaffeetasse an die Lippen gesetzt und einen letzten Schluck genommen, nun setzte er die dünnwandige Rosenthaltasse mit einem leisen Klacken auf die Untertasse, wischte sich mit der Leinenserviette über den Mund und stand auf.
»Riskieren Sie keine dicke Lippe, Lackmeister. Sie alle sollten froh sein, dass ich es bin, der hier die Pfeile auf sich zieht – und das mit den Pfeilen können Sie wörtlich nehmen. Wo waren Sie eigentlich gestern am späten Abend, in der Mohrenstraße wahrscheinlich, habe ich recht?«
Jetzt stand auch Lackmeister auf, aber er plante offenbar keinen Faustkampf in der expressionistischen Kulisse des Cafés Uhlandeck, stattdessen lachte er dröhnend.
»Oh, Sie spielen auf Ihre gestrige Visite im Negerkral an, habe ich recht? Ich hab's in der Morgenzeitung gelesen! Sie sind unter die Mohren geraten, unter Menschenfresser womöglich, und mussten um Ihren Skalp fürchten! Nein, im Ernst, Negermusik und Negerstraßen üben keine Anziehungskraft auf mich aus, aber

wen es in den Urwald zieht, der sollte sich nicht über die wilden Tiere wundern!«

Sándor hatte die Arme vor der Brust verschränkt; doch Lackmeister schien den Streit nicht eskalieren lassen zu wollen; stattdessen kramte er in der Westentasche nach ein paar Münzen und einem Schein, warf alles auf den Tisch, setzte die Melone auf, tippte an den Hutrand und ging.

Rosalind legte Sándor eine Hand auf den Unterarm, und er setzte sich langsam wieder. Aus den Augenwinkeln nahm er wahr, dass Saeckel die vertrauliche Berührung durchaus registriert hatte, doch der kleine Magister ließ sich nicht von seinem heutigen Hauptthema abbringen und rieb sich die Hände. Der Tag fing gut an, endlich eine neue, vielversprechende Perspektive. Heute Abend würden sie alle Zeugen eines ersten echten Wunders werden, eines Wunders, dem weitere folgen mussten, das war sicher.

Sándor Lehmann schüttelte den Kopf über die alberne Euphorie des Wissenschaftlers, doch in den blitzenden Augen und dem strahlenden Lächeln lag mehr als kindliche Einfalt, und das ließ ihn auf der Hut bleiben – zwischen dem Strahlen und der Begeisterung blinkte unverkennbar die heitere Grimasse des Wahnsinns.

Eine Viertelstunde später flanierte Sándor allein den Kurfürstendamm hinauf, wechselte ziellos die Straßenseiten und verbrachte ganze Minuten schweigend vor den Schaufenstern und ihren prachtvollen Auslagen, ohne viel zu sehen. Die kleine Horde von Okkultismus-Besessenen geriet zunehmend außer Rand und Band; es war schon erstaunlich, wie jeder Einzelne aus ganz unterschiedlichen Gründen zwei brutale Morde auf die leichte Schulter nehmen und unbeirrt weiter seine spiritistischen Ziele verfolgen konnte. War das ein Symptom für die ganze Welt, in der er sich gegenwärtig um ein bisschen Klarheit und Rechtschaffenheit bemühte, dass niemand mehr seinen gesunden Menschenverstand benutzte und falsch falsch und richtig richtig nannte, sondern alles nur daran maß, wie weit es dazu diente, die eigenen Ziele zu erreichen?

Oben vor dem Olivaer Platz prügelte sich eine Handvoll Passanten. Irgendeinem älteren Herrn war eine Schlagzeile des *Lokal-Anzeigers* ins Auge gefallen, die in besonders rüdem Ton gegen die Sozialdemokratie Propaganda machte – nichts Ungewöhnliches eigentlich für ein Blatt aus Hugenbergs Medienimperium, das deutschlandweit eine vierstellige Zahl an Zeitungen besaß oder mit seinen Pressemeldungen und druckfertig vorgesetzten Kolumnen belieferte. Die Medienmaschine lief hochtourig, und Kommunisten, Sozialdemokraten, Künstler, Juden und immer wieder auch die politisch unabhängige Polizei gerieten regelmäßig ins Schussfeld ihrer Hetzkampagnen.

Doch der Passant schien sich mit dieser Zeiterscheinung nicht abfinden zu wollen; stattdessen zog er jetzt einen Geldschein aus der Tasche und versuchte vergeblich, dem Zeitungsjungen den ganzen Stapel Zeitungen abzukaufen, um sie gleich an der Ecke Leibnizstraße in die nächstbeste Mülltonne zu stopfen. Das war dem Zeitungsjungen alles andere als recht; schließlich bekam er von manchen Kunden statt der regulären zwölf stolze fünfzehn Pfennig in die Hand gedrückt; das machte über den Vormittag einen ziemlichen Unterschied im Stundenlohn, den er nun nicht einfach durch einen En-Gros-Verkauf zunichtemachen wollte. Das Geschrei lockte andere Männer an, die schnell begriffen, um was es dem verhinderten Käufer ging, und nach ein paar erbittert herausgeschleuderten Anfeindungen legten alle die Jacken ab und nahmen sich gegenseitig unter die Fäuste.

Sándor machte ein paar Schritte auf das prügelnde, schreiende Knäuel zu, riss hier einen am Arm heraus, trat dort einen anderen in den Hintern und schaffte es so im Lauf der Zeit, Raum zwischen die Kampfhähne zu bringen. Mit sechs Männern zu kämpfen war lächerlich einfach, solange man selbst auch nach ein paar halben Treffern nicht in Wut geriet, sondern distanziert und wendig seine Chancen ausspähte und nutzte, während alle anderen mit roten Köpfen und Gebrüll blindlings aufeinander losgingen und sich meist selbst mehr verrenkten, als den anderen wirklich Schmerz zuzufügen. Da gellten auch schon Pfiffe; der Schupo, der in der Mitte des Platzes in einer Blechtonne stand und den Verkehr regelte, hatte einen vorbeifahrenden Polizeilastwagen angehalten, und dessen Personal machte nun ohne viel Federlesens die restliche Arbeit und verfrachtete den Sozialdemokraten, seine Angreifer und auch den wild um sich tretenden Zeitungsjungen kurzerhand in ihren Wagen. Sándor ergriff die praktische Gelegenheit beim Schopfe, mitzufahren, und enterte mit ein paar erklärenden Worten ebenfalls den Laster. Schon machte sich die noch immer lautstark streitende Gruppe auf den Weg in Richtung Alexanderplatz.

RACHSUCHT

Fräulein Wunder war seit drei oder vier Jahren Sándor Lehmanns Sekretärin – sie wäre zu Recht tödlich beleidigt gewesen, wenn sie geahnt hätte, dass ihr Chef den Beginn ihrer unschätzbaren Arbeit nicht mal aufs Jahr genau hätte benennen können –, und in diesen drei oder vier Jahren war sie an jedem einzelnen Tag früher da gewesen als er selbst. Sándor nahm das mit einem unerschütterlichen Gleichmut zur Kenntnis oder, um genau zu sein: Er nahm es überhaupt nicht zur Kenntnis. Frauenrechtlerinnen hätten ihn wahrscheinlich einen typisch patriarchalischen Despoten genannt, doch das war er nicht. Nicht Geringschätzung oder Herablassung kennzeichneten seine Beziehung zu Fräulein Wunder, sondern im Gegenteil ein fast schuldbewusstes Gefühl von Liebe wie zu einer Mutter. Auf eine infantile und komplett irrationale Weise sah er in seiner Sekretärin – die etliche Jahre jünger war als er selbst – alles, was für ihn an seiner Arbeit am Alexanderplatz heimisch, vertraut und beschützend war. Wie ein kleiner Rotzlöffel, der mit zerrissenen Kniestrümpfen, aber ohne seinen Schulranzen nach Hause kam, tauchte er unregelmäßig und in verschiedenen Graden von Verkatertsein, Verprügeltwordensein oder anderen bedenklichen Zuständen in seinem Büro auf, doch Fräulein Wunder war immer da, war immer mild gestimmt, immer zuverlässig, gut vorbereitet, kooperativ. Sie war das Stetige, er das Unstete. Sie waren ein tolles Team.

Immerhin trödelte Sándor heute nicht mit einer Straßenbahn Richtung Alexanderplatz, sondern fuhr leidlich früh mit einem Polizeilastwagen in den Hof, aus dem gleich eine krakeelende Schar Gefangener in die Zellen transportiert wurde. Oben im Büro hatte die Wunder schon die ersten Aufgaben eines arbeitsreichen

Tages für ihn bereitgelegt; und während Sándor noch den Staubmantel über den Garderobenhaken hängte und den Hut in die Ablage legte, war sie schon neben ihm und resümierte wie immer kurz, was anstand. Sie strahlte dabei – das tat sie immer –, als wären all die Verbrechen, die dort draußen in dieser gefährlichen, bösen Stadt geschahen, nur dafür da, ihrem Chef eine weitere Gelegenheit zu geben, den starken Mann zu markieren. Mord und Totschlag waren nun einmal ihr gemeinsames Geschäft; wieso sollte sie sich also nicht freuen, wenn ein neuer Auftrag hereinkam? Manchmal staunte Sándor über seine Sekretärin, wenn mal wieder ein besonders übler Mord geschehen war und sie ihm Fundstellen von Leichenteilen, Fotos von zerfetzten Körpern und bluttriefenden Wunden mit einer Nonchalance präsentierte, als zeigie sie ihm ihre jüngsten Einkaufserrungenschaften aus dem Kaufhaus Nathan Israel. Denn das war ihre einzige, kleine Schwäche: das Kaufhaus in der Spandauer Straße 28, gleich gegenüber vom Roten Rathaus und deshalb auch in den Mittagspausen vom Polizeipräsidium aus im Nu zu Fuß zu erreichen. Nathan Israels Kaufhaus war seit über hundert Jahren das größte in ganz Berlin; auf unglaublichen fünftausend Quadratmetern Verkaufsfläche bot es seine Waren an, und Fräulein Wunder, die im Grunde ein bescheidenes, schlichtes Leben führte, schlich manchmal tagelang um ein Seidentaschentuch, ein Paar Handschuhe oder eine neue Haarbürste mit Ebenholzgriff, bevor sie allen Mut zusammennahm und sich das unerhörte Stückchen Luxus leistete. Nathan Israels Kataloge hütete sie wie ein Gesetzbuch in einer Schublade ihres eigenen Schreibtisches, und wenn Sándor morgens zerrupft und lädiert im Büro erschien, konnte es passieren, dass sie ihm anbot, schnell ein frisches Hemd und eine moderne Krawatte für ihn zu kaufen – »irgendwo gleich um die Ecke«, sprich: im Kaufhaus von Nathan Israel.

Heute lagen gleich drei Aufgaben für Sándor Lehmann bereit, und die Wunder beeilte sich, ihm davon zu erzählen.

»Chef, haben Sie schon die Morgenzeitung gelesen? Oder, ach was, das brauchen Sie ja gar nicht, Sie waren ja selbst dabei und haben Ihre eigene Ermordung, na ja: Ihre Beinahe-Ermordung aus allernächster Nähe miterlebt! Du meine Güte, ich habe so ein schlechtes Gewissen, weil ich Ihnen ja selbst den Zettel mit der Nachricht hingelegt habe, mit der dieser Mistkerl Sie offenbar in die Falle gelockt hat!«

»Welcher Mistkerl denn?«

Sándor hatte das halb sorgenvolle, halb begeisterte Geplapper über sich ergehen lassen und wurde erst jetzt stutzig.

»Na, der Anrufer, dieser Hossrow!«

»Hossrow? Ein Mann? Reden Sie keinen Unsinn, Wunder!«

Sie schüttelte energisch ihren schmalen Kopf, und die brünette Modefrisur – eine selbst gemachte Dauerwelle; der Bakelitfön von AEG hatte sie einen halben Monatslohn gekostet – wippte empört hin und her.

»Aber ja doch, Chef, ein Mann, ein Herr Hossrow. Er hat mir den Text genau durchgegeben: ›Sofort Treffen in der Mohrenbar, entscheidende Wendung, Hossrow.‹ Ich bin sicher, dass es keine Frauenstimme war.«

Sándor winkte ab.

»Lassen Sie's gut sein, Fräulein Wunder. Ich habe nicht viel abgekriegt bei meiner eigenen Ermordung. War das alles, was Sie mir sagen wollten?«

Sie schlug sich an die Stirn und lachte.

»Oh, Entschuldigung, Chef, das war die Aufregung. Nein, die Morgenzeitung habe ich Ihnen herausgelegt, weil dort über Ihren Fall berichtet wird. Ein Musiker oder Komponist …«

»Cohn!«, knurrte Sándor, und Fräulein Wunder nickte.

» … ein Komponist namens Cohn hat die Details des Mordes an der kleinen Berta Kolotzki ausgeplaudert, und die Presse hat eine Riesengeschichte daraus gemacht und in der Abendzeitung und der Morgenzeitung darüber berichtet. Mit Bildern, mit Namen, mit allem.«

»Das habe ich schon selbst gemerkt«, nickte Sándor, »gestern wollte ein wütender Mob einen der Verdächtigen lynchen, und ich musste den Mann über Nacht hier bei uns in Sicherheit bringen. Aber lesen Sie jetzt neuerdings, was die Zeitungen über uns schreiben?«
Fräulein Wunder schüttelte eifrig den Kopf.
»Nein, Chef, aber ein weiteres Exemplar dieser Zeitung mit der Mordgeschichte dieses Komponisten lag aufgeschlagen auf der Rückbank eines Automobils, das die Bereitschaft heute früh gegen sieben Uhr als gestohlen notiert hat.«
Sándor verstand nicht, worauf die Geschichte hinauslief, und wedelte ungeduldig mit der rechten Hand. Die Wunder fuhr fort:
»Das Auto wurde eben gefunden, und es sitzt eine Leiche darin.«
Sándors Blick wurde starr, er zog die Augen zu Schlitzen und bog die Mundwinkel nach unten.
»Ah, jetzt wird die Sache langsam interessant, Wunder. Hätten Sie nicht gleich mit dem Ende anfangen können?«
Fräulein Wunder hob ihren Zeigefinger; sie hatte eine kleine, hübsche Hand.
»Das Ende kommt erst noch, Chef. Denn die Leiche im gestohlenen Auto, das ist der Mann aus der Zeitung, der Komponist Harold Cohn.«

Eine Dreiviertelstunde später hatte Sándor Lehmann die Stadt in westlicher Richtung durchquert – ärgerlich, dass er vorher die halbe Strecke in östlicher Richtung gefahren war –, hatte an Bord des Mordbereitschaftswagens am Kaiserdamm die Charlottenburger Anhöhe genommen, die Heerstraße stadtauswärts eingeschlagen, Pichelsdorf und Staaken hinter sich gelassen und weit außerhalb der Stadt ungefähr in Höhe von Dallgow den Fahrer in einen nach links durch unwegsames Gelände führenden Feldweg gelotst.
Die Felder südlich von Dallgow standen schon lange nicht mehr den einheimischen Bauern zur Verfügung, und das Dorf Döberitz,

zu dem der Feldweg nach dem Passieren eines Schlagbaums führte, war ein einsames, menschenleeres Nest, das gespenstisch in der Mittagssonne lag. Man hatte den Eindruck, dass eine grausame Seuche hier jedes menschliche und tierische Leben ausgelöscht hatte, aber die Seuche – wenn man sie so nennen wollte – war das Expansionsbedürfnis des Preußischen Heers, das hier in der Heide einen Truppenübungsplatz angelegt hatte, wo Gelände- und Stellungskämpfe mit neuer Waffentechnik geübt wurden. Schon ab 1892, vor fast vierzig Jahren, hatte Kaiser Wilhelm II. die damaligen Bewohner von Döberitz umsiedeln lassen; Neu-Döberitz lag jetzt am Dallgower Bahnhof. Aber das alte Dorf war nicht etwa abgerissen worden, sondern diente für die Kriegsspiele des Militärs als realistische Kulisse und durfte außerhalb der Truppenübungszeiten sogar noch von den ehemaligen Bewohnern besucht werden. Melancholische Picknicks gab es hier mitunter auf dem alten Dorfplatz; ergraute Eltern besuchten mit ihren erwachsen gewordenen Kindern das ehemalige Zuhause der Familie; greise Liebespaare trafen sich wehmütig am Ort des ersten Kusses.
Heute Mittag allerdings waren Schießübungen auf der Tagesordnung; das Kriminalkommissariat hatte alle Hebel in Bewegung setzen müssen, um überhaupt mit dem Mordbereitschaftswagen auf das Gelände fahren zu können, und das Dorf war gänzlich ohne Besucher. Nur in der Mitte des Dorfplatzes stand ein einsames Fahrzeug, ein Horch 304 Cabriolet. Sándor nickte schon aus der Ferne zustimmend; wenn man schon einen Wagen klaute, sollte man sich nicht mit einem Kleinwagen zufriedengeben, sondern aus dem Vollen schöpfen – und das hatte der arme, irre Harold Cohn ganz offensichtlich getan. Das viereinhalb Meter lange Cabriolet war ein kompakter, kräftiger Achtzylinder mit 60 PS und über 3.000 Kubikzentimetern Hubraum. Was konnte es Schöneres geben, als mit einem solchen Cabriolet aus der Stadt hinauszufahren, durch die blühenden Wiesen, die wogenden Getreidefelder zu rasen?

Allerdings war das Verdeck des Cabriolets nicht zurückgeklappt worden; der Wagen war hermetisch abgeschlossen, und die Scheiben wirkten wie aus silbernem, undurchsichtigem Glas.
Sándor ließ den Bereitschaftswagen anhalten, kletterte hinaus und begrüßte zwei Gefreite, die abseits im Schatten des ehemaligen Dorfkrugs standen und warteten. Sie hatten an Exerziertagen zu kontrollieren, dass das Dorf wirklich geräumt war. Bei ihrer morgendlichen Runde war ihnen das Fahrzeug natürlich aufgefallen, und sie hatten zuerst höflich an die Scheibe geklopft, um einem aufgeschreckten Liebespaar die Möglichkeit zu geben, seine Garderobe in Ordnung zu bringen. Sie hatten dann aber kein Liebespaar erblickt, als sie schließlich die Tür geöffnet hatten, sondern einen toten Mann, der jetzt noch immer hinter dem Steuer saß in diesem Cabriolet in der Mittagssonne. Sie hatten sich alles gründlich angesehen – den Wagen, die Leiche –, hatten notiert, was ihnen aufgefallen war – die Morgenzeitung auf der Rückbank, die darauf hinwies, dass der Mann erst am frühen Morgen mit dem Automobil hier aufgetaucht sein konnte –, und die Polizei gerufen.
Sándor nickte den beiden Soldaten zu.
»Alles richtig gemacht, Freunde. Nichts anfassen, nichts verändern, am Alex anrufen: Danke.«
Er tippte, quasi militärisch grüßend, an den Hut, drehte sich zu dem Fahrzeug mit den seltsam silbrigen Scheiben um und ging hinüber. Als er – wahrscheinlich hatten die Soldaten die Klinke der Fahrertür bereits angefasst, aber gelernt war gelernt – mit einem Stofftuch in der Hand die Tür öffnete, fiel ihm schon der furchtbare Gestank auf, der das ganze Fahrzeug umgab. Vorsichtig klappte er die Tür wieder zu und umrundete das Fahrzeug aufmerksam, ging am Heck in die Knie und murmelte:
»Da ist es ja, das verdammte Knäuel.«
Er hatte schon einmal einen verstopften Auspuff gesehen; damals war es ein Herrenschal gewesen, aber vielleicht war Cohn ohne

ausgeklügelten Plan hier herausgerast und hatte genommen, was er finden konnte oder bei sich hatte – und das waren Notenblätter gewesen, vollgekritzelte Notenblätter mit einer wirren, zusammengefieberten Partitur, die er zu einer dichten, kompakten Papierkugel zusammengeknüllt und fest in das verchromte Auspuffrohr gesteckt hatte.

Sándor ging zurück zur Fahrertür und öffnete sie ganz, ließ frische Luft in das Fahrzeug. Er strich mit einem Fingernagel über das Innere der Glasscheibe in der Beifahrertür – ein schmieriger Belag, das Kondensat der Auspuffgase, hatte sich dort abgesetzt und den ganzen Innenraum des Fahrzeugs und auch die Leiche selbst mit einem silbernen Überzug versehen, der dem Szenario eine unpassende, entrückte Würde gab, wie bei einem Besuch im Atelier eines Marmorbildhauers, eines Wilhelm Lehmbruck oder Georg Kolbe.

Harold Cohn hatte – auch das einer Marmorstatue angemessen, dachte Sándor – die Augen geschlossen und einen grimmigen Zug um den schmallippigen Mund. Er umklammerte das Lenkrad mit beiden Händen und hatte die giftigen Gase, die überall aus der Innenraumverkleidung gedrungen sein mussten, offenbar entschlossen und in vollen Zügen eingeatmet. War der Tod im Schlaf gekommen, in der Ohnmacht der Vergiftung, oder war er erstickt bei vollem Bewusstsein? Sándor wusste es nicht, und die reglosen Gesichtszüge des Toten gaben keinen Aufschluss darüber.

Er ließ den Blick gründlich durch das Fahrzeuginnere schweifen, suchte nach Spuren eines Beifahrers und fand keine, untersuchte, während die Kollegen aus dem Mordbereitschaftswagen sich draußen schon auf die übliche Routine der Spurensicherung vorbereiteten und allerhand Werkzeug und Besteck auspackten, die Leiche selbst auf Gewalteinwirkung, auf Würgemale, Schussverletzungen, Beulen, Wunden, verrenkte Glieder. Bevor die Polizeiwissenschaftler ihre Arbeit aufnahmen, war Sándor Lehmann sich sicher, dass es sich hier um einen klaren Selbstmord handelte.

Harold Cohn hatte sich umgebracht, und die Morgenzeitung gab deutliche Hinweise darauf, warum. Denn in derselben Ausgabe, die seine eigenen prahlerischen Indiskretionen ausbreitete – »Jazzkomponist als Zeuge eines Geistermordes: ›Einer von uns muss der Täter sein‹« –, wurde in einem zweiten Artikel über den spektakulären Anschlag auf einen Kommissar der Mordkommission berichtet, und Harold Cohn war zwar ein zerrüttetes Drogenwrack, aber keineswegs dumm. Deshalb hatte er eins und eins zusammengezählt und messerscharf gefolgert, dass der Ordensmeister offenbar nicht nur existierte, sondern dass er auch rachsüchtig und konsequent jeden verfolgte, der sich in seine okkulten Geheimnisse einmischte oder nicht diskret mit ihnen umging. Und nicht mal vor einem Polizeikommissar haltmachte. Schlagartig war ihm – vielleicht auf Entzug, auf einer psychischen Talfahrt nach dem letzten Drogenhoch – klar geworden, dass er einen tödlichen Fehler gemacht hatte, als er sich mit seinen Erlebnissen in der Quitzowstraße vor der Presse gebrüstet hatte. Denn das nächste Opfer des okkulten Magus würde er selbst sein; die Höllentore würden sich weit öffnen, um ihn zu verschlingen. In seiner rauschhaft blühenden Fantasie hatte Harold Cohn sich vermutlich furchtbare Opferzeremonien und Racheszenarien ausgemalt, die ihm bevorstanden; und aus Angst vor der Verfolgung, Folter und Bestrafung durch die okkulten Kräfte hatte er den einsamen, verzweifelten Tod am Steuer dieses gestohlenen Cabriolets vorgezogen.
Sándor drehte sich um und nickte den Kollegen zu. Sie konnten mit ihrer Arbeit beginnen; er selbst hatte alles gesehen, was es für ihn hier in der Döberitzer Heide zu sehen gab.

Fräulein Wunder hatte Kaffee gemacht, der schon auf dem schmalen Beistelltischchen aus dunklem Holz neben der Tür stand, als er zurückkam, und sie erledigte die Post und summte selbstvergessen vor sich hin. Sándor, der die Döberitzer Sonnenhitze noch auf der Haut spürte und den verdammten Geruch der giftigen Autoabgase noch in der Nase hatte, schritt durch den linoleumbelegten Vorraum, ging an ihrem Schreibtisch vorbei mit einem kurzen »Hallo« und griff nach der Türklinke zu seinem eigenen Büro.

Dann blieb er irritiert stehen und drehte sich um. Die späte Nachmittagssonne fiel von der Dircksenstraße her schräg durch die Stahljalousien vor den zwei hohen Fenstern und warf Streifen von Licht in das Vorzimmer, und Fräulein Wunder – die einen Brief auf der Maschine tippte, einer modernen Typenhebelschreibmaschine AEG No. 6, die Gennat gleich dutzendweise zum Stückpreis von 420 Reichsmark angeschafft und in den Büros verteilt hatte – schien ihn kaum zu bemerken und war ganz versunken in ihre Arbeit. Er stellte sich vor ihren Schreibtisch, murmelte: »Bin zurück; die Leiche ist in Kürze unten in der Gerichtsmedizin«, und sie blickte nicht auf und nickte nur freundlich.

Sándor blieb noch ein paar Sekunden stehen, wartete auf mehr Aufmerksamkeit, auf Neugierde, aufflammendes Interesse. Nichts.

Diese Frau war ein Rätsel für ihn, ein definitiv unlösbares Rätsel.

ENTSETZEN

Elektrizität war im Grunde etwas ganz Ähnliches wie Okkultismus, fand Sándor. Oder zumindest musste die unsichtbare Kraft, die Motoren antrieb, die Licht gab und töten konnte, dem Glauben an spiritistische Kräfte mächtig Vorschub geleistet haben. Ob nun die Stimmen aus dem Jenseits kamen oder per Telegrafenleitung von entfernten Kontinenten: War der Unterschied wirklich so groß? Stimmen, die elektrischer Strom transportieren konnte, Licht, das ohne Verbrennung einfach strahlte, kalt und hell und gleichmäßig: Auch das funktionierte, ohne dass er es verstand, und für manche mochte schon in der Elektrizität etwas Übernatürliches, Wunderbares liegen.

Er selbst erinnerte sich noch gut an die Kinderjahre im Wedding, wo kein Mensch elektrisches Licht hatte. Auf der Straße brannten Gaslaternen, und auch in den besseren, moderneren Häusern strömte brennbares Stadtgas durch dünne Rohre bis zur Zimmerdecke und beleuchtete dort den Raum. Gas wurde verbrannt, um Licht zu geben, Gas heizte in modernen Wohnungen die Zimmer und buk den Kuchen im Backofen. Gas konnte man riechen, es stank fürchterlich, und verstehen. Aber Elektrizität? Wenn man in die Gasflamme griff, verbrannte man sich die Pfoten; das lernte schnell jedes Kind. Doch wenn man einen kleinen, dünnen Draht anfasste, der die Leitung mit der Lampe verband, dann gab es einen fürchterlichen Schlag aus heiterem Himmel, oder man hing sogar fest und wurde von einer Kraft durchflossen, die nichts Irdisches hatte.

Als junger Polizeibeamter hatte Sándor Lehmann mal bei einem Gewitter ausrücken müssen. Ein kleiner Einsatz in fürchterlichem Platzregen, eine Straßenabsperrung, damit die Feuerwehr einen brennenden Dachstuhl löschen konnte. Als Neulinge liebten sie solche Einsätze; man hockte nicht länger auf dem Revier rum, man kam raus in die Stadt, es gab was zu sehen, zu tun und vielleicht sogar abzustauben. Sie hatten allesamt eine große Klappe, wussten genauestens Bescheid und hatten vor nichts und niemandem in der Welt Angst. Ein Gewitter war etwas, das Kindermädchen einschüchterte, runzlige alte Weiber, die, ein Vaterunser betend, die Vorhänge zuzogen und fürchteten, dass das Jüngste Gericht anbrechen würde.

Also kariolten sie lachend und gut gelaunt durch die Nacht in einem dieser ersten motorgetriebenen Mannschaftswagen, einem hochbeinigen Bus, der durch die Stadt pflügte wie ein Eisenbahnwaggon. Durch die Scheiben konnte man nichts sehen, das Wasser lief in Strömen daran herunter, und alle paar Sekunden zerrissen gleißende Blitze und unmittelbar folgende Donnerschläge die Nacht. Es knallte so unglaublich laut, dass zwei, drei Mann Schweißausbrüche bekamen, regelrechte Angstzustände: Das waren die, die im Krieg zu viel Geschützdonner abbekommen hatten und die mit einem Knall wieder in der damaligen Panik, dem Entsetzen des Granatenkriegs, gefangen waren. Auch deshalb zirkulierte eine gute Flasche Schnaps, wobei die eigentlich immer zirkulierte. Ohne Schnaps tat sich keiner die Nachtschicht an, obwohl der Sprit im Grunde streng verboten war.

Rums, ein neuer Donnerschlag, der Polizeibus machte eine Vollbremsung, rutschte quer, fing sich dann wieder und fuhr weiter. Alle lachten lauthals; manche lauter als andere. Als sie in der Flottwellstraße ankamen – einer schmalen Straße am Rande des Potsdamer Güterbahnhofs an der Grenze zwischen Schöneberg und Kreuzberg –, schlug ihnen schon beim Abbiegen von der Lützowstraße der Rauch entgegen, kalter Rauch, den der prasselnde Regen niederriss. Vor ihnen brannte ein Dachstuhl, ach was, nicht einer, zwei oder schon drei Dachstühle standen in lodernden Flammen; ein Blitz musste das zundertrockene Gebälk nach der großen Sommerhitze mit einem einzigen Hieb in Brand

gesetzt haben, und das Feuer drohte jeden Moment auf die darunterliegenden und die benachbarten Häuser überzugreifen.
Die Feuerwehr war da, aber der Löschzug war durch einen im Sturm umstürzenden Baum halbiert worden; zwei Fahrzeuge waren stecken geblieben, nur eins stand quer auf der Straße und fuhr gerade im Blitzgeflacker und Donnergrollen die stählerne Drehleiter aus. Sándor Lehmann und die anderen Männer sprangen aus ihrem Bus; sie bildeten eine Postenkette, leiteten Fliehende aus den Häusern in eine Schuppenzufahrt am Gleisdreieck, wo sie vor Funkenflug und herunterstürzenden, brennenden Balken sicher waren.
Das Gleisdreieck war ein riesiges Areal aus Lokschuppen, Lagerhäusern und einem Gewirr von Eisenbahnschienen. Potsdamer, Dresdener und Anhalter Güterbahnhof verflochten hier ihre Schienenstränge; es wurde rund um die Uhr umgeladen und rangiert, und nur im Augenblick übertönte das donnernde Inferno das allgegenwärtige Gequietsche und Gefauche des Lokomotivbetriebs. Die im Norden bis an den Landwehrkanal reichende Fläche war an den Rändern dicht mit Wohnhäusern bebaut, doch das weite Feld selbst war flach und nur von von Gleissträngen aus Eisen durchadert.
Dieses Eisen musste für das Gewitter ein regelrechter Ankerpunkt sein. Hier schlugen seine Blitze ein, hier hing die elektrische Wolke über der Stadt fest und arbeitete sich wütend mit entsetzlichen Stromstößen ab, die die Nacht minutenlang taghell machten und selbst den abgebrühtesten Jungpolizisten die Blässe in die Gesichter trieb.
Die Drehleiter der Feuerwehr hatte noch nicht einmal die Nähe des brennenden Dachstuhls erreicht, als der Blitz sie traf. Es gab ein furchtbares Geräusch wie einen Schlag auf eine stählerne Bassseite; für eine Tausendstelsekunde schien die Straße unter Sándors Füßen hellblau aufzublitzen; auch er selbst spürte von unten her eine kräftige Erschütterung, die ihn glatt von den Bei-

nen holte. Die Drehleiter schwang herum und drehte das unten am Boden stehende Feuerwehrfahrzeug kurzerhand mit; dann kam die lange Stahlleiter wie eine Guillotine heruntergesaust und schlug wie ein Fallbeil zwischen ihnen eine zentimetertiefe Scharte in das Kopfsteinpflaster der Flottwellstraße.
Ein furchtbares Durcheinander folgte; es dauerte eine Weile, bis Sándor nach dem grellen Blitz überhaupt wieder sehen konnte, und auch in seinen Ohren sirrte es, als wäre er taub geworden. Als er sich aufrappelte, hatten sich zwei Kollegen schon durch den einsetzenden Hagel zur Leiter vorgekämpft und beugten sich über den Feuerwehrmann, der noch im Ausfahren der Leiter hinaufgeklettert war. Weil er die Leiter mit beiden Armen festgehalten hatte und auch mit den Füßen auf den Sprossen gestanden hatte und weil seine Uniform im Platzregen binnen Sekunden durchnässt gewesen war, hatte der Blitzschlag ungehindert und vollständig durch ihn hindurchfließen können, und der Mann hatte vermutlich nicht mal gemerkt, wie alle Flüssigkeit seines Körpers in einer halben Sekunde verdampft war und ihn selbst als verkohlte, verzerrte Karikatur zurückgelassen hatte, ein schwarzes Etwas, das mit brechenden Fingern aus Kohlestaub und Asche die Leiter losgelassen hatte und in Stücke brach, als das stählerne Gerüst unten auf der regennassen Straße aufprallte.
Einige Kollegen hatten geweint, und Sándor hatte gekotzt. Sie alle hatten im Krieg Tote und schwer Verwundete gesehen, aber deren Verletzungen waren durch physische Einwirkung, durch Sprengkraft, zerschmetternde Gewalt oder durch feindliche Kugeln entstanden – Ursachen, deren Auswirkungen als Spuren im Körper erkennbar und erklärbar waren. Was soeben einen Feuerwehrmann vor ihren Augen pulverisiert hatte und jetzt im abebbenden Regen nur noch in der Ferne wie zum Abschied flackerte, war unheimlich und unerklärlich gewesen wie ein strafender Faustschlag von Gottvater persönlich.

Seitdem war Elektrizität für Sándor nicht mehr das Gleiche gewesen, und auch wenn die AEG – die Allgemeine Electricitäts-Gesellschaft – ihren Siegeszug in alle Haushalte hielt und nicht müde wurde, immer neue hypermoderne Geräte auf den Markt zu bringen, die die Arbeit in Werkstatt, Küche und Büro mit der Kraft des elektrischen Stroms erleichtern sollten: Er selbst konnte sein Erlebnis im Gewitter nie mehr ganz vergessen und beargwöhnte den heiteren Umgang mit dieser monströsen, kaum zu bändigenden Kraft.

Im Grunde gehörte dieser ehrfurchtsvolle Respekt auch zum Reklamekonzept, mit dem die AEG ihre Gerätschaften bewarb. Wer wollte denn nicht gern die Urgewalten bändigen, die Kraft von Blitz und Donner domestiziert in seine eigene Befehlsgewalt zwingen? Den Werbestrategen der früheren Edison-Gesellschaft war der scheue Abstand, den das einfache Volk der neuen Technik gegenüber einnahm, ganz recht, denn für Technik, die ans Wunderbare grenzte, ließen sich auch ganz wunderbare Verkaufspreise fordern. Jedenfalls solange all die neuen Bürolampen, Haartrockner und Föhns, die neuartigen Staubsauger und Tonwiedergabegeräte ihren Nimbus des Unerklärlichen behielten und entsprechend in Szene gesetzt wurden.

Darum hatte die AEG nicht lange gezögert und, als ihre Schauräume in der Luisenstraße 1927 abgebrannt waren – ja, abgebrannt! Sándor konnte sich vorstellen, weshalb –, kurzerhand die riesigen Verkaufsflächen der ehemaligen Friedrichstraßenpassagen angemietet, einer unübersehbar großen Ladenflucht mit zwanzig Schaufenstern zwischen Oranienburger und Friedrichstraße. Das Kaufhaus Nathan Israel war groß – das »Haus der Technik«, wie die AEG ihr neues Refugium nannte, war riesengroß, doppelt so groß wie das Kaufhaus am Alex. Und den Einrichtern der AEG war es gelungen, die ramponierten Ladenflächen gründlich umzugestalten, zu öffnen, zusammenzulegen und durch Herausnehmen von Zwischendecken einen wahren Tempel der Elektrizität zu realisieren. In dem bombastischen Demonstrationsgebäude wurden immer die neuesten elektrischen Geräte vorgestellt, eingebettet in ein volkstümlich inszeniertes Wissenschaftskaleidoskop, das in den zehn Meter hohen Bogenhallen spektakuläre Versuchsanordnungen in nie gekannten Dimensionen zur Schau stellte und die Straßenecke an der Friedrichstraße zu einem regelrechten Wallfahrtsort für Technikbegeisterte machte.

Wenn ein neues wissenschaftliches Experiment vorgeführt wurde und es nicht nur im Innern des Gebäudes, sondern auch draußen vor den Schaufenstern etwas zu gaffen gab, dann drückten sich so viele Menschen an den Glasscheiben die Nasen platt, dass der Straßenbahnverkehr auf der Friedrichstraße und in der Oranienburger Straße vor lauter Gewimmel zum Erliegen kam.

Aber nicht nur tagsüber herrschte vor dem Haus der Technik begeisterter Andrang. Nachts entwickelten glimmende Radioröhren, eine ganze Funksendestation, elektromagnetische Spulen, oszillierende Lichtbögen und Leuchtgaskorridore erst ihre beeindruckendste Wirkung. Dann hatte das Gebäude eine beunruhigende, geradezu außerirdische Ausstrahlung; ein in allen Regenbogenfarben flackerndes Höllenfeuer schien hier zu brennen, ohne dass Menschen in diesem gespenstischen Eigenleben überhaupt noch eine regelnde oder steuernde Rolle spielten.

Wahrscheinlich war es mythenbildende Absicht, ein geschickter Schachzug des Managements, dass das Haus der Technik außerhalb der Öffnungszeiten nicht für Veranstaltungen zur Verfügung stand. »Viel zu gefährlich«, hieß es in Ablehnungsschreiben, »nicht zu verantworten«, »nur von geschultem Fachpersonal bedienbar«. Sándor akzeptierte diese Sicherheitsbedenken: Er konnte sich lebhaft vorstellen, wie es war, wenn bei einer Firmenfeier der volltrunkene Seniorchef versehentlich einen 10.000-Volt-Lichtbogen anfasste. Da wollte man auch als Polizeibeamter lieber nicht die Aufsicht haben. Andererseits hätte man all die

Elektroeffekte ja auch schlichtweg abschalten können; dann wäre der sagenumwobene Elektriktempel nur noch eine Verkaufsausstellung wie jede andere auch, aber diesen Prestigeverlust wollte die AEG im Licht der Öffentlichkeit offenbar nicht hinnehmen, deshalb blieben die Knistereffekte angeschaltet und das werte Publikum nach Einbruch der Dunkelheit ausgesperrt und basta.

Heute Abend allerdings schien das Wachpersonal einen Sonderbefehl erhalten zu haben. Während die nördliche Friedrichstadt schon in trüber Dunkelheit versank, die nur von dem flackernden, bunten Band der Friedrichstraße zerschnitten wurde, herrschte an der Ecke Oranienburgerstraße im Grunde der gewohnte Anblick – das Haus der Technik erstrahlte in einem irisierenden Glanz, und in der Tiefe des Gebäudes gab es farbige Blitze wie fernes Wetterleuchten. Vor den mächtigen Panzerglasscheiben waren Stahlgitter heruntergelassen, ab und zu blieb ein Passant stehen und sah hindurch, doch das Haus war für den Publikumsverkehr längst geschlossen. An der östlichen Flanke allerdings, wo es neben der rückseitigen Mauer einer in der Johannisstraße gelegenen Synagoge eine schmale Lieferantendurchfahrt gab, klaffte ein kleiner, von einer Säule verdeckter Eingang im Mauerwerk, aus dem blaues Licht fiel. Hier trudelten die verbliebenen Angehörigen der okkulten Reisegruppe ein, dezimiert um Harold Cohn und ohne Saeckel, der mit einer etwas unklaren Begründung allein anreisen wollte. Rosalind Hossrow, Sándor Lehmann, die Willenthiels, Hartwig: Einer nach dem anderen schob sich durch die schmale Spalte im Mauerwerk, tastete sich einem gleißenden blauen Punktstrahler entgegen und bog dann ab in die in tiefem Dunkel liegende Transformatorenhalle.

Lackmeister scharwenzelte draußen auf der Straße um eine schwarze, mit abgeblendeten Lichtern herangerollte Limousine herum, mit der zweifellos sein Vorgesetzter eingetroffen war, eine ominöse Nazigröße, deren Namen nicht aus Lackmeister herauszubekommen war. Hatte Lackmeisters Chef hier Beziehungen spielen lassen, um das Treffen in diesem sonst so hermetisch abgeschotteten Gebäude möglich zu machen? »Mit Elektrik kennen die Nazis sich aus; schließlich haben sie einen Führer, der auch dauernd unter Strom steht«, hatte Gennat gewitzelt, als er über Sándor Lehmanns nächtliche Verabredung informiert worden war, und weil man mit allem rechnen musste nach den Vorfällen der letzten Tage, hatte er zusammen mit Sándor einen regelrechten Schlachtplan entworfen, ein lückenloses Überwachungsnetz, mit dem sie das ganze Areal zwischen Ziegelstraße, Elsässer Straße, Artillerie- und Friedrichstraße dichtmachen konnten, sobald der letzte der Teilnehmer an dem nächtlichen Spektakel eingetroffen sein würde.

»Letztlich sehe ich nur zwei Optionen«, hatte Gennat die Lage analysiert, »entweder ist der Mörder ein Gruppenmitglied, oder dieser dubiose Ordensmeister selbst macht da Tabula rasa und beseitigt unfähige Konkurrenz. Um sicherzugehen, sollten wir nach Beginn Ihres Treffens niemanden mehr hineinlassen und, wenn etwas passieren sollte, auch niemanden mehr hinaus. Deshalb haben wir hier, hier und da« – er hatte auf Eckpunkte auf einem großen Stadtplan gedeutet, der an der Wand hing –, »Posten positioniert; wir überwachen die Rückseite des Gebäudes von der Kalkscheune her und haben hier um die Ecke eine ganze Armada an Mannschaftstransportern stationiert, die in einer halben Minute vor Ort eingreifen können, wenn es nötig ist. Wenn einer diese Absperrung unbemerkt passieren kann, muss er wirklich durch Wände gehen oder fliegen können.«

Nach einigen Minuten waren die Eintreffenden in der leise knisternden Transformatorenhalle versammelt und standen unentschlossen an der metallenen, Kühle ausstrahlenden Rückwand.

Was erwartete sie hier? Wo blieb Saeckel? Sándor stand dicht hinter Rosalind, er ahnte die Wärme ihrer Haut, blickte auf ihren nackten Hals, über dem kurze blonde Haarwirbel kringelnd in die gebräunte Glätte ihrer Schulter übergingen. Er sah tiefer; die schmale Bluse zeichnete die Silhouette ihres Rückens, ihrer Taille nach, weitete sich weiter unten zur eng anliegenden Reithose aus weichem Wildleder. Es war dämmerig, er hätte nur die Hand ausstrecken müssen, um sie zu berühren, aber schon seit dem Betreten des riesigen Gebäudes hatte ihn eine Beklemmung erfasst, die jeden Gedanken an Berührung, an Sex absurd machte. Ihn fröstelte, und gleichzeitig standen ihm feine Schweißperlen auf der Stirn. War das die elektrische Spannung, die hier von den gigantisch großen Spulen abgestrahlt wurde, schlug sie ihm auf den Magen, drückte seinen Brustkorb zusammen und ließ ihn nur kurz und zu flach atmen? Er sah sich um, soweit das die Dunkelheit zuließ; eben führte Lackmeister auch seinen Vorgesetzten herein, der sich nicht zu den Übrigen stellen wollte, sondern Abstand hielt und die Szenerie aus der Distanz beobachtete. Lackmeister murmelte dem Mann etwas ins Ohr, doch der schüttelte nur unwillig den Kopf und forderte unpassend deutlich: »Sprechen Sie lauter, Mann, so gut höre ich nicht.«
Hatten die anderen auch dieses beklemmende Gefühl, empfanden sie ebenfalls – es war unmöglich, das zu leugnen – die gleiche Angst wie er, Sándor, selbst? Sándor fixierte die umschatteten Gesichter. Die Willenthiels schienen nicht von Panik, sondern von geradezu religiöser Verzückung gepackt zu sein; sie starrten mit verklärtem Glanz in den Augen in den tiefen Raum und erwarteten tatsächlich eine Offenbarung. Rosalind stand gerade und ruhig, doch mit einem Seitenblick sah Sándor, dass die Journalistin nervös auf ihren Lippen herumkaute und dass ihre Augen hin und her spähten, als könnte aus jeder der dunklen Ecken gleichzeitig eine Todesgefahr auf sie losstürzen, auf die sie gefasst sein musste. Mit welchen Präriedämonen kämpfte Rosalind?

Hartwig hatte Angst, pure, einfältige, demütige Angst. Er hielt den Kopf halb gesenkt wie ein Kind, das gleich vom Lehrer eine Kopfnuss empfangen würde. Zweifellos hatte er sich in sein Schicksal gefunden wie ein Delinquent, dem nun nur noch die tödliche Kugel die Erlösung aus seiner Katatonie bringen würde. Nur Lackmeister schien die bedrückende Atmosphäre des Raums, die elektrisierende Spannung und die aufziehende Gefahr nicht zu spüren – oder die Angst mit soldatischer Disziplin unterdrücken zu können. Er war um das Wohlergehen seines Chefs bemüht, versuchte, dem Vorgesetzten den Aufenthalt so komfortabel wie möglich zu gestalten, und verlor selbst kaum einen Blick an das bedrohliche Ringsum.

Sándor war kaum jemals in einem wirklichen Konzert gewesen – das klang verrückt für einen Jazzklarinettisten, für jemanden, der selbst bei unzähligen Auftritten mit einer Jazzband vorn auf der Bühne gestanden hatte. Aber das war etwas anderes. Seine Musik (und die Musik aller anderen Musiker, die er kannte) war nicht zum Zuhören gemacht; sie sollte nicht von einem starr auf den Stühlen sitzenden Publikum goutiert werden, sondern über die Ohren gleich in den Körper fließen. Sie sollte Zungen mitteilsamer machen, Kehlen durstiger und das Gegenüber am Tisch attraktiver; sie sollte die Füße mitwippen lassen im Takt – und dieser Takt sollte langsam vom ganzen Körper Besitz ergreifen und ihn hochreißen von seinem Stuhl, die erstbeste Hand packen und zur Tanzfläche ziehen. Seine Musik wollte nicht gehört, sondern gelebt werden, sie untermalte und beflügelte nur, was geschah, ohne selbst zum Mittelpunkt zu werden.
In »richtigen« Konzerten, bei den zehn winterlichen Sinfonieabenden der Oper Unter den Linden bei Professor Wilhelm Furtwängler zum Beispiel oder den Volkskonzerten des Philharmonischen Orchesters unter Professor Julius Prüwer am selben Ort, war das anders. Da kam das Publikum plaudernd hereingeströmt,

raffte die Röcke, nahm Platz, schnäuzte sich noch einmal, hüstelte, räusperte sich ein letztes Mal – und schwieg.
So war es hier im Haus der Technik in dieser von elektrischer Spannung geladenen Nacht ebenfalls. Nach und nach kehrte Schweigen ein, ein vielleicht unheilvolles, angstdurchzittertes Schweigen, aber doch: komplette Stille. Sándor hielt den Atem an und zählte die Sekunden. Acht. Neun. Zehn.

Mit einem leichten Knirschen schien etwas anzulaufen, ein schwingendes Sirren war zu hören, als rotierte vor ihnen in der Finsternis ein riesiges Schwungrad oder ein gut gelagerter Schleifstein. Oder eine gigantische stählerne Kreissäge. Zwei mannshohe Röhren in der Raummitte glommen orangefarben auf, wurden heller. Zwischen ihnen stand eine schmale Gestalt, die beide Arme starr in die Höhe gereckt hatte; eine Gestalt mit einem bis zum Boden reichenden Mantel, weiten Ärmeln, wie sie die Mondgucker und Zirkuszauberer in den Märchen trugen. Der Mann trug eine futuristische, metallisch geschuppte Haube, aus deren Mitte eine kurze, wippende Antenne ragte – einen Helm, wie sie alle ihn zuletzt auf dem Kopf der unheimlichen Maschinen-Maria in Fritz Langs Lichtspielhauserfolg *Metropolis* gesehen hatten.
Der Mann war Saeckel.
Ein leises Raunen ging durch die Gruppe. Sie hatten mit einem Hohepriester der Pan-Arischen Gralsbruderschaft gerechnet; mit ihrem obskuren Ordensmeister persönlich – stattdessen ihren okkulten Reiseführer in diesem Aufzug anzutreffen sorgte für Irritation. Sándor kniff die Augen zusammen, um gegen das gleißende Licht, das die beiden immer heller und heller werdenden Röhren, die jetzt außerdem ein vibrierendes Schwingen auszustrahlen schienen, die verkleidete Gestalt Erich Saeckels besser sehen zu können. Es war erstaunlich, wie dieser Aufzug die Wirkung des kleinen Magisters veränderte. Obwohl er sich nicht bewegte, sondern aufrecht dastand wie ein hölzernes Räucher-

männchen aus dem Erzgebirge, schienen Wellen der Energie von seinem Körper auszugehen und auf sie zuzuwogen.
War das ein Vorspiel, machte Saeckel hier den Torhüter für den Ordensmeister? Dem dürfte es schwerfallen, dieses imposante Schauspiel noch zu übertreffen, denn während die beiden Röhren neben Licht und Summen nun auch zunehmend Wärme ausstrahlten, die ihre Kleidung durchdrang, den Aufenthalt in dem Raum unangenehm machte, stickig – während all dessen begann Erich Saeckel nun auch noch zu sprechen. Wahrscheinlich wurde, was er sagte, elektrisch verstärkt, obwohl Sándor Lehmann weder Mikrofone noch Lautsprecher entdecken konnte, doch Saeckels Stimme übertönte die elektrischen Grundgeräusche und dröhnte salbungsvoll und laut.
»Nachgeborene«, begann der Mann im Mantel mit einem bizarren, antiquiert wirkenden Gruß, »Nachgeborene, seid mir willkommen. Wahrscheinlich wundert sich der eine oder andere, heute Abend mich selbst in der Rolle desjenigen vorzufinden, der die Botschaft überbringt, doch die ganze Zeit habe ich euch mit meinen Nachrichten hierher beordert als Meister unseres neuen Ordens. Eines neuen Ordens, der doch so alt ist wie die Zivilisation auf diesem Kontinent. Seit fünftausend Jahren und vielen Generationen vor mir bin ich als ihr Gesandter mit dieser Botschaft auf dem Weg. Glaubt mir, ich bin einen weiten Weg gekommen, einen sehr weiten Weg.«
Sándor merkte verärgert, wie er eine Gänsehaut bekam, aber er konnte nicht anders. Die Metapher jagte ihm Schauer über den Rücken, als wüsste irgendetwas tief in ihm selbst sehr genau, wovon hier die Rede war; wie weit und gefahrvoll der Weg gewesen war, den Saeckel zurückgelegt hatte, um ihnen heute hier diese Worte zu sagen, diesen Gruß aus grauer Vorzeit. Denn darum ging es ganz offensichtlich, und Saeckel fuhr fort:
»Was ich heute übermittle, ist keine Wissenschaft, denn die Wissenschaft hat von alldem bis zum heutigen Tage nichts gewusst,

und es ist auch kein Kult, denn einen Kult kann es nur geben, wo es auch Wissen gibt, und dieses Wissen war verborgen über die Jahrtausende, keinen Gläubigen bekannt und keinen Forschern. Germanen …«, Saeckel breitete nun langsam die beiden noch immer emporgereckten Arme zur Seite aus, und wie auf ein Kommando an eine verborgene, geniale Bildregie hin flammten hinter ihm weiße, knisternde Spannungsblitze auf, die die Raumtiefe nun zunehmend besser erkennbar machten, einen Sockel erahnen ließen, einen mit einem weißen, lang auf den Boden hängenden Tuch verhüllten Gegenstand darauf …

»Ja, Germanen haben dieses geheime Wissen vor Jahrtausenden gewonnen, und sie haben es geschafft, dieses Wissen über die Zeiten zu retten, auch wenn sie sich selbst nicht retten konnten.«

Sándor schüttelte den Kopf. Woher waren ihm diese Bilder geläufig, die sein Gehirn fluteten, die kämpfenden, sterbenden Männer, die vor ihren eigenen brennenden Dörfern zusammenbrachen in der frühen Morgensonne?

»Denn Germanen waren es«, Saeckels Stimme sprang eine Oktave nach oben, wurde heller und klang empört, »Germanen und nicht die römischen Legionäre, nicht die verstreuten Wandervölker oder christlichen Kirchenfürsten, Germanen, die dieses Land, diesen Kontinent einst beherrscht haben. Die diesen Kontinent noch immer rechtmäßig zu beherrschen haben.«

Hinter Erick Saeckel war, während er sprach, der Hintergrund immer heller geworden; die ganze Rückseite des Raums schien von einer riesigen, halbrund hineinragenden Spule aus Kupferdraht eingenommen zu werden, zwischen deren metallenen Flanken knisternde weiße Funken hin und her sprangen.

»Oh ja«, Saeckel eiferte weiter und zeigte nun mit einem ausgestreckten Zeigefinger auf die Gruppe der Versammelten, »oh ja, sie sind unterdrückt und verfolgt worden, unsere germanischen Vorväter, sie sind mit Tücke und mit roher Gewalt von ihrem überlieferten, ererbten Herrschaftsanspruch ferngehalten wor-

den. Das uralte arische Germanentum –keine edlere Rasse hat jemals unter der Sonne dieses Planeten gelebt – ist durch gezielte Vermischung und Verfolgung heruntergeduckt worden auf eine Stufe mit Kriechernaturen, Juden und Minderwertigen. Oh ja, man hat sie fast austilgt vom Boden ihrer Mutter Erde, diese Germanen; ja, man hat fünftausend Jahre nichts geahnt von ihrem heiligen Geheimnis. Doch jetzt …«
Saeckel beugte sich ruckartig nach vorn und breitete mit hochgeklappten Händen warnend die Arme aus; ganz offensichtlich stand der Höhepunkt der Vorführung unmittelbar bevor.
»… doch jetzt und hier erhebt sich diese Rasse wieder von ihrer Knechtschaft; sie streift die Ketten ab und greift erneut nach der Herrschaft über diesen Kontinent, diese Welt. Jetzt endlich bekommt die Wissenschaft den Beweis, auf den sie so lange gewartet hat.«
Sándor tastete nach der stählernen Wand hinter sich, er wollte fliehen und konnte doch nicht wegsehen, riss sich zusammen und blieb stehen, während Rosalind Hossrow blind hinter sich nach seiner Hand griff, die sie jetzt verzweifelt und panisch umklammerte.
»Jetzt endlich gibt uns die Elektrizität die Energie, unseren uralten Anspruch auch mit Gewalt durchzusetzen, durchzusetzen mit der ganzen rohen Kraft des heiligen Wortes, der Kraft des geschleuderten Blitzes, und wir alle hier sind bereit, diesen Herrscherstab an uns zu nehmen.«
Saeckel deutete hinter sich und riss den weißen Vorhang von einem metallenen Zylinder, der auf dem Sockel stand.
»Für das absolute und letztgültige Heiligtum, den Pan-Arischen Gral, der kein Kultgegenstand ist, sondern Ursache jedes Kults, kein Heiligtum, sondern der einzige, wahre …«
»Unsinn!«

Ein erschrecktes Aufstöhnen durchfuhr bei diesem Zwischenruf die gebannt Zuhörenden; wer wagte es, diese fesselnde Zeremonie dort vorn mit diesem blasphemischen Urteil zu unterbrechen? Die Gruppe drehte sich suchend um. Lackmeisters Vorgesetzter – ein Mann in einer offenbar maßgeschneiderten, dunklen Uniform, der mit verschränkten Armen und gänzlich ungerührt vom Geschehen vor ihm an der metallenen Rückwand des Raums lehnte – hatte gesprochen, ein einziges Wort nur, herausgestoßen mit einer schneidenden, aber nicht sehr kraftvollen Stimme, aus der die impulsive Ablehnungshaltung des Getäuschten sprach. Lackmeister, der in den letzten Minuten nun doch zum gebannten Zuhörer des Vortragenden geworden war, schien der wütende Ausbruch seines Chefs in Verlegenheit zu bringen. Er machte eine entschuldigende Geste zu den Übrigen hin und legte bittend die Hände zusammen, um seinen Vorgesetzten noch um etwas mehr Geduld, ein Quäntchen mehr Gelassenheit zu bitten, um Saeckel eine Gelegenheit zu geben, sein Anliegen vorzutragen. Doch der Mann hatte sich bereits empört abgewandt, und in dem heller gewordenen Raum konnte Sándor ein Kabel sehen, das von seinem Kopf zu einer schwarzen Lederumhängetasche führte, das Kabel eines Phonophors, eines hochmodernen, tragbaren Hörgeräts von Siemens & Halske. Der Bursche war stocktaub; wahrscheinlich hatte er von Erick Saeckels schwelgerischem Vortrag nur das Allerwenigste mitbekommen. Lackmeister konnte nicht verhindern, dass sein Vorgesetzter die Transformatorhalle des Technikhauses voller Verachtung verließ, ohne sich auch nur ein einziges Mal umzuwenden.

Fast schuldbewusst drehten sich die übrigen Anwesenden wieder zu ihrem weit gewandeten Zeremonienmeister zurück, erwarteten eine Rüge für die Unterbrechung. Doch Saeckel schien den peinlichen Zwischenfall gar nicht bemerkt zu haben oder überspielte dies zumindest souverän. Stattdessen beugte er sich mit rundem Rücken und der Pose einer schützenden Mutter über den Metallzylinder, den er in seinen beiden Armen wiegte wie ein

stählernes Kind oder das längliche Ei einer bedrohlichen, außerirdischen Raupenart. Sándor sah dieses ikonenhafte Bild mit einer Gänsehaut, einer aufkommenden Panik, die ganz offensichtlich auch alle Umstehenden ergriffen hatte. Was hatte der Mann da im Arm – eine Bombe? Jetzt wurden sie gewahr, dass der über den Stahlzylinder Gebeugte in einen murmelnden Singsang gefallen war, einen beschwörenden Sprechgesang, der wie eine vergessene, aber altbekannte Sprache Silben und Satzteile enthielt, die Sándor – und wohl ihnen allen – entsetzlich bekannt vorkamen.
Mit lauter werdender Stimme richtete sich Saeckel nun auf und hob, während die weißbläulichen elektrischen Entladungen der riesigen Spule hinter ihm auch seinen ganzen Körper und vor allem den metallenen Kubus zu erfassen schienen, die Arme. Welchem vergessenen Gott bot er dieses metallene Opfer dar, und was war es überhaupt, was der Mann da hochhielt?
Das Vibrieren der Spule ging von einem lauten Surren und Knattern in ein hochtoniges, schmerzendes Pfeifen über, und Sándor hielt sich für einen Augenblick die Ohren zu, um sich vor dem durchdringenden Klang zu schützen. Da bahnte sich eine Katastrophe an, irgendeine irrwitzige Riesendummheit, daran konnte es keinen Zweifel geben. Wer sollte einschreiten, wenn nicht er selbst? Sándor Lehmann überwand gegen alle inneren Warnrufe seine Angst, tastete mit schweißnassen Fingern nach dem Pistolenholster, zog und entsicherte die schwere Waffe. Er machte einen hastigen Schritt nach vorn, rempelte Hartwig aus dem Weg und hatte freies Schussfeld.
Seine Stimme übertönte das elektrische Inferno.
»Saeckel, stellen Sie den verdammten Kübel vor sich auf den Boden und …«
Doch in diesem Augenblick hatte Erick Saeckel seinen stählernen Fetisch schon mit einem Triumphschrei in die blitzdurchzuckte Höhe gestoßen, und als hätte er mit dieser hoch aufgereckten Geste einen unsichtbaren Schalter umgelegt, schien das obere

Ende der riesigen Teslaspule plötzlich durchzuglühen oder in gleißend weißem Licht zu schmelzen. Ein einziger, armdicker weißer Blitz schoss aus der Spule in den Kubus, durchflutete Saeckels zuckenden Körper und riss den Mann geradezu von den Beinen mit einem mächtigen elektrischen Schlag. Dieser pulsierende Stromfluss hielt zwei unerträglich lange Sekunden an, dann riss die tödliche Umklammerung mit einem ohrenbetäubenden Knall ab, und völlige Dunkelheit und der herüberwehende Geruch nach verbranntem Fleisch umhüllten die Augenzeugen.
Panik brach aus. Alle rannten durcheinander, stießen zusammen, tasteten sich schreiend und wimmernd in die Richtung, in der sie den Ausgang vermuteten. Jemand erbrach sich, und der beißende Geruch mischte sich ekelerregend in das obszöne Odeur des Todes. Sándor Lehmann rang mit sich; er kämpfte den Impuls, sich zu verstecken, nieder und stürmte nach vorn ins Dunkel, auf den Schauplatz des Blitzschlags zu, doch die Dunkelheit war undurchdringlich. Seine Füße stießen an etwas Weiches, er hörte eine Vielzahl von Geräuschen, die aus allen möglichen Richtungen zu kommen schienen und die Orientierung noch schwerer machten, und gab schließlich verzweifelt auf.

Der Kurzschluss nach dem Stromschlag schien die ganze hoch abgesicherte Stromversorgung des Hauses der Technik gekappt zu haben; das riesige Gebäude lag in kompletter Dunkelheit, und sogar die Nachbargebäude waren plötzlich ohne Licht, als hätte der Stromausfall die Elektrik des ganzen Viertels lahmgelegt. Von draußen sickerte nur der dürftige Strahl einer Gaslaterne durch die Schaufenster herein. Immerhin brachte das Sándor auf die rettende Idee. Draußen neben dem Seiteneingang hatte er schon beim Betreten des Gebäudes Saeckels massige Limousine stehen sehen; nun tastete er sich hinaus und stellte erstaunt fest, dass nicht nur der Zündschlüssel steckte, sondern der Motor des Wagens offenbar im Leerlauf lief und dabei Blech an Blech direkt an

die riesige Metallwand drückte, hinter der sie gestanden hatten. Sándor kletterte auf den Fahrersitz, stellte zuerst einmal den Motor ab und dachte nach. Hatte Erich Saeckel hier einen Fluchtwagen mit laufendem Motor bereitgestellt, der ihn – für den Fall, dass sein großspuriger Auftritt als okkulter Ordensmeister nicht glückte – möglichst schnell von diesem Ort der Schande wegbringen sollte? Oder war er nur so nervös gewesen vor seinem großen Augenblick, dass er schlicht vergessen hatte, den Zündschlüssel abzuziehen?
Ihm selbst ging es jedenfalls hier draußen an der frischen Luft – an der frischer werdenden Luft, denn die Autoabgase lasteten noch schwer auf seiner Lunge in dem engen Geviert zwischen dem Haus der Technik und den Nebengebäuden und erinnerten ihn an den Tod des armen Harold Cohn – zunehmend besser. Was war dort drin geschehen? Hatte Saeckel einen furchtbaren Unfall erlitten, war er einem Verbrechen zum Opfer gefallen – oder waren sie eben Zeugen eines weiteren Selbstmords geworden?
Jemand sprach ihn von der Straße aus an; es war einer der Polizeibeamten, mit denen Gennat das ganze Viertel umstellt hatte und die allmählich realisierten, dass dort drin etwas schiefgelaufen war. Sándor versuchte gar nicht erst, Polizeitechnik und Tatortbeleuchtung aufzutreiben, das würde jetzt alles viel zu lange dauern. Stattdessen setzte er Saeckels Limousine mit einem wütenden Schwung zurück auf die Oranienburger Straße, fuhr ganz dicht auf dem Gehweg heran an das Haus der Technik und ließ die fetten Frontscheinwerfer ihr Flutlicht durch die Schaufensterscheiben ins schwarze Haus strahlen.
Ein vielstimmiger Aufschrei aus der Transformatorenhalle signalisierte ihm, dass er innen für Sicht gesorgt hatte – und dass es nichts Angenehmes zu sehen gab.
Sekunden später drängte Sándor Lehmann sich durch die schockierte Gruppe vor der gewaltigen Teslaspule. Auf dem Boden vor dem Marmorsockel lag der metallene Zylinder, unverschlos-

sen und makellos. Doch direkt neben ihm erblickte er etwas, das bei den Betrachtern für blankes Entsetzen sorgte; ein rauchender schwarzer, auf die Hälfte seiner tatsächlichen Körpergröße eingedampfter Körper, ganz ähnlich dem des Feuerwehrmannes, den er selbst nach dem Blitzschlag am Gleisdreieck gesehen hatte. Mit Erich Saeckel, dem okkulten Reiseführer ihrer Gruppe, dem Hohepriester des Germanenkults und vermutlich auch dem Ordensmeister und Absender der geheimnisvollen Billetts, hatte dieser verkohlte Körper kaum noch eine Ähnlichkeit; doch die alberne Metallschuppenhaube mit der jetzt verbogenen Antenne auf seinem Kopf ließ keinen Zweifel daran, dass es sein Leichnam war, der hier vor ihnen lag.

UNSCHLÜSSIGKEIT

An diesem Vormittag hätten die Schaulustigen an der Oranienburger Straße die Straßenbahn fast umgekippt; wann immer ein Wagen die Friedrichstraße hochgerappelt kam, rief im Wageninneren irgendjemand: »Das Haus der Technik! Habt Ihr gehört, gestern Nacht ...?« Und dann drängten alle Passagiere auf die östliche, rechte Fensterseite und stierten hinaus, und die Straßenbahn – die an dieser Stelle nach links in die Chausseestraße abbog –, schwankte gefährlich, hob vielleicht sogar den innenkurvigen Rädersatz und drohte unter alarmierendem Gebimmel und wüstem Schimpfen des Fahrzeugführers für einen kurzen Moment aus den Schienen zu springen und umzukippen.
Ja, der furchtbare »Tod im Blitzschlag der Maschine«, der »Stromtod des Zauberlehrlings«, wie die Boulevardzeitungen am Morgen geschrieben hatten, erregte die Gemüter. Wenn Saeckels verschmorte Leiche noch in der Transformatorenhalle des AEG-Gebäudes gelegen hätte, man hätte Eintritt in beliebiger Höhe verlangen können, und es hätte eine Schlange bis zum Schiffbauerdamm gegeben.
Stattdessen war das Gebäude von einer Postenkette aus Schutzpolizisten gesäumt, die jede neugierige Nase an den Schaufensterscheiben mit einem barschen »Weitergehen!« anschnauzten und doch kaum verhindern konnten, dass die Massen auf den Gehwegen stehen blieben, in die Tiefe des Schauraums starrten und versuchten, einen flüchtigen Blick zu erhaschen auf das Unerhörte, das hier stattgefunden hatte.

Doch es gab nichts zu sehen, und das lag daran, dass Sándor in kluger Weitsicht vom Walhalla-Theater oben am Rosenthaler Platz einen riesigen schwarzen Vorhang ausgeliehen hatte, der jetzt provisorisch quer durch den Schauraum gespannt war und so jeden neugierigen Späher scheitern ließ. Hinter dem mit einem goldenen Volant veredelten Stück Stoff brannten drei mächtige Polizeischeinwerfer, die ihre Elektrizität kurzerhand mit dicken Stromkabeln draußen von den Straßenbahn-Signalleitungen abzweigten, und in ihrem Licht arbeitete eine ganze Kohorte von Technikern, externe Elektriker und andere Spezialisten, um die monströse Teslaspule auf einen Fehler in der Wicklung zu untersuchen, einen Auslöser für einen Kurzschluss oder einen sonstigen Grund für den tödlichen Stromschlag auf Erich Saeckel.

Sándor Lehmann beaufsichtigte die Arbeiten mit düsterer Miene. Die Leiche hatte er noch in der gestrigen Nacht fortschaffen lassen, die lag in einer Kühlkammer am Alexanderplatz; ansonsten war der Raum noch immer in der chaotischen Unordnung, in der ihn die gestrige Panik hinterlassen hatte. Schautafeln waren umgerissen, der ominöse Metallkubus hatte sich als leer herausgestellt, und in der Mitte des Raums prangte auf dem Boden ein unappetitlicher, schwarz verschmorter schmieriger Fleck an der Stelle, wo der Blitz den »Zauberlehrling« – Sándor gefiel die Charakterisierung aus dem *Berliner Herold* ganz gut – getroffen hatte.

Trotz dieses wüsten Szenarios hatte die noch immer voller dunkler Ecken und expressionistischer Schatten liegende Transformatorenhalle für Sándor jede Bedrohlichkeit verloren, und er wunderte sich nicht wenig darüber. Hatte der Stromschlag auch seinen Angstnerv versengt? Sándor hatte seine Angst in all diesen zurückliegenden Tagen beargwöhnt und bestaunt; jetzt, wo sie plötzlich weg war, fehlte sie ihm regelrecht. Hatte der Ordensmeister – wenn Saeckel denn der Ordensmeister gewesen war – seine Macht über ihn verloren, war der Tod des Magiers auch das Ende der Angst gewesen? Sándor sträubte sich gegen diese Schlussfolgerung, so naheliegend sie auch war.

Gegen Mittag baute sich ein kleiner Elektrotechniker vor ihm auf, ein Mann mit der Ausstrahlung des Spezialisten, und hielt einen bronzenen Bogen in der Hand, vielleicht die Waffe einer alten Plastik, vielleicht aus einer Jagdszene, abgebrochen, nein, abgesägt, wie sich schnell herausstellte. Das filigrane Ding – kein Zweifel, dass der Bogen erneut an die Eibenrune erinnern sollte – hatte eine lange, glänzende Stelle, und Sándor begriff, dass das Bronzestück im Innern der Spule zur Überbrückung von stromführenden Polen benutzt worden und durch den enormen Lichtbogen stellenweise regelrecht geschmolzen war.
Der Elektrotechniker konnte kaum sprechen vor Aufregung, er stotterte entsetzt: »M-M-Mord«, und Sándor nickte grimmig. Ja, Mord, in der Tat. Jetzt konnte es keinen Zweifel mehr daran geben, dass hier kein tragischer Unfall vorlag, sondern eine gezielte Manipulation, die nur ein einziges Ziel gehabt hatte: den armen Saeckel mit einem 100.000-Volt-Schuss in den antennenbewehrten Schädel ins okkülte Jenseits zu expedieren.
Der eindeutige Beweis, nach dem die ganze Mannschaft zwei Stunden gesucht hatte – lautstark waren eben alle zur Mittagspause aufgebrochen, draußen gab es eine Menge zu erzählen; das schaulustige Volk musste beliefert werden, obwohl Sándor allen Beteiligten absolutes Stillschwiegen aufgetragen hatte; am Nachmittag würde man dann die Teslaspule wieder fachgerecht zusammensetzen –, der Beweis für den Mord sorgte bei Sándor für mehr Kopfzerbrechen als Erleichterung. Es war ja nicht damit getan, sich in einem Handbuch für Elektrotechniker ein paar Kniffe anzulesen, wie eine Kupferspule beliebigen Ausmaßes zu einem Kurzschluss gebracht werden konnte. Der Täter war auch mit dem Ablauf des Abends vertraut gewesen und wusste deshalb Dinge, die im Grunde nur Saeckel in Person des okkulten Ordensmeisters hatte wissen können. Wem hatte er sich anvertraut, wen hatte er wissentlich oder aus Versehen in seine Pläne eingeweiht?

Sándor bekam einen regelrechten Schrecken, als ihm Rosalind Hossrow einfiel. Sie war die Auftraggeberin von Saeckel; ihr hatte er vielleicht mehr von seinen Anstrengungen erzählt, letztlich das okkulte Trüppchen zu einem mystischen Erlebnis, dem versprochenen Wunder zu führen. Womöglich hatte er für ihre Kamera posiert; jedenfalls hatte er mehrfach die funkelnagelneue Compur-Leica bewundert, die Rosalind für ihre Reportagen einsetzte und mit der sie auch im Halbdunkel mit langen Belichtungszeiten fotografieren konnte. Hatten die zwei sich am Nachmittag schon einmal hier verabredet, hatte Saeckel die ganze Szenerie schon einmal vorgeführt, seinen Auftritt als Hohepriester vor der Kamera geübt – und unbewusst seiner Mörderin Zugang zu der tödlichen Technik in seinem Rücken gegeben?

Ernst Gennat schien auch an Rosalind Hossrow zu denken, allerdings mehr aus besorgt-väterlicher Perspektive. Nahm Sándor Lehmann den Schutzauftrag wirklich ernst? Seitdem die junge Dame deutschen Boden betreten hatte, war sie praktisch unentwegt von einem Mord in den nächsten gestolpert, und Sándors Beitrag zur Aufklärung dieser Morde war nach wie vor fragwürdig. Hatte er die Hossrow beschützt – oder hatte er ihr nur den Hof gemacht und die Polizeiarbeit dabei vernachlässigt?

»Rosalind Hossrow geht es ausgezeichnet«, bemerkte Sándor, »und ich bin sicher, dass ihre Reportagen da drüben in den Staaten auf ein begeistertes Publikum treffen.«

Gennat schnaubte und ließ seine Wut an einem wehrlosen Stück Stachelbeertorte aus, das er mit der Gabel in zwei glänzende grüne Hälften teilte, die ohne viel Federlesen in seinem breiten Haifischmaul verschwanden. Er sah Sándor kopfschüttelnd an.

»Begeisternde Reportagen – die würde ich hier bei uns auch mal gern wieder lesen, Lehmann. Sie müssten dazu allerdings von der begeisterungswürdigen Arbeit der Berliner Kriminalpolizei berichten und nicht davon, dass irgendein okkulter Hampelmann vor den Augen eines anwesenden Kommissars der Mordkommission in ein Stück Rollbraten verwandelt wird.«

Sándor wurde langsam ebenfalls wütend; er kramte den Bronzebogen aus der Jackentasche und warf ihn dem Boss auf den Schreibtisch.

»Immerhin haben wir das Tatwerkzeug sichergestellt. Mit diesem Stück einer Bronzeskulptur war die Teslaspule so überbrückt, dass sie nicht harmlose Gruselkabinettblitze produzierte, sondern Stromstöße, mit der man einen Elefanten hätte töten können.«

Gennat hörte das Wort »Elefant« nicht gern, dazu waren seine eigenen Abmessungen und der chronische hellgraue Anzug, den er trug, zu naheliegend für einen Vergleich. Er rang die Hände.

»Lehmann, ich will Ergebnisse, keine Zufallsfunde. Ich will solide, wissenschaftlich-kriminalistische Polizeiarbeit. Spurensicherung! Was wurde übersehen, was lässt sich aus den sichergestellten Spuren Neues schließen? Wer hatte ein Interesse am Tod Ihrer drei spiritistischen Mordopfer?«

Sándor merkte gallig an, dass es nicht seine Opfer seien, und Gennat platzte wieder einmal der Kragen.

»Nein, Lehmann, es sind nicht Ihre Opfer, es sind unsere – Kellerleichen, die bis in alle Ewigkeit unten in der Gerichtsmedizin im ewigen Eis liegen können, weil Sie selbst wie unter Hypnose durch die Staffage stolpern und noch immer keinen Schimmer haben, wer diesen okkulten Murks da verzapft. Wissen Sie, dass Berliner Versicherungen schon Policen gegen Geisterbefall und Hexerei verkaufen? Die ganze Stadt lästert über uns; im *Abendblatt* gab es eine gehässige Karikatur von Bernhard Weiß und mir als Gespenster unter weißen Laken: ›Kleingeister von der Kripo‹, stand darunter. Selten so gelacht, Lehmann, selten so gelacht!«

Sándor starrte den Chef verbiestert an, und Gennat starrte zurück, und als er noch mal »Kleingeister!« sagte, war es vorbei, und beide brachen gleichzeitig in dröhnendes, prustendes Ge-

lächter aus, das die leeren Kaffeetassen vor ihnen auf dem Tisch zum Klirren brachte.
Gennat beugte sich vor, mit Lachtränen in den Augen, und drohte seinem besten Mann mit einem wackelnden Zeigefinger.
»Aber im Ernst, Lehmann, ganz im Ernst: Soll ich mit raus auf die Straße, wollen wir die Ermittlungen von nun an gemeinsam führen? Vier Augen sehen mehr als zwei, und während Sie sich weiterhin aufopfernd um die Sicherheit von Fräulein Hossrow kümmern, fange ich den Okkultistenmörder!«
Das konnte Sándor dem Alten nur mit Mühe ausreden. Mit Gennat ermitteln, das war die Hölle. Den Mann konnte er nicht in einen flotten Sportwagen setzen, weil der Chef das Ausleihen der Beweisstücke in der Wagenmeisterei missbilligt hätte – und wahrscheinlich für den smarten Bugatti, den er für die nächsten Tage schon reserviert hatte, obendrein schlicht zu fett gewesen wäre. Er würde mit dem »Buddha vom Alexanderplatz« von Lokaltermin zu Lokaltermin mit der Straßenbahn zockeln, begafft von den Massen, eingezwängt in ein Heer von Fußgängern. Eine Horrorvorstellung, die unbedingt vermieden werden musste. Schließlich gab Gennat nach und stellte Sándor ein letztes Ultimatum: Zehn Uhr am Abend lief seine Uhr ab, dann übernahm er, Gennat, selbst das Zepter in dieser Sache. Und basta!

Sándor verließ das mittägliche Präsidium wie nach einer kalten Dusche, einem Regenguss. Wie der sprichwörtliche begossene Pudel. Normalerweise war er selbst es, der Kopfnüsse und Nasenstüber verteilte; hier am Alexanderplatz vom Chef derartig zurechtgewiesen zu werden war eine Demütigung, die gar keine Zeugen brauchte, um zu schmerzen. Am ärgerlichsten war, dass Ernst Gennat schlichtweg recht hatte. Sándor konnte den Vorwürfen wenig entgegensetzen, weil seine in alten Kneipenschlägereien mehrfach gebrochene, schräg verdrehte Nase selbst jetzt, nach dem dritten Mord in Folge, keinerlei Witterung aufgenom-

men hatte. Weil er bei jedem einzelnen Mord wie ein kleiner Junge in der Ecke gestanden und sich vor Angst in die Hosen gemacht hatte. *Das* war der eigentliche Skandal, das eigentliche Versagen in dieser Sache. Nicht dass er noch keine Ergebnisse vorzuweisen hatte, sondern dass er aus Angst so mit sich selbst beschäftigt gewesen war, dass an Ermittlungsergebnisse gar nicht zu denken gewesen war.
Er wechselte die Straßenseite und versuchte, das verdammte Präsidium möglichst schnell aus dem Blick zu bekommen. Wütend marschierte er die Neue Königstraße hinauf bis zum Märchenbrunnen am Friedrichshain, umrundete zweimal den Hügel in der Parkmitte, suchte sich schließlich eine ruhige Ecke unter einer penetrant nach Blüten duftenden Linde, in der die Hummeln brummten, und kramte nach der Klarinette. Verdammt, das Etui steckte in der eingenähten Degentasche im Mantel, und den hatte er bei seinem grübelnden Aufbruch im Büro hängen gelassen. Auch das noch! Geister, Gennat und selbst die Musik: Alles hatte sich in diesen Tagen gegen ihn verschworen; und war nicht vorhin in der Transformatorenhalle ausgerechnet Rosalind Hossrow in seine viel zu kurze Liste der Verdächtigen geraten – ausgerechnet Rosalind, die er in den Armen gehalten hatte, die er beschützen sollte und die aber offenbar als Einzige etwas von Saeckels Plänen für den Mordabend hatte wissen können?
Er fluchte vor sich hin, hockte auf einer Holzbank unter der stinkenden Linde und starrte nicht mal den beiden kichernden Kindermädchen hinterher, die mit einer Horde Schutzbefohlener an ihm vorbeiflanierten.

Systematisches Denken in einem Mordfall: Das war wie das Komponieren einer ganzen Sinfonie, das Dirigieren eines vielstimmigen Orchesters mit Chören, Rhythmik, Soloinstrumenten. Das war in der Musik nicht seine Aufgabe; da spielte er die Klarinette als zwitschernde Draufgabe, und andere sorgten dafür, dass das Arrangement stimmte. Aber hier, jetzt, im Friedrichshain, schloss Sándor Lehmann die Augen und dachte nach, brachte die Stimmen in eine Reihenfolge, sortierte erstmals einigermaßen, was er gesehen und gehört hatte.

Wieder und wieder ließ er die okkulte Reisegruppe Revue passieren, klapperte jeden einzelnen Verdächtigen nach Motiven und Gelegenheiten ab. Wer hatte die besten Gründe; wer hatte die wenigsten Skrupel?

Hartwig war ohne Zweifel die ergebnisorientierteste, von der eigenen finanziellen Pleite bedrohteste Figur; schon deshalb ein idealer Tatverdächtiger. Nur hatte der Mann beim Attentat auf ihn, Sándor, hinter Gittern gesessen. Und dass ein zweiter, ein weiterer Täter Rosalind und ihm – oder wenn er genauer nachdachte: vielleicht nicht Rosalind, aber ihm – nach dem Leben trachtete, das war erst mal nicht plausibel. Hartwig schied nicht aus als Hauptverdächtiger, aber er konnte nicht allein gehandelt haben, und das verdoppelte die Unwahrscheinlichkeit.

Lackmeister, sein eigentlich bevorzugter Kandidat für die Täterrolle, verfolgte übergeordnete politische Ziele, die ihn vermutlich auch vor einem Mord nicht zurückschrecken ließen, vor kaltblütigen Bestrafungsaktionen für alle, die mit dem okkulten Erbe der Arier billige Tricks und Geldschinderei betrieben. Doch während der Prophet und die weissagende Berta Kolotzki schon von vornherein als effektheischende Blender identifizierbar gewesen waren, war Saeckels Auftritt für alle Geladenen eine Überraschung. Und gerade Lackmeister hatte sich doch viel versprochen von diesem dritten Versuch; sonst hätte er kaum seinen Vorgesetzten mitgebracht und damit so offensiv gegen die Regeln des anonymen Ordensmeisters verstoßen. Sándor strich den flammenden Nationalsozialisten mit einem regelrechten Bedauern von seiner immateriellen Verdächtigenliste.

Harold Cohn wäre bis zu seinem einsamen Selbstmord auf dem Truppenübungsplatz vermutlich alles Mögliche zuzutrauen ge-

wesen; doch die Vorbereitungen für den letzten Mord konnte er unmöglich schon von langer Hand geplant haben, und ob er im Drogenrausch technische Apparate hätte manipulieren können, war auch mehr als fraglich.
Sándor öffnete die Augen wieder und blickte nun doch aus einem Reflex heraus der schmalen Silhouette eines weiteren Kindermädchens nach, das hier den Nachwuchs irgendeiner Bürgerfamilie im Kinderwagen durchs grüne Wegegewirr schob, bis die kleine Nervensäge eingeschlafen war, die jetzt noch lauthals schrie.
Keine Frage: Die Willenthiels hätten das Geld, um einen Mörder zu bezahlen, und wer wusste schon, zu welchen Schritten sie die Verzweiflung über das bevorstehende Ableben von Auguste Willenthiel noch brachte, aber sie waren letztlich die Leichtgläubigsten von allen und hatten in jedem einzelnen Fall nicht skeptisch oder gar ablehnend die Wunderwirkung der Medien bezweifelt oder in Abrede gestellt, sondern alles zu glauben versucht, was ihnen dargeboten worden war. Saeckels Tod warf sie um Wochen zurück und raubte ihnen letztlich kostbare Zeit, die sie gar nicht hatten, denn Frau Willenthiels Tod musste unmittelbar bevorstehen, und ohne Saeckel sanken ihre Chancen, noch rechtzeitig den »Notausgang« aus diesem in ein neues, gesundes anderes Leben zu finden, gegen null. Sie waren in ihrer verzweifelten Endzeitigkeit vielleicht unberechenbar, doch als Mörder schloss Sándor sie mit großer Sicherheit aus.
Und Saeckel selbst? Der kleine, krankhaft ehrgeizige, seinem wirtschaftlichen Vorteil keineswegs abgeneigte Spiritist verfolgte in dieser verzwickten, tödlichen Geschichte gleich mehrere Ziele. Zum einen war er ein schlichter Dienstleister, der angeheuert worden war – von Rosalind Hossrow und den anderen, ein sicher recht einträgliches Geschäft also –, unbedarften Laien Zugang zu geheimen Zirkeln und dubiosen Geheimorden zu verschaffen. Doch Saeckel hatte noch ganz andere, sehr eigennützige Interes-

sen. Denn er war – unter dem Vorzeichen objektiver Wissenschaftlichkeit – in einer obsessiven eigenen Mission unterwegs, der Suche nach dem okkulten Erbe eines germanischen Kults, von dem viel geredet wurde und dessen Existenz bisher niemand hatte beweisen können. Die Nationalsozialisten waren leidenschaftlich interessiert an diesem okkulten Erbe, denn der Beweis einer germanischen Überlegenheit und vor allem der Beweis ihres Weiterbestehens bis in die Jetztzeit rechtfertigten in ihren Augen ihren absoluten, rassisch begründeten Herrschaftsanspruch. Und Saeckel wäre sicherlich nur zu gerne der herausragende kluge Kopf gewesen, der die Existenz dieses germanischen Urordens bewiesen und sich, ganz nebenbei, an die Spitze des erneuerten Ordens gestellt hätte als spiritueller Führer eines wieder erstarkten germanischen Urglaubens.

Sándor hielt inne, um ausgiebig und weit ausholend den Kopf zu schütteln. Er erinnerte sich an seine Zukunftswünsche als Kind; natürlich hatte auch er Lokführer werden wollen, Metzger, Löwenbändiger. Aber religiöser Führer? War das auch so ein Kinderwunsch, oder tauchten solche Ziele erst später auf, in der Pubertät, wenn es mit den Mädels nicht recht klappen wollte, wenn man Außenseiter blieb, zu klein, zu vergrübelt, zu feige, wenn sich mal eine Gelegenheit ergab?

Saeckel jedenfalls hatte diesen flammenden Wunsch ganz offensichtlich gehabt, das zeigte sein dämonischer – und im Grunde, Sándors eigene Angst mal beiseitegestellt, auch ein wenig peinlicher – Auftritt, der letztlich zu seinem Tod geführt hatte. Aber machte ihn das zum Mörder der beiden anderen okkulten Medien? Schließlich hatte er die beiden selbst ausgesucht, um sein kleines Publikum spiritistisch zu unterhalten, seine Versprechen einzulösen und sein Geld zu verdienen. Hatte er vielleicht schon im Voraus gewusst, dass der Prophet und die kleine Berta Kolotzki nur unbedeutende Trickbetrüger waren, die selbst in seiner begeisterungsfähigen Laienschar schnell durchgefallen wären, und

deshalb die Morde verübt, um dem Scheitern seiner beiden Medien zuvorzukommen? Weil er nur so das absehbare Versagen, das Nichteintreffen seiner okkulten Versprechungen vertuschen konnte und das Scheitern der Bemühungen nicht ihm selbst, sondern einem unbekannten, unheimlichen, übersinnlichen Mörder in die Schuhe geschoben werden konnte?
Gut und schön – und ziemlich plausibel, fand Sándor –, aber wer hatte dann Saeckel selbst umgebracht? Denn dass die riesige Teslaspule in mörderischer Absicht manipuliert worden war, daran konnte es keinen Zweifel geben. Hatte der Mann Selbstmord begangen für einen schillernden Bühnentod, wie ihn Schauspieler seit Shakespeares Zeiten als Krönung eines Theaterlebens glorifizierten? Wollte er dem Aufleben des alten Kults mit einem Opfertod als Märtyrer nachhelfen? Das war ehrenwert und nicht ganz aussichtslos, wie die Resonanz der Schaulustigen zeigte, aber war Erich Saeckel wirklich so selbstlos, dass er sich für seinen Glauben, einen fragwürdigen wissenschaftlichen Beweis opfern würde? Sándor Lehmann hatte da so seine Zweifel. Der Mann war auf der Suche nach dem ganz großen Coup gewesen, und den hatte er sicher auch zu erleben gehofft. Im Transformatorraum war kein Selbstmord geschehen, sondern ein glasklarer, technisch versiert ausgeführter Mord. Ein Mord ohne Mörder allerdings, denn die Lagebereitschaft hatte bestätigt, dass außer den zu beobachtenden Individuen aus dem Kreis der Verdächtigen niemand sonst das abgesperrte Areal betreten oder verlassen hatte.

Sándor starrte vor sich hin; seine Finger nestelten an der Jacke herum. Klarinettespielen war eine besondere Art zu denken, ein flatterndes Vortasten der Finger, ein nervöses Abtasten der Möglichkeiten, ein trillernder Vogel hoch oben über einem Feld der Mutmaßungen und Vorahnungen. Mit der Klarinette in den Händen hätte er die vielstimmige Ouvertüre des Orchesters mühelos überflügelt, hätte assoziiert und variiert und vielleicht – vielleicht! – einen Weg aus dem Schlamassel gefunden. Hier unten, auf dem unmusikalischen Boden der Tatsachen, blieb nur die frustrierende Mathematik der Grundrechenarten, das beschwerliche Zusammenzählen von eins und eins. Und wie er es auch anstellte, bei eins und eins kam immer nur Rosalind Hossrow als Ergebnis heraus.

Wo steckte Rosalind überhaupt, war sie wieder ins Hotel Excelsior gezogen nach ihrer gemeinsamen Nacht im Hausboot, im schwimmenden Bordell, dessen Gastfreundschaft er nur sehr selten in Anspruch nahm, nur in wirklichen Notfällen? Im Grunde hatte er seine Aufpasserrolle sträflich vernachlässigt, und auch mit seiner Aufgabe als Polizist, der sich der Hauptverdächtigen längst viel intensiver hätte annehmen müssen, war er nicht viel ernsthafter umgegangen. Er hatte Rosalind geschont und ignoriert zur selben Zeit, und wenn es eine dritte Rolle gab, die des Liebhabers, dann hatte er auch darin weder Ausdauer noch Aufrichtigkeit an den Tag gelegt. Er war im Hinblick auf Rosalind ein dreifacher Versager; das war bedauerlich, leider typisch und im Nachhinein auch nicht zu ändern, doch wenn er jetzt endlich nach dem dritten Mord diesen verfahrenen Fall noch aufklären wollte, dann musste er sie sehen, unverzüglich sehen.

Wenn man die Bewegung, die viereinhalb Millionen Berliner und Berlinbesucher quer durch die Stadt machten, in Stundenkilometern hätte messen können, dann wären sehr unterschiedliche Geschwindigkeiten dabei herausgekommen. Flaneure, die den lieben langen Tag von Schaufenster zu Schaufenster bummelten; Handlungsreisende mit Musterkoffer, die sich den ganzen Tag lang mit der Straßenbahn von Viertel zu Viertel quälten; ehrbare Geschäftsleute, die bis 17 Uhr in ihrem Büro verharrten und dann mit überhöhter Geschwindigkeit über die AVUS in den Grunewald rasten, um dort zwanzig Minuten lang einem nackten jungen Ding auf dem Autorücksitz Nettigkeiten, Geldscheine und Terminvorschläge für die nächste Woche zuzustecken. Sie alle bewegten sich mit unterschiedlichem Tempo durch die Millionenstadt, und Sándor Lehmann wäre sicherlich einer der schnellsten unter ihnen gewesen, denn sein Faible für fremde Sportwagen und Motorräder ließ ihn die langen Strecken während seiner Ermittlungsarbeit meist so zügig zurücklegen, wie die modernste Technik es erlaubte.

Dieses eine Mal allerdings kam es Sándor nicht eine Sekunde in den Sinn, für den langen Weg quer durch die östliche Stadthälfte in die Königgrätzer Straße ein beschlagnahmtes Fahrzeug aus der Asservatenstelle unter dem Polizeipräsidium zu benutzen. Dieses eine Mal hatte er den Kopf so übervoll mit Gedanken, Fragen und Überlegungen, dass ihm der Schädel summte wie eine der hummelüberladenen Linden, und deshalb stapfte er gedankenverloren einfach los, verließ den Volkspark Friedrichshain auf dem kürzesten Weg und durchquerte die Stadt geradezu traumwandlerisch zu Fuß Richtung Westen.

Für die Schönheit Berlins hatte er keinen Blick. Die Große Frankfurter Straße – eine Kaskade schmuck hintereinander gestaffelter Häuser, frequentierter Geschäfte und imposanter Bankfassaden, das Frankfurter Tor als symbolischer Riegel nach Osten – wurde gedankenverloren überquert, und an der Jannowitzbrücke hatte Sándor kein Auge für die Kohlenkähne, den Handel von Barke zu Barke, das Umladen im Wasserdreieck an der Fischerinsel im Schatten des Märkischen Museums. Die Neue und Alte Jakobstraße, die Reichsdruckerei an der Ecke Oranienstraße: Das alles nahm er kaum aus den Augenwinkeln wahr.

Denn während der geschlagenen Stunde, die Sándor Lehmann für seinen Weg brauchte, bewegte er das Gesicht, das Reden und Handeln von Rosalind Hossrow hin und her durch seinen kantigen Schädel, und überall gab es Verdachtsmomente, unbedachte Äußerungen und einleuchtende Erklärungen. Es konnte kein

Zweifel daran bestehen, dass Rosalind ausgesprochen spannende Berichte quer über den Ozean nach Texas gekabelt hatte. Wenn ihr Herausgeber Jesse Jones vom *Houston Chronicle* jemals befürchtet haben sollte, dass seine Starreporterin aus dem weit entfernten Germany nur langweilige politische Bestandsaufnahmen senden würde, mussten ihn schon die ersten Berichte aus dem okkulten Untergrund der deutschen Reichshauptstadt elektrisiert haben. Nazis, Okkultisten und ein echter Mord: Das dürfte die Leser drüben in Amerika in den Bann geschlagen und die Auflage des ehrwürdigen Blattes rapide in die Höhe getrieben haben, und Rosalind hatte von Woche zu Woche nachlegen und immer neue spektakuläre Schauergeschichten liefern können. Wahrscheinlich war ihr Ruhm drüben in den Staaten unterdessen ins Unermessliche gestiegen; sie war die tapfere junge Frau aus Amerika, die sich in die Höhle des Löwen gewagt hatte und die nun mit hautnahen Schilderungen bewies, dass das Leben in Deutschland zwischen Nationalsozialisten und spiritistischen Mördern wirklich ziemlich gefährlich war.
Sándor grunzte unwillig. Gut und schön, aber würde Rosalind morden für den nächsten Artikel? Er wusste es nicht. Er konnte durch Schnapsflaschen sehen und durch die dämlichen Visagen von Mafiabossen, Nazigrößen und Boxpromotern, aber Frauen waren für ihn schon immer undurchschaubar gewesen, und Rosalind bildete da keine Ausnahme. Wenn Rosalind den Propheten und Berta Kolotzki auf dem Gewissen hätte – aber hatte sie nicht um den Tod der kleinen Berta echte Tränen geweint? –, dann wäre das noch durch die Sensationsgier einer karrierebewussten Reporterin zu erklären gewesen. Aber warum Saeckel? Warum sollte Rosalind Hossrow ihren Pfadfinder, ihren okkulten Führer ermorden und sich damit gleichzeitig jeden Weg zu weiteren schillernden Bekanntschaften aus dem okkulten Spektrum abschneiden? Wer, wenn nicht Saeckel, konnte ihr den Stoff für ihre nächste Story liefern?

Sándor stiefelte die Kochstraße hinunter; ringsum ratterten die Druckmaschinen des Druckereiviertels der südlichen Friedrichstadt, doch er hatte keine Ohren dafür.
Nur seine Füße folgten unbewusst dem Rhythmus, in dem die riesigen Rotationsmaschinen ihre Druckbogen auswarfen. Flapp, flapp, flapp, flapp. In Sándors brummendem Schädel skandierte er selbst im gleichen Takt: Sie – war – es – nicht. Sie – war – es – nicht.
Sie war vielleicht früher als alle anderen mit Saeckel im Haus der Technik gewesen, aber kannte sie sich mit Elektrotechnik aus?
Sie – war – es – nicht.
Sándor bog links in die Wilhelmstraße ein, rechts in die Anhalter Straße.
Was wollte sie nächste Woche nach Texas berichten, jetzt, wo Saeckel tot war?
Sie – war – es – nicht.
Die Geschichte hatte einen fundamentalen Haken, einen logischen Kurzschluss. Sie war ein Irrweg. Sándor hatte seine Schlussfolgerungen und Verbindungslinien mit Fußspuren quer durch die Stadt gelegt, aber am Endpunkt, hier vor dem Hotel Excelsior gegenüber vom Anhalter Bahnhof, gab es keine Auflösung. Es gab keine Täterin, derer er habhaft werden konnte.
Im zweiten Stock, im linken Flügel, oben im Zimmer 247, öffnete sich die Tür. Rosalind Hossrow war da, war nicht geflohen, hatte auf ihn gewartet.
Was immer er ihr hatte sagen wollen, was immer er sie hatte fragen wollen, es war im Staub der Straßen abhandengekommen, es war versickert, versiegt. Seine ermittlungstechnische Sinfonie war verstummt. Er hatte keine Fragen, und seine Ankunft vor ihrem Zimmer war ohne jeden Sinn. Sie breitete die Arme aus. Er machte einen Schritt nach vorn, auf sie zu.

HEITERKEIT

Das Leichenschauhaus der Charité – ein geradezu elegantes Gebäude an der Rückseite des Dorotheenstädtischen Friedhofs in der Hannoverschen Straße 6 – war unter den vielen Sehenswürdigkeiten Berlins eine der aufregendsten. Denn der eingeschossige, hohe Mittelbau mit seinen großzügig geschwungenen Säulenbögen, ein wahrer Tempel des Todes, war werktags mitunter für das Publikum geöffnet, und zwar immer dann, wenn ein unbekannter Toter – oder oft auch mehrere – Nachforschungen der Polizei erforderten. Dann war, eingeladen durch eine hochgezogene »Geöffnet«-Tafel, das zufällig vorbeikommende Fußvolk aufgefordert, nach bestem Wissen selbst zur Identifizierung von Leichen beizutragen. Und vom Droschker bis zur Zugehfrau, vom Charité-Pförtner bis zum schreckensblassen Schuljungen kamen sie alle hereinspaziert, um ihre Nasen an den Glasscheiben der Publikumshalle platt zu drücken, hinter denen die Toten auf schrägen Bretterladen aufgebahrt waren. Die stark ammoniakhaltige Luft strömte unsichtbar durch das moderne Leitungssystem und hielt die Leichen kalt und frisch; doch auch in der Publikumshalle mischte sich der scharf stechende Ammoniak in die Atemluft und trieb gänzlich Unbeteiligten Tränen in die Augen, die gar nicht vom Wiedererkennen eines Toten herrührten. Gezeigt wurde alles, was als Treibholz an den Gestaden der Stadt angespült wurde; Wasserleichen, die schon einige Tage zwischen den Frachtkähnen am Westhafen getrieben hatten und nicht mehr sehr ansehnlich waren, ein halb skelettierter Alter, der nach dem ersten Tauwetter unter einer Parkbank im Tiergarten gefunden worden war, oder ein unbekannter Reisender, der tot neben seinem Koffer am Anhalter Bahnhof gesessen hatte, lange nachdem der letzte Zug abgefahren war.

Heute gab es in der Publikumshalle nichts zu sehen, doch Sándor hatte ohnehin keinen Blick für den zur Schau gestellten Tod, als er mit langsamen Schritten die Stufen am Eingang nahm und sich nach rechts wandte, wo im östlichen Seitenflügel des hufeisenförmigen Gebäudes die Lehr- und Sezierräume untergebracht waren. Er war nicht häufig hier; die Obduktion der Toten überließ er den Gerichtsmedizinern. Selten war eine Todesursache rätselhaft genug, um einen zweiten Blick nötig zu machen. Gennat sah das ganz anders, für ihn war der Körper eines Ermordeten wie ein minutiöses Tagebuch des Verbrechens, eine präzise Aufzeichnung, was wann geschehen war, wer wo gestanden hatte, in welchem Winkel welcher Gegenstand in das weiche Fleisch oder durch die harten Knochen des Getöteten gedrungen war. Trotzdem war es nicht Gennat, der Sándors heutige Anwesenheit befohlen hatte, sondern sein eigener, unzufriedener Schädel, in dem die ganze verworrene Geschichte noch immer keinen Zusammenhang ergab. Er wollte sich Saeckels Leichnam noch einmal genau ansehen – ohne viel Hoffnung, neue Erkenntnisse zu gewinnen, eher aus dem Bedürfnis heraus, sich zu vergewissern, dass der Mann wirklich tot und verschmort in der Kühlkammer lag und der angstdurchzitterte Albtraum im Haus der Technik wirklich so passiert war, wie Sándor Lehmann ihn im Kopf hatte. Ja, keine Frage, Saeckel war da, und die beiden Medizintechniker der Charité, die hier im Untersuchungsraum B für das Sezieren der Toten zuständig waren, standen schon staunend und kopfschüttelnd um den kleinen, verschmorten Körper herum, der mal ein ausgewachsener Mensch gewesen war und der jetzt eher einem Meteoriten aus den Weiten des Weltalls glich. Extremitäten waren kaum noch zu erkennen; kleine schwarze Stummel konnten Arme oder Beine gewesen sein oder waren vielleicht nur zufällige Ausbuchtungen in der zernarbten, ledrigen Haut. Haare gab es keine mehr, die waren komplett versengt, und auch von der Priesterrobe waren nur noch einzelne Fragmente übrig geblieben, die unter den Pinzetten der beiden Gerichtsmediziner wie Papier zerfielen. Einzig der alberne *Metropolis*-Helm mit den Fischschuppen aus Metall, aus dem geschwärzt und angeschmolzen ein Stück gekrümmte Antenne ragte, erinnerte noch an den großen Auftritt des okkulten Wissenschaftlers, des Ordensmeisters oder Hohepriesters von eigenen Gnaden.

Der Odem von Saeckels blitzschnellem Tod, der Geruch verschmorten Fleisches, war unverwechselbar, und Sándor kämpfte mit einem Brechreiz, der ihn ärgerte. Das Wissen, dass er es hier mit dem traurigen Überrest eines menschlichen Körpers zu tun hatte, sorgte für einen instinktiven Abscheu, der selbst für einen abgebrühten Mordkommissar wie ihn schwer zu überwinden war. Auch die beiden Bediensteten näherten sich dem schwarzen Kloben nur widerwillig; sie empfanden die Beschäftigung mit dem verkohlten Ding offenbar als Zumutung. Was sollte es an dieser Karikatur eines Körpers, diesem sinnlosen, einem grausamen Fetisch ähnelnden Objekt überhaupt noch zu untersuchen geben; es war doch alles ganz offensichtlich?

Sándor nahm kein Tuch vor die Nase, doch er hielt die Luft einen Augenblick an und beugte sich weit vor. Und da sah er es. Eine kleine schwarze Knolle, vielleicht sechs oder sieben Millimeter im Durchmesser; nicht ganz rund, sondern an einer Seite etwas abgeflacht. Sie ragte aus einer Falte oder Kerbe in der ledrigen Haut, war ein Stück eingedrungen. Und vermutlich durch den Sturz nach dem Blitzschlag war die Oberfläche der kleinen schwarzen Halbkugel angekratzt worden; ein kleiner Ritzer von einem guten Millimeter Länge, unter dem es metallisch glänzte.

Sándor streckte die rechte Hand aus und gab ein Kommando.

»Pinzette!«

Nach wenigen Sekunden hielt er triumphierend das schwarze Kügelchen hoch in das helle Licht der Untersuchungslampe, hustete wegen des plötzlichen Aufwallens von Ammoniak und fragte schließlich: »Und was ist das?«

Die beiden Gerichtsmediziner kamen näher und studierten verblüfft den gut einen halben Zentimeter großen Gegenstand, den Sándor Lehmann aus Erich Saeckels verkohltem Leichnam herausgezogen hatte. Sie hatten keine Ahnung, was das war.
Sándor seufzte zufrieden und erklärte es ihnen.
Der kleine schwarze Rundkörper war, wenn ihn nicht alles täuschte, eine Metallkugel aus Blei, Arsen und Antimon, und zwar eine besonders große. Das deutsche Wort für eine solche übergroße Schrotkugel war »Posten«; in der weiten Welt der Jagd sprach man auf Englisch von einem »Buckshot«.
»Aber«, einer der beiden Gerichtsmediziner versuchte sich verdattert und unbeholfen in einem Erklärungsversuch, »ist der Mann etwa nicht nur durch einen Stromschlag getötet, sondern zusätzlich erschossen worden?«
Sándor Lehmann warf ihm einen geringschätzigen Blick zu, machte eine Kopfbewegung zu Saeckels Körper hin und befahl: »Das Ding muss in einen Röntgenapparat; so was habt Ihr ja wohl hier. Ich gehe jede Wette ein, dass wir noch ein paar von den Kugeln finden.«
Und so war es auch. Nachdem der verbrannte Körper mit etwas Eis in einer Zinkwanne auf einen rollbaren Transporttisch geladen worden war und sie ein paar neugierige Krankenschwesteranwärterinnen im Präparationssaal erschreckt hatten, schafften sie Saeckels übel riechende Überreste vor eine riesige, runde Röntgenkamera, die den geschrumpften Körper mit Röntgenstrahlen in vergrößerten Ausschnitten auf Zelluloid bannte. Und dort konnten sie die Buckshots als klar umgrenzte weiße Punkte immer gleicher Größe erkennen, nicht zwei, drei, sondern sicher zwanzig Stück, aus einer deutlich erkennbaren Schussrichtung verteilt in etwa der Hälfte des Objekts.
»Aber«, der investigativere der beiden Gerichtsmediziner fing wieder damit an, »dann muss der Mann doch tatsächlich erschossen worden sein, noch bevor ihn der Stromschlag traf. Und bei

dieser Anzahl von Kugeln und der Wucht, mit der sie in den Körper eingedrungen sein müssen, halte ich es für unwahrscheinlich, dass der Mann noch gelebt hat, als ihn der Blitz traf.«

Sándor drehte sich zu dem Sprechenden um und lachte lauthals. Der Heiterkeitsausbruch kam für die beiden Mediziner gänzlich unerwartet, und sie sahen den großen Polizisten aus der Mordkommission an, als wäre er hier an der Schwelle zwischen Leben und Tod, dem Leichenschauhaus der Charité, soeben wahnsinnig geworden. Doch Sándor war noch nie klarer im Kopf gewesen als gerade jetzt, und er beeilte sich, auch die beiden ahnungslosen Mediziner an dieser Klarheit teilhaben zu lassen.

»Oh doch«, begann er seine Erklärung und wischte sich dabei die Lachtränen aus den Augen, »oh doch, der Mann hat durchaus noch gelebt, als der Blitz diesen Körper traf. Und wenn ich mich nicht völlig irre – ein Kollege aus der Zoologie wird Ihnen beiden das sicherlich in Kürze gern bestätigen –, dann lebt der Mann sogar heute noch.«

Die Mediziner fuhren zurück, als hätte Sándor ihnen soeben die sofortige Auferstehung dieses schwarzen Körpers vor ihnen angekündigt, doch Sándor sprach gar nicht von dem Ding auf dem Röntgentisch. Stattdessen deutete er auf das Röntgenbild mit seinen unzähligen kleinen Abbildern von Schrotmunition, und mit einem Ruck am Ausschnittshebel fuhr die Röntgenkamera weit zurück und erfasste nun den ganzen verbrannten Körper, der nur Minuten später mit seinem gekrümmten, alles andere als menschlich wirkenden Skelett auf dem gestochen scharfen Zelluloid zu sehen war.

»Mit Posten schießt man Schalenwild, in diesem Fall Schwarzwild. Wenn Sie mich fragen: ein Wildschwein aus dem Grunewald. Nicht ganz fachgerecht zubereitet vielleicht; für meinen Geschmack etwas zu angebrannt, aber immerhin: ein Wildschwein. Wollen Sie die Rippen zählen? Ist das hier etwa ein abgebrochener Hauer? Und hier oben, unter der blödsinnigen

Aeronautenkappe, da, sehen Sie es selbst? Zwei spitze Ohren, erstaunlich gut erhalten durch das schützende Metall.«

Die Gerichtsmediziner waren – ihr Beruf brachte das mit sich – nicht leicht zu schockieren, dazu hatten sie den menschlichen Körper schon in zu vielen Stadien der Zerstörung und des Verfalls vor sich gesehen, untersucht und seziert. Doch dass ein menschlicher Körper im Lauf einer Untersuchung aufhörte, überhaupt menschlich zu sein, und sich in ein zotteliges Waldwesen verwandelte, ein verkohltes Ding mit schwarzen Spitzohren wie der leibhaftige Teufel, das hatten sie noch nie erlebt, und während ihnen alles Menschliche vertraut war, versetzte ihnen diese Verwandlung einen gehörigen Schrecken, als würde das Wildschwein selbst gleich vom Untersuchungstisch aufspringen und sie angreifen. Der vorlautere der zwei Spezialisten musste sich erst mal setzen; doch da verließ Sándor das Leichenschauhaus schon laut pfeifend – *Positively Absolutely* vom alten Freund Julian Fuhs war es, was er pfiff –, und diesmal waren seine Schritte weitaus schneller als beim Hereinkommen.

Erich Saeckel, der falsche Hohepriester der Pan-Arischen Gralsbruderschaft, hatte sich unter dem Blitzgeflacker der Teslaspule offenbar effektvoll aus dem Staub gemacht und nur seinen toten Körper, in Wahrheit aber ein verbrutzeltes Wildschwein, der Nachwelt hinterlassen. Der okkulte Ordensmeister hatte sich selbst geschickt als vermeintliches drittes Mordopfer präsentiert und, gerade weil er auf der Liste der Zielpersonen gestanden hatte, ungehindert den Ort des Tieropfers verlassen können. »Außer den Leuten auf dieser Liste lassen Sie keinen rein oder raus«, hatte er selbst die Beamten des Absperrrings um das Haus der Technik instruiert, und genau das hatten sie getan: Saeckel hinausgelassen, weil sie nicht wussten, dass derselbe Mann eben von einem Blitz zum Rollbraten verschmort worden war. Doch er, Sándor, hatte den Braten buchstäblich gerochen. Das Wildschwein war tot, doch die Jagd fing gerade erst an!

ENTTÄUSCHUNG

Ernst Gennat, der »volle Ernst«, war ein Mensch der Superlative und der großen Portionen; ein Vielfraß, unförmig dick und ein Freund kraftstrotzender Auftritte, modernster Techniker, beeindruckender Maschinerie. Aber er konnte ein Stückchen Wahrheit erkennen, auch wenn es nur wenige Millimeter an Durchmesser hatte. Und er war – auch nach einem Anschiss wie dem von gestern Abend – nicht nachtragend und gab jedem gern die Chance, sein Körnchen Wahrheit vor ihm auf den Schreibtisch rollen zu lassen.
»Oho, Posten 6, würde ich sagen. Schrotmunition. Wo haben Sie die Kugel her?«
Sándor zog sich unaufgefordert einen Stuhl heran – bei Gennat durfte man das, der Mann war selbst bar jeder Konventionen –, verschränkte die Arme vor der Brust, blickte dem Chef herausfordernd in die Augen und verkündete schließlich:
»Aus dem, was im Leichenschauhaus als Leiche von Erich Saeckel aufbewahrt wird.«
Gennat starrte ein paar Sekunden zurück, hob die Augenbrauen, senkte den Elefantenkopf dann schräg Richtung Schreibtischplatte und tupfte den 6er Buckshot mit dem Zeigefinger auf wie ein Hirsekorn, ohne Sándors wiederholten kleinen Diebstahl von Beweismitteln weiter zu kommentieren. Er rollte die kleine schwarze Kugel geradezu genießerisch zwischen Zeigefinger und Daumen, führte sie ganz nah ans Auge und nickte gewichtig.
»Wie viele?«
Sándor machte eine vage Handbewegung. »Zwanzig.«
Einem wie Gennat brauchte man nicht zu erklären, was dieser Fund bedeutete. Bei dem fiel der Groschen von selbst, und der ganze Flur dröhnte von seinem unbändigen Gelächter, in das Sándor erleichtert einfiel. Auch Gertrud Steiner, Gennats Vor-

zimmerdame und Sekretärin, hatte das Gebrüll gehört und servierte, als hätte Sándor einen heimlich ausgelobten Hauptpreis errungen, frischen Kaffee, neben den sie zwei winzige Gläschen mit Marillenlikör stellte.

Gennat hatte den Kopf auf die Brust gesenkt, er weinte geradezu vor Freude. Nicht, weil sein Protegé nun endlich ein handfestes, wenn auch winzig kleines, Ermittlungsergebnis in die kriminalpolizeiliche Waagschale werfen konnte. Das hatte er als ohnehin selbstverständlich erachtet. Nein, er freute sich so unbändig, weil der Fall der mysteriösen Okkultistenmorde, über die die ganze Stadt sprach, eine so unvorhergesehene und kurzweilige Wendung nahm. In allen Waschküchen und Bierschwemmen der ganzen Stadt wurde heute über den grausigen Stromtod des spiritistischen Hohepriesters gesprochen, überall rief der Fall überbordende Neugierde und wohliges Erschrecken hervor – und jetzt bewies ein kleines Bleikügelchen, dass die Stadt ganz offensichtlich einem Schwarzkittel nachtrauerte, einem ganz normalen Wildschwein aus dem Grunewald!

Ernst Gennat hob den Marillenlikör an die Lippen und zwinkerte Sándor Lehmann zu. Es sah aus, als wollte der Chef das Gläschen samt Inhalt verschlucken. Sándor ließ sich nicht lumpen und kippte seinen Glasinhalt mit einem schnellen Schluck in den Rachen. Ein fürchterliches Zeug, klebrig-süß, typischer Frauendrink. Wunderbar! Für einen kurzen, süß-klebrigen Moment war im Polizeipräsidium am Alexanderplatz die Welt in Ordnung. Es gab einen einfallsreichen Mehrfachmörder, die Kriminalpolizei war ihm auf der Spur, ohne dass er es bisher ahnte – seine Verhaftung war nur noch eine Frage der Zeit. So wurde heutzutage Verbrechensgeschichte geschrieben!

»Also«, fasste Gennat noch mal zusammen, was er von Sándor Lehmann über den Fall berichtet bekommen hatte, »wollen mal sehen, wie die Motivlage so aussieht. Wenn Saeckel der Mörder des Propheten ist und dieser kleinen Berta Kotz …, Klops …«

»Kolotzki«, soufflierte Sándor, und Gennat fuhr fort:
»Richtig. Wenn Saeckel diese beiden Personen auf dem Gewissen hat, und davon müssen wir ausgehen, dann ist die zugegebenermaßen geniale Wildschwein-Finte ein Trick, um sich selbst aus der Schusslinie zu bringen und als Verdächtiger nicht mehr infrage zu kommen. Von Mord zu Mord wurde ja klarer, dass einer aus der Gruppe der Täter sein musste; es war zu viel Insiderwissen im Spiel, als dass die Morde von einem Außenstehenden hätten verübt werden können. Über kurz oder lang hätten wir den Kerl in die Mangel genommen, und so, wie Sie Saeckel beschreiben, war er nicht gerade ein überragender Mangel-Aushalter.«
Sándor schüttelte den Kopf.
»Nein, sicher nicht. Trotzdem fehlen mir die Motive für die ersten zwei Morde. Der dritte, vorgetäuschte an sich selbst kann zum Vertuschen seiner Täterschaft stattgefunden haben – aber weshalb ist er überhaupt zum Täter geworden? Der Prophet und die kleine Berta hatten ihm doch nichts getan?«
Gennat tat den Einwand mit einer großzügigen Geste ab.
»Vergessen wir nicht, dass der Mann auf Vorschuss reiste. Jeder einzelne seiner Auftraggeber war darauf angewiesen, dass Saeckel nicht nur faule Zauberkunststückchen lieferte, sondern wirklich ein Kaninchen aus dem Zylinder zog. Hartwig brauchte ein attestierbares Wunder für seinen Wasserverkauf; Lackmeister wollte gleich eine ganze Herrenrasse auf den erwarteten Erkenntissen aufbauen, und Ihre Rosalind Hossrow ...«
»... es ist nicht *meine* Rosalind Hossrow«, bemerkte Sándor knurrend, und Gennat grinste gutmütig und sprach weiter:
»... und Rosalind Hossrow hatte ihn bezahlt, damit er ihr journalistisch verwertbare Sensationen für die Berichterstattung nach Houston, Texas, vorführte. Für die Willenthiels – und auch da dürfte der Vorschuss stattlich gewesen sein! – ging es schlicht um Leben und Tod.«
Sándor nickte. Gennat klatschte in die Hände wie ein Kind.

»Na bitte. All diese netten Summen wären doch sofort zur Rückzahlung fällig gewesen, wenn Saeckel die Leute nicht bei der Stange gehalten hätte. Dass der Prophet nur ein armer Schlucker und Trickbetrüger war, dass die kleine Berta Kolzowksi …« – »Kolotzki«, verbesserte Lehmann, und Gennat nickte, »… nur eine pubertierende Hysterikerin war, die von ihrem Vater zur Nachbarschaftssensation aufgebauscht wurde, das hätte die immer drängender fordernden Kunden von Erich Saeckel doch schnell abspringen und ihr Geld zurückfordern lassen. Aber Saeckel war ja nicht auf den Kopf gefallen. Deshalb erfand er diesen obskuren, edle Einladungskärtchen und Drohbriefe verschickenden Ordensmeister, und auch wenn seine Klienten ihm selbst immer weniger okkultes Führertum zutrauten: Diesen Ordensmeister mussten sie ernst nehmen, denn der schien Saeckels Stümpereien ja ohne viel Federlesens mit kryptischen Morden zu bestrafen … die in Wirklichkeit natürlich Saeckel selbst beging, um den imaginären Ordensmeister auf diese Weise zu einer ernst zu nehmenden, gefährlichen und womöglich eben auch wahrhaft okkulten Person zu machen.«
»Einverstanden«, signalisierte Sándor, der sich die Geschichte so ähnlich auch selbst schon zurechtgelegt hatte, aber alles in allem froh war, dass nun der Chef selbst die Hausaufgaben machte und eins und eins zusammenzählte. »Aber war diese verrückte Selbstermordung wirklich nötig? Er hätte sich doch auch einfach mit den Vorschüssen verdrücken können nach … was weiß ich, nach Panama?«
Gennat brummte unwillig.
»Ganz so simpel ist Ihr Erich Saeckel nicht strukturiert, glaube ich. Im Grunde sollte sein letzter Auftritt gar nicht daraus bestehen, sich in Theaterblitz und Bratendunst mit der Kriegskasse aus dem Staub zu machen. Nein, mein Lieber …« – Sándor wusste genau, wie Gennat diese Gespräche genoss, die im ganzen Präsidium in freundlichem Spott »Gennats Märchenstunde« genannt wurden, obwohl kein anderer hier im Haus es mit dem Scharfsinn

des Chefs aufnehmen konnte und der Mann schlichtweg meistens recht behielt –, »… nein, mein Lieber, Erich Saeckel hatte eine ganz andere, viel weitergehende und auch weitaus lukrativere Hoffnung. Er wollte bei seinem letzten Auftritt die erfundene Figur des Ordensmeisters mit sich selbst verschmelzen und sich selbst damit genau zu dem Wundermann machen, den er bis dahin nicht hatte liefern können. Dann hätten ihm alle Türen offen gestanden – vor allem die Tresortüren der Bankhäuser, wo Ihre Wundertruppe ihre Ersparnisse aufbewahrt. Nur wurde dieser größenwahnsinnige Plan von Lackmeisters Vorgesetztem, der es an gebührendem Respekt vermissen ließ, zunichtegemacht. Saeckels Mummenschanz ging völlig in die Hose, aber immerhin hatte er dieses Scheitern offenbar vorhergesehen und sich einen zweiten Plan zurechtgelegt. Wenn er schon nicht Täter und Führer sein konnte, dann wollte er wenigstens zu den Opfern gehören. Also fabrizierte er einen mordsmäßigen Stromausfall und Kurzschluss, krawumm, der fast die halbe Stadt in Finsternis gehüllt hätte, und in der allgemeinen Panik schmiss er ihnen die vorbereitete verkohlte Wildsau zum Fraß vor, während er selbst sich à la française verabschiedete. Eine geniale Idee, wirklich wahr«, Gennat freute sich noch immer, »mit einem Knall ist er aus der Sache raus, nicht mehr unter Tatverdacht, von Männern vermisst, von Frauen beweint – und frei, mit den eingesackten Vorschüssen zu tun, was immer er tun will.«

Sándor schwieg jetzt, aber er konnte nicht in die fröhliche Begeisterung des Alten einstimmen, der den Fall im Grunde für gelöst hielt und ihn schleunigst ad acta legen wollte, sobald man Saeckel irgendwo einkassiert und hinter Schloss und Riegel gebracht hatte. Er schüttelte langsam den Kopf. Gennat lachte wieder schallend los.

»Ich weiß ganz genau, wie Sie sich jetzt fühlen, Lehmann, ganz genau weiß ich es! Tagelang, wochenlang, vielleicht jahrelang begleitet einen ein Fall auf Schritt und Tritt, man isst mit ihm, man

schläft mit ihm, man scheißt mit ihm – und dann macht es schwupp, und die Sache ist gelöst, der Braten ist aus der Röhre, Sektkorken knallen, und man kann es nicht glauben. Man will, dass es noch weitergeht, man glaubt nicht an das gute, leichte Ende. Man rechnet noch mit einer weiteren, verblüffenden Wendung, und man ist leer und enttäuscht, wenn sie ausbleibt. Ja Menschenskind ...« – Gennat erhob sich schwerfällig aus seinem Chefsessel, einer eichenen Sonderkonstruktion, die seine 138 Kilo tragen konnte, und umrundete schnaufend den Tisch. Das war eine Ehre allererster Güte; für wen sonst hatte Gennat jemals seinen Schreibtisch umrundet? –, »... Menschenskind, war denn die Mordssauerei mit dem Wildschwein nicht eine verblüffende Wendung, wie sie im Kriminalistenbilderbuch steht?«
Er lachte, und weil er jetzt neben Sándor Lehmann stand, patschte er ihm wohlwollend auf die Schulter.
»Seien Sie einfach ein bisschen stolz auf sich, genießen Sie den Feierabend – und dann sehen Sie zu, dass Sie Saeckel ein neues, vergittertes Zuhause geben.«
Sándor nickte resigniert und stand ebenfalls auf, drückte sich Richtung Tür.
»Haben Sie eigentlich eine Idee, wo Sie nach dem Mann suchen könnten?«, wollte Gennat noch wissen.
Sándor hielt einen Augenblick inne, musterte Ernst Gennat, als sähe er den Chef eben zum ersten Mal, schaute mit schlafwandlerisch unklarem Blick durch das unfassbar unaufgeräumte Büro, über die angesammelten Trophäen von all den Mordfällen, die Verbrecherfotogalerie auf dem übervollen Bücherbord, den Kuchentellerstapel auf dem Schreibtisch, dann wieder zurück zu Ernst Gennat. Er nickte, als hätte er die Frage jetzt erst verstanden, und im Grunde war es auch so – jedenfalls war ihm in diesem Moment erst die Antwort eingefallen, die Antwort auf Gennats Frage und auf seine eigene.
»Ja, habe ich. Eine Idee, wo ich suchen kann.«

WEISHEIT

Früher hätte er rauchend am Fenster gestanden, die Zigarettenglut ein roter Punkt in der Spiegelung vor sich in der Glasscheibe, der nackte Körper ein heller, verschwommener Fleck vor der Schwärze des Raums. Das Rauchen hatte er aufgegeben, letztes, nein, vorletztes Jahr erst; ansonsten ähnelte dieser Moment vielen Momenten zuvor. Eine Nacht, ein Hotel, ein Blick durch das Fenster hinaus in diese große Stadt. Ihn fröstelte. Um ihn herum das schlafende, riesige Haus, das Hotel Excelsior, ein wieder und wieder vergrößerter Klotz am Anhalter Bahnhof, sechshundert Zimmer mit siebenhundertfünfzig Betten. Fließendes Wasser; eben hatte er den Kopf unter den Wasserhahn gehalten, versucht, wieder wach zu werden. Die Nacht war warm, der Sommer kam; durch das bodentiefe Fenster strömte Sommerluft herein, der Geruch von Regen, von überfälligen dicken Tropfen auf grauem Großstadtstaub. Schlief Rosalind? Er riss den Blick los von dem nie abebbenden Verkehr auf der Königgrätzer Straße, den Dutzenden von Taxis und Mietdroschken, die gegenüber am Anhalter Bahnhof an- und abfuhren, all den Reisenden mit ihren Koffern, Angehörigen, ihren persönlichen Schicksalen, und drehte sich um. Nein, Rosalind Hossrow schlief nicht; sie hatte sich im Bett aufgesetzt, ohne die Decke mitzuziehen. Er konnte im Dunkel des Raums schemenhaft ihre Brustwarzen sehen, den schmalen Hals, das Gesicht, eingerahmt von einem Wust zerzauster Haare. Sie selbst rauchte.

»Regen.«

Sándor nickte, obwohl sie das nicht sehen konnte.

»Ja, Regen. Ein Gewitter kommt; es wird schon windig.«

Rosalind wollte nicht über das Wetter sprechen.

»Hast du dir da was in den Kopf gesetzt? Er wird nicht kommen, er wird nicht anrufen. Selbst wenn diese verrückte Geschichte, die du da erzählst, stimmt und er uns allen wirklich ein Wildschwein untergemogelt hat: Er wird längst über alle Berge sein, damit ihr ihm die Morde nicht anhängen könnt. Und seine Reisekasse ist ja nicht klein; die anderen haben ihm wahrscheinlich noch weit mehr bezahlt als mein knauseriger Herr Verleger, obwohl Jesse Jones wirklich auf seine Kosten gekommen ist bisher. In Texas schreien sie nach Fortsetzungen, heißt es. Dort drüben hätte man also schon mal nichts dagegen, wenn diese Geschichte noch nicht zu Ende wäre.«

Sie schwieg einen Moment, drückte ihre Zigarette im Aschenbecher aus – ein weißer Rücken, über den ihre blonden Haare fielen – und fuhr dann fort:

»Aber meinetwegen kann sie gern zu Ende sein, Sándor. Ich habe genug von deinen deutschen Geisteranbetern und ihrem Leben und Sterben. Ich wollte die Nase ein bisschen in ein paar hinterwäldlerische Spukgeschichten drüben in der Alten Welt stecken, aber ich wollte kein Teil davon werden, beileibe nicht.«

Sándor nickte, er machte ein paar Schritte auf sie zu.

»Ich wollte, ich hätte das verhindern können, Rosalind. Ich war ein mieser Aufpasser, ein lausiger Bodyguard. Nach dem ersten Mord hätte ich dich in den Flieger setzen müssen.«

Sie schnaubte verächtlich; die Vorstellung, dass sie dieser Mann – oder überhaupt irgendein Mann – irgendwohin setzte, wo sie nicht sein wollte, war absurd. Sándor lachte.

»Ja, natürlich, du wärst geblieben. Bis zur allerletzten Minute wärest du hiergeblieben. Also, worüber beklagst du dich?«

Rosalind machte eine gespielt verzweifelte Geste und schob sich mit beiden Händen ihre Haare aus der Stirn.

»Ja, worüber beklage ich mich eigentlich. *Mir* hat der Stahlpfeil ja nicht beinahe das Ohrläppchen gespalten, und als Amerikanerin und Mädchen vom Lande müsste ich ein deftiges Barbecue eigentlich gewöhnt sein. Auch wenn der Festtagsbraten zunächst einer meiner eigenen Angestellten zu sein schien.«

Sie langte hinüber zum Nachttisch; sein Escorialglas war leer, ihre Champagnerflöte noch halb voll. Auch wenn der Sekt lauwarm geworden war, trank sie den Rest mit durstigen Schlucken.
»Jedenfalls hoffe ich, dass du dich irrst. Dass ihr Saeckel irgendwo an einer Grenzstation festnehmt, im Hamburger Hafen auf dem Weg nach Übersee, was weiß ich. Er kann doch in Deutschland ohnehin nicht mehr bleiben, was will er hier also noch?«
Sándor nickte entschlossen; ein Hotelzimmer mit einer nackten Frau war wahrhaftig der richtige Ort, um über die Motive und Absichten okkulter Verrückter zu streiten.
»In Deutschland kann er nicht bleiben, da hast du sicher recht. Und ob die Reisekasse voll genug ist, kann ich nicht beurteilen. Deine Mitokkultisten haben sich in diesem Punkt unisono in tiefes Schweigen gehüllt. Aber so, wie ich Saeckel kenne, ist das alles kein Ende nach seinem Geschmack. Es ist unrühmlich, demütigend. Möchtest du den Leuten als verschmorter Schweinebraten in Erinnerung bleiben? Das kränkt seine Eitelkeit, und so gut habe ich den Okkultismus inzwischen schon kennengelernt, um zu wissen, dass Eitelkeit eine seiner ganz großen Antriebsfedern ist.«
Rosalind seufzte, sie gab sich geschlagen.
»Apropos Schweinebraten: Ist es pietätlos, von Hunger zu sprechen? Ich habe ein Loch im Bauch!«
»Tatsächlich?« Sándor beugte sich vor, eine kleine, schnelle Bewegung, und riss ihr die Decke weg. Sie lachte protestierend, und er machte sich auf die Suche.

Eine Dreiviertelstunde später klopfte es. Der Zimmerkellner mit seinem Rollwagen, mehr Sekt, kleine Häppchen, ein paar Nussschälchen, wurde sehnlichst erwartet, aber es war ein Page, der Sándor, eilig in einen seidenen Hotel-Bademantel geschlüpft, ein Kuvert überreichte. Sándor tauschte den Umschlag gegen zwei Groschen und riss ihn auf, als die Tür hinter dem Livrierten ins Schloss fiel.

»Sagenhaft, das nenne ich Stil. Dein ehemaliger Reiseführer muss eine eigene Druckerei besitzen; all die Korrespondenz – erst vom Ordensmeister, nun endlich unter eigenem Namen – würde sonst ein Vermögen kosten.«

Er deutet auf eine überdimensionierte Empfehlungskarte auf Bütten, auf der in geschwungener Schrift zu lesen war: »Erick Saeckel, Magister Artium«, und darunter: »Magus der Pan-Arischen Gralsbruderschaft zu Berlin.«

Sándor pfiff anerkennend durch die Zähne.

»Das nenne ich einen Aufstieg: vom Magister zum Magus! Aber warte, auf der Rückseite steht eine Notiz, ich lese sie dir vor.«

Rosalind, die seitlich zusammengerollt im Bett lag und fast eingeschlafen wäre, drehte sich müde herum, während Sándor las:

»Geehrte Frau Hossrow, ich bin ganz sicher, dass Sie der Geburtsstunde einer Bruderschaft, von der die Welt sprechen wird, auch im Dienst Ihrer Leser gern aus unmittelbarer Nähe beiwohnen möchten. Bitte finden Sie sich deshalb so schnell wie möglich beim Ehepaar Willenthiel ein; im eigenen Interesse gerne noch vor Mitternacht. Ihr ergebener Erick Saeckel MA.«

Sándor Lehmann nickte grimmig, und Rosalind, die mit einem Mal hellwach war, stand auf, stützte die schlanken Arme in die Taille und sagte:

»Es geht also wahrhaftig noch weiter. Und er will mich sehen! Bist du dabei?«

Doch Sándor schüttelte den Kopf.

»Ich werde in deiner Nähe sein und notfalls einschreiten, aber das Geständnis wirst du ihm viel leichter entlocken können. Der Mann ist krankhaft aufmerksamkeitsversessen. Und wenn er die Morde leugnet und wir keine ausreichenden Beweise gegen ihn haben sollten: Das, was er jetzt plant, sollte ihn als handfester Betrug schon mal für die ersten paar Jahre hinter Gitter bringen.«

Rosalind baute sich vor ihm auf und legte ihre Arme um seinen Nacken.

»Und natürlich weißt du genau, was der Mann plant, habe ich recht?«
Sándor antwortete mit aller ihm zur Verfügung stehenden Bescheidenheit:
»Ich weiß alles, schon immer.«
Er legte seine großen Hände aus Rosalinds nackte Hüfte und schob sie behutsam von sich fort.
»Außer vielleicht, wo meine Hose ist.«

Minuten später saßen sie in einer langen schwarzen, nach kaltem Rauch riechenden Kraftdroschke, die sie sich nicht hatten rufen lassen, sondern gegenüber vor dem Anhalter Bahnhof aufgegabelt hatten. Sándor hatte seinen weiten Mantel um die schmale Frau gelegt und war mit ihr die ganze Reihe der wartenden Taxis abgelaufen, hatte Blicke ins Wageninnere geworfen, bis er einen alten Bekannten getroffen hatte, einen Knastbruder, der Sándor das damalige Eingebuchtetwerden nicht übel genommen hatte; einen Burschen namens Puschmann, den er auf Anhieb grundsympathisch gefunden hatte, auch wenn sie auf gegenüberliegenden Seiten des Gesetzes gestanden hatten. Nach Puschmanns Entlassung hatte er sich bei einem Kraftdroschkenunternehmer für den Mann eingesetzt und erreicht, dass der Knastbesuch der einzige blieb und Puschmann von der schiefen auf die ampelgeregelte Bahn fand. Auch Puschmann freute sich sichtlich, ihn zu sehen; er hörte Sándors leisen Worten aufmerksam zu, tippte sich dann an die abgenutzte, glänzende Schiebermütze und sagte etwas wie »Könn wa so machen, Kapitän«. Dann beeilte er sich, aus seiner von einer Glasscheibe abgeteilten Fahrerkanzel herauszukommen und der Dame, die Sándor da bei sich hatte, nicht ohne wohlwollend begutachtende Blicke die Tür aufzuhalten.
Rosalind Hossrow schmiegte sich zusammengekauert in die Lederpolster der breiten Rückbank, als der Wagen mit der Geschmeidigkeit, die nur ein routinierter Wagenlenker wie Pusch-

mann diesem tonnenschweren Blechmonstrum verleihen konnte, aus der gebogenen Zufahrt des Anhalter Bahnhofs herausglitt, ohne Halt in den fließenden Verkehr einfädelte und in Sekunden schneller wurde, während Tropfen an den Fensterscheiben lange Perlenschnüre hinterließen und der schwere Regen auf dem schwarzen Zelttuchverdeck einen tausendfachen Trommelwirbel entfesselte, der Sándor an heiße Jazzabende auf der Bühne des Delphi oder der Femina erinnerte.

Sie schwiegen alle beide auf dieser nicht allzu langen Fahrt; Rosalind, weil sie sich auf ihren Auftritt vorbereitete oder sich vorzustellen versuchte, was Erich Saeckel im Hotelzimmer der Willenthiels vorhatte, welche neue Wendung die ganze verrückte Geschichte dort nehmen würde; und Sándor, weil er hin und her wendete, was er wusste oder zu wissen glaubte. Durfte er Rosalind diesem Risiko aussetzen, war sie nicht in Gefahr, wenn sie ohne ihn dem zweifellos geistesgestörten Spiritisten gegenübertrat? Was würde passieren, welche Vorkehrungen musste er treffen, was konnte dazwischenkommen und seinen ganzen Plan, den er sich mühsam zurechtlegte, zunichtemachen?

Er sah aus dem Fenster auf die vorbeiziehende Stadt, und Rosalind tastete herüber nach seiner Hand, die trocken war und warm. Nein, er hatte keine Angst; die war seit dem Blitzschlag im Haus der Technik von ihm abgefallen und nicht mehr zurückgekehrt. Sándor Lehmann hoffte sehr, dass es so bleiben würde, wenn er dem Magus der Pan-Arischen Gralsbruderschaft ein für alle Mal das Handwerk legte.

WARMHERZIGKEIT

Einmal hatte Sándor beobachtet, wie Rosalind schrieb. Schreiben war bei ihm selbst ein unnatürlicher, verkrampfter Vorgang; ein Zustand, in dem er versuchte, das wilde Wirbeln in seinem Kopf, in dem in einem Augenblick ein bestimmter Gedanke die Oberhand gewann und im nächsten ein anderer, in einer nachvollziehbaren Reihenfolge zu Papier zu bringen, einer Reihenfolge, die einem Leser erklären würde, was er ihm sagen wollte. Das gelang meistens nur sehr fragmentarisch. Die Konzentration auf die Rechtschreibung ließ ihn ganze Wörter vergessen, und der Satzbau war rudimentär oder führte nach vielen Kommas ins bloße Nichts.

Rosalind schrieb ganz anders. Eigentlich war es gar keine Tätigkeit, obwohl sie eins der unzähligen schwarzen Notizbücher dazu in die Hand nehmen musste, die sie in Frankreich gekauft hatte, und obwohl ihr silberner Bleistift in großer Geschwindigkeit darin Seite um Seite füllte. Aber dieses Schreiben geschah ganz ohne Anstrengung, und manchmal schaute sie gar nicht hin dabei, sondern sah sich nachdenklich um oder schloss für ein, zwei Sekunden sogar die Augen, während ihre Hand in kleiner, stark schräg gestellter Schrift weiterschrieb. Ihre Notizen waren umfangreich; sie musste jeden Tag zwei oder mehr Stunden damit zubringen, und sie beeilte sich immer, möglichst sofort nach einem Erlebnis zu notieren, was sie erlebt, gesehen und gehört hatte.

»Das ist doch alles, was mir als Quelle bleibt in dieser verrückten Geschichte«, hatte sie geklagt, als Sándor sie mit ihrem Schreibrausch aufgezogen hatte, »auf mein Gedächtnis will ich mich nicht verlassen, das wird morgen schon vom nächsten Ereignis überwältigt. Spätestens dann bin ich froh, wenn ich genau notiert habe, was heute war.«

Ja, sicher, das hatte ihm eingeleuchtet. Obwohl ihm viel von dem Aufgeschriebenen – Rosalind ließ ihn gleichgültig in ihrem mit einem Gummiband umwickelten Notizbuch lesen, obwohl auch er selbst darin vorkam – unnötig detailliert vorkam, als wollte die Journalistin sich nicht nur an ein Erlebnis erinnern, sondern das Ganze auch gleich noch als Theaterkulisse nachbauen lassen. Ein Wunder, dass sie ihre »Tatorte« nicht wie Sándors Kollegen von der Spurensicherung mit einem Zollstock vermaß!
Jedenfalls konnte Sándor alles, was Rosalind Hossrow in dieser regnerischen Nacht erlebte – oder ihre Sicht auf das, was geschah, nachdem sie das Puschmann'sche Taxi am Hotel Kaiserhof verlassen hatte –, später minutiös nachlesen. Auf den letzten Metern der Jagd nach dem okkulten Ordensmeister Erich Saeckel war sie ohne ihn in der Höhle des Löwen, und diese Tatsache hatte ihm, während sie ohne Blick zurück aus der Kraftdroschke stieg und eilig ohne seinen Mantel auf das beleuchtete Portal des mondänen Hotels zueilte, heftiges Kopfzerbrechen bereitet. Er hatte eine vage Idee gehabt, was nun passieren würde; einen ungefähren Plan, wie die nächsten Stunden ablaufen könnten, doch für einen Moment war ihm das Risiko, dem er Rosalind für den Glauben an diese Idee aussetzte, fast zu groß vorgekommen.

Rosalind schüttelte sich in der Eingangshalle des Hotels wie ein Pudel, und ein Page mit Schirm, der eigentlich ankommende Gäste hereinzubegleiten hatte, bekam gleich einen Rüffel vom Nachtportier, weil er die Dame nicht kommen gesehen hatte und ihr deshalb auch nicht entgegengeeilt war. Die Journalistin lehnte ein trockenes Handtuch mit einer kleinen Geste dankend ab – so nass war sie nicht – und sah sich um.
Das war also das Hotel Kaiserhof, das eigentlich Atlantic hieß und sich mit dem Adlon am Pariser Platz eine erbitterte (und beinahe schon verlorene) Schlacht um den Rang des ersten Hauses der Reichshauptstadt lieferte; das Hauptquartier der Nationalso-

zialisten, von dem unter Korrespondenten der Zeitungen der ganzen Welt so viel gemunkelt wurde und das ihr auch der amerikanische Botschafter persönlich in dramatischen Farben beschrieben hatte.

Hier hausten – irgendwo verborgen in den Fluchten der zweihundertfünfzig Zimmer – die Drahtzieher der nationalsozialistischen »Bewegung«; Adolf Hitler hatte eine Suite und sollte kurz davor stehen, seinen Wohnort ganz hierher zu verlegen. Was mochte eine Suite kosten? Ein Zimmer mit Bad und Telefon kam schon auf zwanzig Reichsmark pro Nacht – eine monströse Summe Geld. Die Nationalsozialisten schienen nicht mehr so mittellos zu sein wie in den ersten Jahren ihres Erscheinens. Noch letztes Jahr hatte jede Hitlerrede eine Mark Eintritt gekostet, jetzt hielt der Führer der »Bewegung« Hof im Hotel Kaiserhof und empfing illustre Gäste aus Wirtschaft und Industrie. Und die zahlten sicher noch ganz andere Beträge an ihren derzeitigen Hoffnungsträger …

Rund um die Uhr sollte Hitler an seiner politischen Laufbahn arbeiten, wenig schlafen, ständig das Telefon benutzen oder unten in der Telegrafenstube stapelweise seine Depeschen aufgeben. Die Vorstellung, dass der Mann dort oben irgendwo noch seine machtbesessenen Pläne schmiedete, beunruhigte Rosalind regelrecht. Was sollte sie tun, wenn sie dem Österreicher gleich auf dem Flur über den Weg lief? Ganz professionelle Journalistin sein und um ein Interview bitten, ein kurzes Statement zum Thema Okkultismus, die Herkunft der heutigen Arier, ihren wissenschaftlich noch immer nicht untermauerten Ursprung im Germanentum?

Oben in Hitlers Suite wurde die Deutsche Republik – die Hitler abwertend kleinstädtisch »Weimarer Republik« nannte – zu Grabe getragen. Doch auch im straßenseitigen Ostflügel des Hotels, den Rosalind Hossrow nicht mit einem der riesigen Messingaufzüge, sondern über die mit rotem Teppich bespannte Treppe betrat, war das Grab schon in Reichweite.

Denn hier residierte die sterbenskranke Auguste Willenthiel mit ihrem Mann Ludwig und wartete mit ständig leerer werdendem Stundenglas auf den Tod – oder die durch Saeckels jähes Ende noch unwahrscheinlicher gewordene wundersame Heilung. Als Rosalind das abgedunkelte Zimmer betrat, schlug ihr ein eigentümlicher Geruch entgegen, säuerlich, nach Kampfer und von der erstickenden Pudrigkeit von Mottenkugeln: der Geruch des Todes, der bevorstand.

Ludwig Willenthiel war Rosalind Hossrow, die der Portier unten in der Halle sicherheitshalber telefonisch angekündigt hatte, aufgeregt entgegengelaufen; er wedelte ihr schon von Weitem mit einer der geprägten Büttenkarten entgegen, wie sie selbst eine empfangen hatte. Willenthiel, der sich ständig in den Raumhintergrund hinein vergewisserte, wo seine Frau, auf eine Unmenge stabiler Kissen gebettet, fast aufrecht auf ihrem Bett lag, begrüßte Rosalind mit einer geradezu wilden Freude in den Augen; mit der Euphorie eines Mannes, der schon alle Hoffnung aufgegeben hatte und der jetzt, zuletzt, ganz plötzlich doch noch ein letztes Aufflackern der kleinen Kerze erlebte, die er schon erloschen geglaubt hatte.

»Was sagen Sie dazu, Frau Hossrow, was ist davon zu halten? Vor unseren Augen ist der Mann durch dieses Höllenfeuer gegangen; zu Asche geworden, vernichtet, ausradiert. Und nun ist dieser Phönix offenbar auferstanden und will uns sehen! Sind Sie selbst auch schriftlich benachrichtigt worden?«

Sie nickte. Er kicherte auf eine verschwörerische Weise, die ihr zeigte, dass der Mann kurz vor dem Wahnsinn stand. Willenthiel reckte sich mit der hängenden Haut am Hals und dem fliehenden Kinn zu ihr hoch wie ein Storchenjunges, das von der Mutter mit Fröschen gefüttert werden wollte. Ihr war diese Nähe unangenehm, doch Willenthiel genoss offenbar das Exklusive dieser Situation.

»Es sieht aus, als wären nur noch wir übrig geblieben, Frau Hossrow, nicht wahr? Als wären wir auserwählt worden für etwas, was sich nun doch noch – ich habe nicht mehr daran geglaubt! – zum Guten wenden kann!«
Rosalind hatte nicht vor, dem Mann seine letzte Hoffnung zu nehmen, und erzählte deshalb kein Sterbenswörtchen über den Trick mit dem Wildschwein. Die Willenthiels würden früh genug merken, dass sie an der Nase herumgeführt wurden, und Auguste Willenthiel, deren flatternder Atem das Ticken der Kaminuhr kaum noch übertönte, hatte vielleicht sogar das Glück, diese grausame Enttäuschung gar nicht mehr zu erleben.
Es klopfte.
Hätte sie Angst haben sollen in diesem Augenblick? Hinterher war Rosalind sich nicht mehr sicher, was ihre Gefühle ihr in diesem Moment vermittelt hatten. Im Grunde war der Mann, der dort draußen vor der Zimmertür höflich darauf wartete, hereingelassen zu werden – da war sie sich unterdessen so sicher wie Sándor selbst –, ein mehrfacher Mörder; ein Individuum, das aus eitler Geltungssucht zwei reichlich harmlose Menschen bestialisch umgebracht hatte, ihren Tod sogar noch inszeniert hatte als okkultes Geschehen. Der Mann war ein Mörder und ein Betrüger, der es auf das Geld seiner Klienten abgesehen hatte und der sich dieses Geld mit jedem erdenklichen Mittel verschaffen wollte. Mit Mord, Mord nicht aus Hass, aus Liebe, Rachedurst oder Wahnsinn, sondern aus der blanken Erkenntnis heraus, dass irgendjemand ihm tot mehr nützte als lebendig.
Auf der anderen Seite war Erich Saeckel, wie sie ihn kennengelernt hatte, auch ein Suchender; ein besessen Suchender sogar. Er war Wissenschaftler vielleicht nur im Sinne des Wissenherbeischaffens; Okkultist nur in dem Maße, in dem okkultes Wissen ihm Macht, Geltung, Anerkennung versprach. Doch vor allem war er ein Suchender, der gescheitert war, ein Rechthaber, der unrecht hatte, der widerlegt war. Ein Verlierer, für den sie

ohne die zwei Morde vielleicht sogar Mitleid gehabt hätte und für den, so, wie die Dinge lagen, jetzt nur noch Verachtung übrig blieb.
Deshalb sah sie dem Eintreten des Magus der Pan-Arischen Gralsbruderschaft Erich Saeckel gelassen und kaltblütig entgegen. Hier kam ein Mann, der sich irrte, der nichts von Interesse mehr anzubieten hatte als seinen eigenen Untergang.

Für einen Verlierer, das musste man zugeben, war Erich Saeckel außerordentlich gut gekleidet. Die Mode hatte – das war man den krisengeschüttelten Zeiten schuldig – für die aktuelle Saison eher gedecktes Blau, eine Skala von Grautönen und notfalls auch das schlichte Schwarz vorgesehen, während heitere Sommertöne verpönt waren. Erich Saeckel kümmerte sich einen Dreck um die Mode und trat in einem blütenweißen Sommeranzug ins Zimmer, einem Anzug, der so viel jungfräuliche Reinheit, so viel heiteren Neubeginn signalisierte, dass es Rosalind nicht gewundert hätte, wenn Saeckel diesen messianischen Eindruck noch durch den Verzicht auf Schuhwerk unterstrichen hätte und barfuß gekommen wäre. Stattdessen verlieh ihm eine messingbeschlagene Arzttasche die irritierende Optik eines leichtsinnigen Modearztes oder eines überbezahlten Heilers der Schönen und Reichen aus den Badeorten an der Ostseeküste.
Sein Blick wirkte unstet; das Gesicht wurde durch den weißen Dreiteiler nicht, wie man erwartet hätte, kräftiger in der Farbe und der Ausstrahlung, sondern saß auf einem zu engen Hemdskragen wie ein Kartoffelbovist auf der Wiese, grau, faltig und alles andere als gesund.
Rosalind Hossrow hatte in Großstädten der ganzen Welt Menschen im Drogenrausch erlebt und war sich sofort sicher, dass auch der selbst ernannte Magus seinem unsteten Ego mit Amphetaminen oder Kokain auf die Sprünge geholfen hatte. Was vor ihm lag – der finale Griff nach dem Lohn seiner Bemühungen –,

musste seine Nerven hoffnungslos überfordert haben, und gegen diese Aufregung hatte er sich offenbar pharmazeutisch zu wappnen versucht. Doch trotz einer nicht zu versteckenden Fahrigkeit bemühte Erich Saeckel sich um eine Warmherzigkeit und ein inneres Glühen, das Erleuchtung versprach, pure spirituelle Erfüllung. Mit zwei etwas staksigen Schritten hatte er das Zimmer durcheilt und, am Bett stehend, die kraftlose Hand von Auguste Willenthiel erfasst und geschüttelt. Seine Augen schwammen; der Mann schien vor Glück zu weinen. Oder steuerten nur die Drogen seinen Gefühlsüberschwang?

»Wachen Sie auf, Frau Willenthiel, kommen Sie zu uns zurück. Denn ich habe Wunder gesehen, Frau Willenthiel, Wunder, die auch Ihnen in Kürze zu schauen gewährt sein wird.«

Durch Auguste Willenthiels ausgemergelten Körper ging ein leichtes Zittern, als wäre sie schon weit fort gewesen, als dieser Ruf, zurückzukehren, sie erreicht hatte. Sie hatte nicht geschlafen, sondern war nur in grenzenloser Schwäche immer tiefer hineingesunken in einen Zustand körperlicher Abwesenheit, aus dem man sie über kurz oder lang gar nicht mehr würde zurückholen können in die Jetztzeit, ins Leben. Doch für den Augenblick belebte sich ihr Gesicht noch einmal, ihre Augenlider flatterten, und ihre Mundwinkel zuckten, als wollte sie sprechen oder lächeln. Stattdessen entrang sich ein kleines, kaum hörbares Husten ihrer eingefallenen, fast reglosen Brust.

Saeckel strahlte sie mit weit aufgerissenen Augen an; er schien den Zustand der sterbenskranken Frau nicht wahrzunehmen oder vollständig zu ignorieren. In der Gewissheit, dass sie – oder mindestens die beiden anderen im Raum Anwesenden – seine Worte hören würden, sprach er mit lauter, fast scharf klingender Stimme weiter.

»Wie ich das gemacht habe, wollen Sie wissen, Frau Willenthiel, da bin ich mir sicher. Wie ist der Teufelskerl, der Saeckel, mit heiler Haut durch dieses Inferno gekommen, fragen Sie sich, wie

kann es sein, dass wir ihn zerstört dort liegen sahen – und jetzt hier antreffen?«
Er schwieg bedeutsam, genoss die wohltönende Dramatik seiner Worte. Seine Hände beschrieben wirre Kreise in der Luft, zitterten. Dann fuhr er mit urplötzlich jungenhaft heiterem, gelassenem Ton fort:
»Ich sag's Ihnen. Ich bin hindurchgegangen, einfach hindurchgegangen durch alles, was da passiert ist. Die Polizei hat sich vielleicht gewundert, die Metallhülle leer vorzufinden, aber die Erklärung ist leicht: Der Gral war darin, und ich habe ihn mitgenommen. Er hat mich beschützt; hat mich gegen die stärkste Gewalt des Blitzes und die Vergänglichkeit des Fleisches gefeit.«
Ludwig Willenthiel, der hingerissen an Saeckels Lippen gehangen und mit glänzenden Augen jeden Halbsatz nachgebetet hatte, nickte eifrig.
»Herr Saeckel, wie sind Sie denn … Ich meine, wir haben doch Ihren toten Körper dort liegen gesehen!«
Saeckel lachte ein lautloses, gespenstisches Lachen, das Rosalind, obwohl sie ja genau wusste, wie Saeckel sie mit dem toten Wildschwein genarrt hatte, einen Schauer über den Rücken rinnen ließ.
»Aber natürlich haben Sie meinen Körper dort liegen gesehen, und wenn die Polizei ihn noch nicht freigegeben hat zur Beerdigung, dann liegt er noch immer in irgendeiner Pathologie, im Leichenschauhaus der Charité oder wo auch immer sie solche überflüssigen Hüllen auch hinbringen mögen. Ja, richtig, ich habe meinen sterblichen Körper dort im Haus der Technik ins Feuer geworfen, aber wissen Sie was? Man braucht diesen irdischen Unsinn nicht, man zieht ihn an und aus wie einen Anzug, und wenn der alte zwickt oder kränkelt und sterben will, dann wirft man ihn weg.«
Er kramte in seiner Jackentasche herum und förderte einen kleinen, vernickelten Revolver hervor, eine Art fünfschüssigen Da-

menrevolver, den er sich mit einem feinen Lächeln an den Kopf hielt.

»Wollen Sie es sehen? Wegwerfen, was man nicht mehr braucht, und wiederkommen?«

Ludwig Willenthiel schrie leise auf, und Auguste zuckte kaum merklich zusammen.

Rosalind hob abwehrend die Hand.

»Lassen Sie's bleiben, Saeckel. Sie besudeln nur das teure Hotelzimmer, und selbst wenn es klappen sollte: So viel Zeit haben wir nicht. Jedenfalls«, sie warf einen Seitenblick auf die Sterbende, »nicht jede von uns.«

Saeckel, der Magus, lächelte gönnerhaft, ein größenwahnsinniges, irres Lächeln.

»Ach was, Zeit, noch so eine Erfindung. Wer den Tod überwindet, hat auch die Zeit überwunden, begreifen Sie das nicht? Und auch Sie selbst, Frau Willenthiel, werden gegen Tod und Zeit gefeit sein, wenn uns allen gemeinsam die Flucht nach Amerika gelingt.«

Vielleicht war es ein Rest urdeutscher Sesshaftigkeit, die ihn misstrauisch machte; vielleicht erschrak Ludwig Willenthiel auch nur angesichts der Vorstellung, dass der so wundersam auferstandene Großmeister sich gleich wieder aus dem Staub machen wollte, jedenfalls flackerte für einen Moment so etwas wie Skepsis oder Widerstand in ihm auf. Nach Amerika fliehen? Sie alle? Warum?

Saeckel ging ein paar leise Schritte hinüber zu den bodentiefen Fenstern, die das stille, große Zimmer mit der Welt dort draußen, mit Berlin, verbanden. Schwere dunkelrote Vorhänge waren zugezogen, und draußen herrschten noch immer undurchdringliche Nacht und starker Regen; trotzdem schob er mit einer Hand eine Vorhanghälfte beiseite und sah hinaus in die Finsternis.

»Das fragen Sie mich allen Ernstes, Willenthiel? Warum ich mit

der Kenntnis eines solchen Jahrtausendgeheimnisses nicht mehr sicher bin hier in Berlin, überhaupt auf deutschem Boden?«
Er schüttelte tadelnd den Kopf.
»Ich bitte Sie. Sie haben Ihre Mitstreiter doch sattsam kennengelernt und wissen so gut wie ich, worum es denen geht. Nicht um letztgültige Geheimnisse, nicht um die Transformation ihres irdischen Daseins in etwas Größeres, sondern um ganz profane, materialistische Ziele. Ihr feiner Herr Hartwig möchte das heilige Wissen der Germanen am liebsten auf Flaschen ziehen und in der nächsten Bahnhofskneipe ausschenken. Können Sie sich das vorstellen? Gralsbräu vielleicht?«
Er lachte höhnisch, und selbst Rosalind musste heimlich schmunzeln; die Idee war originell. Sicher ein Verkaufsschlager.
»Oder Lackmeister ... alles andere als ein glaubenshungriger spiritueller Jünger. Eher ein Spion in fremdem Auftrag. Ins Haus der Technik hat er seinen Vorgesetzten mitgebracht. Warum? Weil die Nationalsozialisten bis in die höchsten Führungsränge hinter Offenbarungen wie dieser herjagen. Nicht nur, um endlich allen Zweiflern zu beweisen, dass ihr Anspruch auf die mächtigsten Positionen in der ganzen Welt durch ihre geweihte Herkunft begründet und legitimiert ist.«
Er schüttelte grimmig grinsend den Kopf und sah an die Zimmerdecke.
»Sondern vor allem, weil sie einen Führer haben – er hockt nur ein paar Meter über uns wie eine Spinne im Netz; ich kann seine Anwesenheit in diesem Haus buchstäblich fühlen –, einen Führer, den sie unsterblich machen wollen um jeden Preis. Glauben Sie allen Ernstes, Willenthiel, dass die Nationalsozialisten Ihrer armen Frau den Vortritt lassen würden beim Wunder des Grals?«
Willenthiel schüttelte beklommen den Kopf, aber Saeckel war noch keineswegs am Ende. Er fixierte Rosalind mit einem stechenden, unfreundlichen Blick. Rosalind starrte zurück; die Dro-

gen gaben dem Mann eine schneidende Klarheit, die sein übliches Geschwafel vergessen ließ.
»Ihr stattlicher Polizeibeamter Lehmann, der Sie so sehr beeindruckt, ist übrigens keinen Deut besser. Er hat nichts begriffen, dieser kleingeistige Oberaufpasser. Will mir den Tod des Propheten und des kleinen Mädchens anhängen, weil er ja irgendwem irgendwas anhängen muss. Als ob diese beiden Stümper mich gestört oder auch nur interessiert hätten! In der Nähe des Grals sind sie verbrannt wie die Motten. Nein, sie haben den Tod nicht überwinden können, das war schnell herauszufinden. Deshalb mussten sie den Weg frei machen für die, denen die Wahrheit der alten Kulte noch heilig ist, Menschen wie die brave Frau Willenthiel hier, die am Ende ihrer Strapazen angekommen ist und jetzt endlich Hilfe und Transformation erfahren wird!«
Saeckel griff nach einem kleinen Glas, das auf dem Tisch stand; ein guter Palo Cortado war darin, den Ludwig Willenthiel – Rosalind hatte den Mann schon bei einem vorherigen Treffen auf seine Vorliebe angesprochen – sicher nicht an der Hotelbar bestellt hatte, sondern direkt in Jerez de la Frontera orderte und als Magenelixier immer flaschenweise mit sich führte. Saeckel roch angewidert an dem dunklen, starken Getränk und trank das Glas mit einem einzigen, verächtlichen Schluck leer.
Er verzog keine Miene.
»Nein, begreifen Sie es nun? In Deutschland ist die Zahl unserer Feinde zu groß. Wir müssen nach Amerika, und wer mich begleitet, dessen Schaden wird es nicht sein. Denn das Paradies der Unsterblichkeit wird anbrechen – aber nicht hier in Deutschland, sondern drüben in der neuen Welt!«

Ludwig Willenthiel brach in unkontrolliertes Zittern aus, und Rosalind schob ihm mitleidig das von Saeckel geleerte Glas und die noch halb volle Flasche Sherry hinüber, aus der der Greis sich gierig bediente.

Sie sah Saeckel interessiert an. Wie wollte der Magus das hinbekommen, seine Flucht? Was würde aus der sterbenden Auguste Willenthiel werden?
Doch Erich Saeckel hatte einen Plan, und den breitete er nun detailliert vor den Anwesenden aus.
»Frau Willenthiel, können Sie mich hören?«
Die Frau nickte schwach, mehr ein vom Atem geführtes Heben und Senken des Kopfes als eine wirkliche Muskelbewegung. Saeckel nickte.
»Noch in dieser Minute bekommen Sie von mir einen lebensspendenden Schluck vom heiligen Wasser aus dem Gral selbst. Es wird wie ein Jungbrunnen in Ihre Glieder fahren und Ihnen nach einem tiefen, überaus erquickenden Schlaf die Kraft geben, die Sie für die Überfahrt brauchen. Heuern Sie mit Ihrem Mann auf einem der Ozeandampfer an; genießen Sie die Passage – wir sehen uns drüben in den Staaten. Wenn Sie ankommen, wird schon alles bestens vorbereitet sein. Ich werde ein Sanatorium kaufen und eine Kirche errichten für unseren Kult, und wenn Sie eintreffen, werden Sie einen sicheren Hafen vorfinden und behutsam unter meiner Führung hinübergehen in ein neues, unsterbliches Leben.«
Er tätschelte flüchtig Auguste Willenthiels reglose Hand auf der Bettdecke und wandte sich Rosalind zu.
»Sie werden mich nach Amerika begleiten, aber auf einem weitaus schnelleren Weg, denn drüben gibt es viel zu tun. Immerhin bekommen Sie eine exklusive Sensationsgeschichte, um die sich die Zeitungen der ganzen Welt reißen werden. Die erste wissenschaftlich nachprüfbare Auferstehung, der Sieg über die Sterblichkeit, das Wiederaufleben uralten, geheimen Wissens: Ein Scoop erster Güte für Sie ganz allein. Doch dafür sind Sie mir bei ein paar profanen Erledigungen behilflich.«
Rosalind verschränkte die Arme vor der Brust und wartete ab.
Saeckel fuhr sich mit der Zunge über die Lippen; während des

Sprechens hatten seine Augen einen fiebrigen Glanz bekommen. Die Drogen forderten ihren Tribut von seinem Bewusstsein, und offenbar fiel ihm das klare Denken zunehmend schwer. Doch er riss sich zusammen, presste eine Sekunde nur die Fäuste in die Schläfen, schloss die Augen und gab dann wieder klar und wohlüberlegt seine Anweisungen.

»Sie rufen ein Taxi, wenn keins vor dem Haus wartet. Dann buchen Sie in Tempelhof am Flughafen einen Direktflug nach Friedrichshafen. Wir fahren sofort los, fliegen ohne Zwischenstopp hinunter zum Bodensee und steigen morgen früh in den ersten Zeppelin über den großen Teich hinüber nach Lakehurst bei New York. Unser guter Herr Willenthiel hier«, Erich Saeckel drehte sich ungerührt zu dem alten Mann herum, der aufgeregt seinen Sherry trank und offenbar begriff, dass die letzte Chance für seine Frau nun zum Greifen nahe gerückt war, »unser guter Willenthiel wird die Freundlichkeit haben, für unsere doch ziemlich beträchtlichen gemeinsamen Unkosten ein paar Unterschriften auf dieses Bündel Papier hier zu setzen.«

Er kramte erneut in den weiten Taschen seines weißen Sommersakkos und legte einen druckfrischen Block mit Wechseln auf den Tisch.

»Fünfundzwanzig Wechsel à zwanzigtausend Reichsmark, zusammen genau fünfhunderttausend Reichsmark. Willenthiel, ich weiß, Sie haben noch weit mehr als das und würden es für das Leben Ihrer Frau jederzeit hergeben, habe ich recht? Aber wir wollen bescheiden bleiben; diese irdischen Güter zählen nichts an der Grenze zu einem neuen, transformierten Leben.«

Ludwig Willenthiel war überzeugt, machte sich an das Unterschreiben der Wechsel und sah dabei zu, wie Erich Saeckel den Kopf der schwachen Auguste Willenthiel mit der linken Hand sanft anhob und ihr mit der Rechten eine klare Flüssigkeit aus einer kleinen, stählernen Taschenflasche einflößte.

»Ja, trinken Sie das, Frau Willenthiel, trinken Sie nur. Sie werden

schlafen, wie Sie noch nie im Leben geschlafen haben, und wenn Sie beide morgen früh aufwachen, liegt das Leben – das neue Leben – strahlend und frisch vor Ihnen wie am allerersten Tag. Sie werden eine Kraft fühlen, die fünftausend Jahre nur geschlummert hat, Frau Willenthiel, so wie Sie selbst jetzt schlummern. Eine Kraft, die bereit ist, aufzuwachen – und zu herrschen!«
Er ließ sich in einen Lehnstuhl sinken und schloss die Augen. Sein ganzer Körper wurde von einem Beben erfasst, einem Tremor, der ihn kichernd aufschluchzen ließ.
Unten links neben der Rezeption hatte Rosalind Hossrow beim Hochkommen die Telegrafen- und Telefonstation gesehen; dort würde man ihr mit der Flugbuchung zu so später Stunde und den Tickets für den Überseeflug weiterhelfen können. Also verlor sie keine Zeit und lief los.

HABGIER

Wenig später saßen sie im Taxi, einer komfortablen Limousine, deren Inneres mit dichten Chintzvorhängen vor neugierigen Blicken von außen geschützt war. Doch außen herrschte ohnehin nur die undurchdringliche Schwärze dieses Frühsommersturms, der die Straßen mit riesigen Pfützen flutete und die Bäume am Straßenrand krumm peitschte. Der Fahrer umklammerte fluchend mit beiden Händen das Lenkrad, wich anderen Fahrzeugen und heruntergestürzten Dachziegeln und Ästen aus und hatte buchstäblich alle Hände voll zu tun, in den entfesselten Naturgewalten seinen Weg durch die Stadt zu finden.
Rosalind Hossrow und Erich Saeckel saßen schweigend auf der Rückbank des Siebensitzers, und die Journalistin beobachtete aus den Augenwinkeln, wie das kalkweiße Gesicht des fiebernden Magus von den flackernden Scheinwerfern des Gegenverkehrs gestreift und von hellen Blitzen des aufziehendes Gewitters sekundenlang in eine einzige weiße Fläche verwandelt wurde. Feine Schweißperlen säumten die Stirn des Mannes; bei jedem Blitzschlag zuckten seine Augenlider nervös, und die Mundwinkel verzogen sich zitternd nach unten.
Erich Saeckel, der Ordensmeister der Pan-Arischen Gralsbruderschaft, hatte – zumindest im Drogenrausch – Angst vor Blitz und Donner.
Rosalind Hossrow hätte am liebsten schallend laut herausgelacht, doch dann dachte sie wieder an das eben Erlebte, und ihre Miene verdüsterte sich. Kaltblütig hatte der Mann neben ihr, dessen Handknöchel jetzt die Armlehnen der Kraftdroschke umkrampften, die Willenthiels um ihre Ersparnisse erleichtert, um sich eine neue Existenz drüben in Amerika aufzubauen und seinen hiesigen Verfolgern zu entkommen. Dass das Wasser des Grals, das er

Auguste Willenthiel verabreicht hatte, wirklich nur schlichtes Wasser gewesen war, mochte sie nicht glauben. Sie beschloss, den Verrückten mit ihrer eigenen Sicht der Dinge zu konfrontieren.
»Was haben Sie der alten Frau gegeben, Saeckel? Barbiturate? Ein tückisches, schnelles Gift?«
Saeckel drehte in quälender Langsamkeit seinen Kopf und sah, noch immer verkrampft, aber wie von tiefer Fassungslosigkeit gelähmt, zu ihr herüber.
»Gift?«
Rosalind bemühte sich um einen sachlichen, leichtfertigen Ton, doch ihre ganze Verachtung für den okkulten Führer schlug durch und verlieh ihrer Stimme einen kratzenden, schrillen Unterton.
»Natürlich Gift. Zugegeben, ich war mir nicht sicher, vielleicht wäre ich sonst dazwischengegangen. Gleichzeitig ist es für die arme Alte sicher auch eine Erlösung – jedenfalls ein leichterer Tod, als morgen früh zu erfahren, dass sie einem mörderischen Trickbetrüger auf den Leim gegangen ist, der sich mit den Ersparnissen ihres ganzen Lebens unaufhaltsam auf dem Weg in ein fernes Land befindet.«
Saeckels fahle Maske belebte sich langsam, und seine angstverzerrten Züge nahmen nach und nach wieder einen kontrollierteren, fast höhnischen Ausdruck an. Seine Replik kam in einem leisen, aber pointierten Ton.
»Ich glaube nicht, dass die Willenthiels sich über mangelnde Zuwendung beklagen können. Sie wollten mit dem Jenseits Kontakt aufnehmen, und wahrhaftig, das haben sie nun. Der gute Herr Willenthiel war übrigens ganz erpicht darauf, nicht als alter Greis neben seiner strahlend neugeborenen Gattin aufzuwachen, und hat die restliche Flasche ganz alleine ausgetrunken.«
Rosalind schlug die Hand vor den Mund.
»Sie haben ihn auch … Verdammt! Das ist meine Schuld, ich hätte verhindern müssen, dass Sie mit den beiden allein bleiben!«

Saeckel machte eine ärgerlich abwehrende Geste.
»Wenn Sie das versucht hätten, überhaupt, wenn ich geahnt hätte, dass Sie so undankbar mit der journalistischen Chance Ihres Lebens umgehen, dann hätte ich meinen Revolver gebraucht, da können Sie sicher sein. Dann lägen Sie mit den beiden dort oben.«
Verbissenes Schweigen folgte. Saeckel beugte sich vor und klopfte an die Trennscheibe zum Fahrersitz; der Chauffeur, ein großer Kerl mit Schiebermütze und Bart, drehte sich unwillig herum, weil ihn die Fahrbahn noch immer sehr in Anspruch nahm.
»Fahrer, machen Sie den Vorhang zu, das Licht blendet. Hören Sie mich? Das Licht!«
Der Chauffeur verstand offenbar erst beim zweiten Mal; es gab keinen Vorhang, sondern blecherne Jalousetten zwischen der Passagierkabine und ihm, die drehte er schließlich, ohne groß hinzusehen, zu.
Saeckel warf einen langen Blick auf Rosalind Hossrow; zwei glimmende Leuchtfäden in einer Deckenlampe spendeten im schaukelnden Wageninnern dürftiges Licht, und Rosalind hatte sich mit ausgestreckten Armen seitlich in die Polster gestemmt, als wartete sie auf einen Angriff.
Stattdessen sagte sie:
»Warum der Prophet, Saeckel? Warum die kleine Berta Kolotzki?«
Saeckel schüttelte den Kopf, als würde er staunen über so viel dumme Fragerei, als läge die Antwort doch auf der Hand.
»Ist das so schwer zu begreifen? Haben Sie sich Ihre illustre Runde nicht angesehen bei unserem ersten Kennenlernen? Verkrachte Existenzen allesamt, Skeptiker, für die der Ausflug ins Okkulte keine Frage flammenden Glaubens war, sondern ein etwas kurioses Unterfangen, das man mal ausprobieren konnte, weil man sonst sowieso nur noch wenig Hoffnung hatte. Mit diesem Haufen Gescheiterter war kein wirkliches Geschäft zu machen, das habe ich gleich gesehen. Wie knauserig da mit jedem Groschen umgegangen wurde, den die Sache kostete! Ihre eigenen

paar Pfennige aus der Redaktionsschatulle; Harold Cohn, der sich seine kleine Teilnahmegebühr am liebsten von mir selbst gepumpt hätte. Lächerlich!«
Saeckel spuckte wütend vor sich auf den Boden der Limousine.
»Dieser Truppe musste erst mal Angst und Schrecken eingejagt werden. Es musste ihnen klar werden, dass man mit diesen Mächten, diesen spirituellen Kräften nicht ungestraft spielt; dass das kein fauler Zauber ist, sondern ein Kampf auf Leben und Tod. Wer da nicht pariert, den wird der tödliche Bannstrahl der Vorsehung treffen. Das musste natürlich ein-, zweimal unter Beweis gestellt werden, damit auch der Letzte noch begriff, dass es Ernst ist mit dem Okkulten. Und dass es eine anonyme, grausame Macht gibt, die weit über diesen kleinen Hinterhofblendern steht, die für ein paar Groschen irgendwelchen Humbug faselten, eine Macht, die jederzeit zu töten bereit ist.«
Saeckel sah sich suchend um und entdeckte in der hölzernen Konsole unter der Fahrertrennscheibe ein Schränkchen mit Schiebetür, aus dem er eine Flasche Bier hervorzauberte. Er öffnete sie und trank sie stillos und gierig leer, ohne Rosalind auch nur einen Schluck anzubieten.
»Ihr großer, starker Polizist war, zugegeben, ein anderes Kaliber. Eine Ausgeburt an Starrsinn, wenn Sie mich fragen. Vom ersten okkulten Erlebnis im Palais Pannwitz an hatte er die Hosen voll. Ach, das hat er Ihnen wohl verschwiegen, Ihr Held? Glauben Sie's mir, er war starr vor Schrecken. Und was das Tollste an der Geschichte ist: Er konnte gar nicht anders. Es war gar nicht seine eigene Angst, ich habe sie ihm gemacht!«
Er kicherte wie ein durchgedrehter Irrer, und Rosalind Hossrow, die Saeckel ohnehin zunehmend noch über den momentanen Drogenwahn hinaus für einen gefährlichen Geistesgestörten hielt, rechnete jeden Augenblick mit einem unkontrollierbaren Anfall. Stattdessen hielt ihr Saeckel einen profunden Vortrag in Akustik und vielen verwandten Gebieten.

»Bumbumbu«, sagte Saeckel, und auf Rosalinds verständnislosen Blick hin wiederholte er: »Bumbumbu ist der Name einer Trommel. Im Grunde ist das Wort schon das Geräusch, das sie macht. Ein tiefes, dunkles Dröhnen, ein schwerer Schlegel auf einem gespannten Fell, ein Nachprallen, ein Echo: Bum Bum Bu – Bumbumbu. In Britisch-Ostafrika, drüben in den Kronkolonien, ist diese Trommel ein wohlgehüteter Schatz in manchem Dorf. Denn Bumbumbu kann heilen.«

Rosalind Hossrow hörte aufmerksam zu, und Saeckel genoss diese Aufmerksamkeit sichtlich und machte es sich bequem.

»Ja, heilen. Wenn Frauen Unterleibskrämpfe haben oder Männer verdorbenes Fleisch gegessen haben. Oder Ruhr bei Kindern, Potenzstörungen bei Greisen. Ganz sicher ist vieles davon nur Mythos, wissenschaftlich nicht beweisbar, aber die Bantu-Neger schwören darauf, und auch mancher englische Kolonialbeamte schwört Stein und Bein, dass er einen Schlangenbiss nur überlebt habe, weil irgendein zahnloser, drogenbenebelter Medizinmann für ihn eine Nacht lang die Bumbumbu geschlagen hat. Ja, zugegeben«, Saeckel suhlte sich regelrecht in Rosalinds Unverständnis, »von den Wäldern am Viktoriasee hierher ist es ein weiter Weg, aber die Bumbumbu hat etwas mit unserer eigenen Kultur zu tun, und das werden Sie gleich verstehen. Ein Gutteil ihres Tons schwingt nämlich im Infraschallbereich unterhalb von 17 Hertz und ist damit unhörbar tief. Man nimmt an, dass gerade daher ihre medizinische Wirkung rührt, denn unhörbar tiefe Töne bringen unseren Magen-Darm-Trakt in Wallung, sie wirken ganz direkt auf unseren Kreislauf und unser Wohlbefinden. Und das nutzen nicht nur die Bantu mit ihrem Getrommel aus, sondern auch wir redlichen Christenmenschen.«

Er spuckte ein weiteres Mal auf den Fahrzeugboden; für die christliche Religion hatte Saeckel offenbar – wie die meisten okkulten Anhänger – nichts übrig.

»Im Christentum ist der Effekt seit Jahrhunderten bekannt, und

man hat ihn gezielt einzusetzen gewusst. Sub-Subcontra-C-Pfeifen, über zwanzig Meter lang, erzeugen keinen klingenden Ton mehr, sondern einen unhörbaren Infraschallklang, der die Gemeinde in Angst und Schrecken versetzt und bei labilen Charakteren – und das sind wir schließlich alle – ein Gefühl von Enge, von Bedrohung und bevorstehenden Schicksalsschlägen hervorruft. Dass die geschickten Christenhunde diese Wirkung nicht nur zufällig erzeugt haben, zeigt der Name der 64-Fuß-Pfeifen, denn die werden schon von alters her ›Demutspfeifen‹ genannt.«
Rosalind staunte ehrlich. Sie hatte auf dieser nächtlichen Fahrt durch Regen und Gewitter mit einem tätlichen Angriff oder einem Geständnis gerechnet, aber nicht mit einer Lehrstunde in Musikgeschichte.
Doch Saeckel kam allmählich auf sein Thema zurück.
»Angst machen, Demut erzeugen: Das war natürlich ein wünschenswerter Effekt bei meinem kleinen Vorhaben. Allerdings kann man eine zwanzig Meter lange Orgelpfeife nicht mal eben im Handkoffer dabeihaben, und übrigens werden die Orgeln, die diese Riesenpfeifen spielen, mit einem Dampfkessel wie eine Lokomotive angetrieben.«
Er tätschelte auf die seitliche Türvertäfelung des Taxis.
»Doch dankenswerterweise haben Sie mir ja höchstselbst eine Lokomotive zur Verfügung gestellt; den schweren 630er Mercedes, mit dem ich wie ein serviler Chauffeur die hohen Herrschaften durch die Stadt kutschieren durfte.«
Ausspucken.
»Der Wagen hatte unbestreitbar seine Vorzüge, zum Beispiel eine schwere, sehr leise laufende Maschine. Ihr Polizeischnüffler wäre mir ein- oder zweimal fast auf die Schliche gekommen, aber natürlich hat er nicht verstanden, was er da sah. An jedem Ort unserer Zusammenkünfte gab es in der Nähe der Einfahrt eine massiv gemauerte, mit dem übrigen Haus verbundene Wand, und wenn ich den 630er sanft gegen diese Wand rollen und dann im

ersten Gang mit der mächtigen Motorkraft gegen diesen Widerstand anarbeiten ließ, dann wurde das ganze Haus zu seinem Resonanzkörper, ganz gleich, ob es sich um die Villa Pannwitz oder ein Moabiter Arbeiterhaus handelte. Dann schwangen die schweren Mauern mit einem gänzlich unhörbaren Brummton, einem unmerklich tiefen Vibrieren, das genau die erwünschte Wirkung hervorrief – ein Unwohlsein, ein Gefühl von Gefahr, von Angst. Bei Anhängern des Okkultismus ebenso wie bei harten Burschen von der Polizei.«

Der Wagen ruckte, der Fahrer musste einem Wildschwein ausgewichen sein. Ringsum waren die Häuser inzwischen zurückgewichen und hatten einer bewaldeteren Landschaft Platz gemacht. Doch die beiden Passagiere sahen nur flüchtig hinaus. Regen lief noch immer über die Scheiben, prasselte auf das Verdeck; Rosalind hatte jedes Orts- und Zeitgefühl verloren und Saeckel ganz fraglos auch.

Der Magister räusperte sich.

»Allerdings schien Ihr famoser Polizist nicht nur ein Angsthase zu sein, sondern auch ein Hornochse. Eine seltene Mischung! Wo andere weggelaufen wären, blieb er da und hielt seine widerstreitenden Gefühle aus. Deshalb musste ich es mit einem gezielten Pfeilschuss versuchen, aber der Mann hatte weit mehr Glück als Verstand.«

Rosalind fand eine Ungereimtheit.

»Wirkte Ihr Angstmotor denn nicht bei allen gleich? Ich hatte auch mehr Angst, als mir lieb war, aber Sie selbst?«

Saeckel lachte fast jungenhaft, ein Spitzbube, dem ein Streich gelungen war.

»Ach … Vorsorge! Dass die Töne im Körperinnern wirken und unhörbar sind, heißt ja nicht, dass sie nicht trotzdem auch mit den Ohren aufgenommen werden. Ein vorbereitendes Fasten, etwas Yoga – haben Sie schon mal von Yoga gehört? Eine spannende alte Lehre, auf die die Nazis ebenfalls schon ganz erpicht sind! – und ein paar gut schließende Ohrstöpsel vermindern die Wirkung beträchtlich. Bei Lackmeisters Stiesel von Vorgesetztem war offenbar schon die Taubheit ausreichend; der Mann hätte mir mit seinem impertinenten Unbeeindrucktsein fast die Schau gestohlen!«

Saeckels Blick verdunkelte sich in irrem, drogengeflutetem Zorn, als er sich an den Auftritt im Haus der Technik erinnerte.

»Von diesem Abend hing natürlich alles ab. Kleinen Leuchten wie dem Propheten oder der Kolotzki das Lebenslicht auszublasen, ist eine herzlich leichte Übung, die weder besondere Skrupel noch besonderes Geschick erfordert. Sich selbst glaubwürdig ins Jenseits zu befördern, *das* ist ein Meisterstück, das man nicht einfach aus dem Ärmel schüttelt!«

Er tippte sich an den spärlich behaarten Schädel.

»Ein Bühnentod vor aller Augen, der mich mit einem Schlag aus der Riege der Verdächtigen ausschließt, aus dem Visier der habgierigen okkulten Jünger befördert, das war eine Aufgabe, für die man Köpfchen haben muss, verstehen Sie? Köpfchen! Denn natürlich war das alles von Anfang an der Plan. Endlich den Reichtum einzustreichen, der mir schon immer zustand, Reichtum, den mir weder Ihre armselige Übersee-Redaktion bieten konnte noch Lackmeisters klamme Wahlkampfkasse oder die Portemonnaies dieser verkrachten Lebenskünstler Hartwig oder Cohn. Über wirklichen Reichtum verfügten nur die Willenthiels, und haben wir nicht eben gesehen, dass sie nur zu bereit waren, dieses viele Geld mir, ihrem Lehrmeister, ihrem treuen Führer in ein besseres Jenseits, auszuhändigen?«

Er lachte triumphierend auf, und Rosalind merkte, wie ihr, wohl durch das Schlingern des Wagens auf den dunklen, nassen Straßen, allmählich speiübel wurde.

»Letztlich war es dann doch ganz, ganz einfach; der Ort war ideal eingerichtet dafür. Mein weiter Bühnenmantel ließ Platz für allerhand Vorrichtungen, eine Art Drahtanzug als faradayscher

Käfig, ein dicker Blitzableiter direkt an der Spitze meines albernen Helms – na, ich will Sie nicht mit den elektrotechnischen Details langweilen. Der Stromschlag aus einer Teslaspule ist zwar äußerst dekorativ, aber mit einer solchen Schutzvorrichtung keine wirkliche Gefahr. Und in dem allgemeinen Getümmel nach dem gleichzeitig von mir ausgelösten Stromausfall hatte ich Zeit genug, mein Kostüm und mich selbst seelenruhig aus dem Weg zu räumen und Ihnen einen leckeren Wildschweinbraten aufzutischen, den Sie als vermeintlichen Leichnam vorfanden, als Sie den Lichtschalter endlich gefunden hatten.«

Er schwelgte einen Moment benommen in der Erinnerung an diese Sternstunde seines Tuns und kicherte dann.

»Jede Wette, dass Ihr Polizist schon eine Blume auf mein Grab gelegt hat und die Suche nach dem mordenden Ordensmeister nach und nach im Sande verläuft. Der Mann tut mir fast leid, aber er hat sich mit dem Falschen angelegt. Mit einem Besseren!«

Saeckel schwieg eine ganze Weile und träumte offenbar, eingelullt vom rhythmischen Schwanken der Scheibenwischer und dem Drogencocktail in seinem Blut, selig vor sich hin. Sie waren am Ende der Erzählung angekommen, am Ende auch der nicht erzählten, aber ebenso wahren Geschichte von dem kleinen Magister Artium, dem gläubigen Adepten des Okkultismus, der als Wissenschaftler ein Versager gewesen war. Einem unbedeutenden Mann mit einem großen, unerfüllbaren Traum: einmal im Leben das Zepter der Rache zu schwingen und sich im Namen eines alten Kults die Taschen zu füllen mit dem Gold der Ungläubigen.

Der Wagen, in dem sie saßen, bog ab und fuhr durch ein Schlagloch, und Saeckel öffnete die Augen und sah sie an. Rosalind begriff mit einem Mal, dass der Mann vermutlich schon die ganze Zeit noch mehr für sie empfunden hatte als nur die Verachtung, von der er berichtet hatte. Hoffnungen hatte er sich offensichtlich keine gemacht, und selbst in diesem Augenblick, auf dem Höhe-

punkt seines Erfolgs, dem Gipfel seiner Bemühungen, wagte er nicht, das Thema zur Sprache zu bringen. Dabei war sie vollständig in seiner Hand. In seiner Jackentasche steckte ein Revolver; es war der reine Zufall, dass er sie nicht schon vorhin im Hotelzimmer der Willenthiels im Kaiserhof erschossen hatte.
Rosalind Hossrow hatte Broncos geritten, wilde, ungezähmte Pferde; sie hatte ausbrechende Stiere nur mit ihrer Reitpeitsche zurück in ihr Gatter getrieben: Sie war es gewohnt, der Gefahr ins Gesicht zu sehen und auch dem Blick eines übermächtigen Gegners nicht auszuweichen, sondern sich dem Kampf zu stellen. Also erwiderte sie herausfordernd Erich Saeckels lauernden, halb unterwürfigen, halb begehrlichen Blick und fragte ihn geradeheraus:
»Und nun, wo ich ihr Spiel durchschaue, Saeckel … was haben Sie nun vor? Bin ich Ihr nächstes Opfer?«
Saeckel schien selbst zu erschrecken über diese Perspektive; Rosalind zu töten musste ihm wie ein Sakrileg vorkommen, ein Verrat an einem Geheimnis, das er noch mit keinem geteilt hatte – das er sich selbst kaum eingestanden hatte.
Eilig schüttelte er den Kopf.
»Das wird nicht nötig sein, wenn Sie vernünftig sind. Sie werden brav ins Hotel zurückfahren und dem Fahrer erklären, Sie seien unpässlich. Tatsächlich sehen Sie reichlich blass aus, wenn ich das sagen darf. Ich werde ins Flugzeug steigen, und sie werden mich nicht daran hindern, werden weder dem Fahrer noch jemandem im Hotel etwas sagen. Ein Anruf im Tower in Tempelhof wäre ein tödlicher Leichtsinn, denn in der Tasche hier …«, er wies auf die lederne Arzttasche, die die ganze Zeit zu seinen Füßen gestanden hatte, »… sind genug Handgranaten, um das Flugzeug samt Piloten und allen Mitreisenden in einen Feuerball zu verwandeln. Wir würden ein hässliches Loch in den Kurfürstendamm oder irgendein armseliges Kaff reißen, viele Unschuldige würden sterben, und glauben Sie mir: Mir selbst würde es am allerwenigsten

ausmachen – ich bin schon einmal gestorben, und es war nichts Besonderes, meine Liebe, wirklich nichts Besonderes.«
Er kicherte.
»Wo wollen Sie hin?«
Er schüttelte tadelnd den Kopf und legte seinen schmalen, blassen Finger auf die Lippen.
»Das wollen Sie gar nicht wissen. Ganz sicher nicht nach Friedrichshafen zur Zeppelinhalle, denn der Weg in die Staaten ist weit, und wer weiß denn, ob nicht doch in Lakehurst die Bundespolizei am Landungspier stehen und mich in Empfang nehmen würde. Ach, wissen Sie, mit einer halben Million Reichsmark in Wechseln kann ich jederzeit und überall auf- und wieder abtauchen, kann Mittelsmänner reich entlohnen, die das Geld für mich einlösen und auf weit entfernte Konten überweisen ... Ich glaube nicht, dass ich mir das im Detail schon alles überlegt habe. Sagen wir: Ich löse mich in Luft auf, in einen Astralkörper, nicht mehr fassbar für die materielle Welt. An der habe ich sowieso noch nie viel Freude gehabt. Lassen Sie uns doch einmal ehrlich sein, Fräulein Hossrow: Ist das alles hier, das Auto, das Flugzeug, ja, das ganze Leben, denn wirklich mehr als eine geistlose, uninspirierte Staffage, eine billige Attrappe einer wahren, würdigen, wirklichen Welt?«
Er breitete die Arme aus und lachte gelöst und aus vollem Herzen sein berauschtes Lachen, bis ihm die Tränen in den Augen standen. Und mit Tränen in den Augen sah er sie an.
»Ich kann Sie nicht mitnehmen, sosehr ich gehofft hätte, dass ... Ach, vergessen Sie's. Sie selbst sind doch ebenso wie ich eine Gewinnerin dieses Spiels. Auch wenn es keine wundersame Wiedergeburt ist, kein triumphaler Empfang, den Sie an meiner Seite drüben in den Staaten hätten erleben können mit etwas mehr Kooperation: Ihre Story vom mordenden Medium, vom todbringenden Ordensmeister werden Ihnen die Schmierblätter in der ganzen Welt aus der Hand reißen. Herzlichen Glückwunsch, Rosalind – entschuldigen Sie, dass ich Sie dieses eine Mal so

nenne. Sie werden mir fehlen auf meinem einsamen Flug durch die Nacht.«

Saeckel sah durch die Seitenscheibe der Kraftdroschke nach draußen und öffnete die Tür. Der Wagen war in einem weitläufigen Hangar zum Stehen gekommen, der zu dieser späten Stunde aber schon im Dunkeln lag. Seitlich öffnete die Flugzeughalle sich hinaus zum Flugfeld, zu einem dramatisch aufgewühlten Himmel, wo schwere, noch immer wetterleuchtende Wolken sich in schwindelnde Höhen türmten, seitlich ausfransten und aufrissen und den Blick auf einen überwältigenden Sternenhimmel freigaben. Mit der Nase im Freien stand dort eine kleine Propellermaschine, ein Sechs- oder Achtsitzer, dessen Propeller an den Tragflächen sich bereits drehten. In der beleuchteten Kanzel überprüfte ein beleibter Pilot die Geräte und machte sich bereit zum Abflug; die Kabinentür allerdings war noch geöffnet, und eine schmale Gangway führte hinauf zu der oval aus dem Flugzeugrumpf geschnittenen, beleuchteten Öffnung.
Erich Saeckel sah nicht zurück und sprach kein weiteres Wort; er schulterte die schwere Arzttasche und stapfte mit etwas unsicheren Schritten auf die Metalltreppe zu. Rosalind blickte dem Magus der Pan-Arischen Gralsbruderschaft noch einige Sekunden nach; dann klopfte sie energisch an die Scheibe, die sie vom Taxifahrer trennte, und rief mit lauter Stimme, die auch Saeckel hören musste:
»Ich werde nicht mitfliegen, mir geht es nicht gut. Ich mute mir die Reise heute nicht zu. Bitte bringen Sie mich zurück ins Hotel, Fahrer.«
Sie zog die Taxitür zu, lehnte sich zurück und schloss die Augen. Vorbei.

Oben war die Kabinentür hinter Saeckel geschlossen worden, und Rosalind Hossrow rechnete jeden Augenblick damit, dass das Flugzeug die Umdrehung der Propeller beschleunigen und auf die Rollbahn hinausrollen würde. Stattdessen schien der Propeller langsamer zu werden und schließlich auszulaufen, und auch ihr Taxi setzte sich keineswegs in Bewegung, um den Hangar zu verlassen. Stattdessen öffnete der Fahrer seine Tür, glitt hinter dem Steuer hervor, lehnte sich mit verschränkten Armen an die Flanke des Wagens und sah abwartend hinüber zum Propellerflugzeug. Im Innern schien es eine Auseinandersetzung zu geben; das Licht im Bullauge der Kabinentür flackerte. Sekunden verstrichen. Der Pilot hatte seine Kanzel offenbar auch verlassen und kam erst jetzt wieder zurück. Aber – was war das? Der Mann drehte sich zum Taxi herüber, und kein Zweifel, er hob einen Daumen für ein Zeichen des Siegs.

Rosalind erstarrte und verstand die Welt nicht mehr.

Sie kannte den Mann.

Es war der dicke Plötz, einer von Sándors Mitarbeitern.

Jetzt hielt es auch Rosalind nicht mehr auf ihrem Sitz; sie öffnete die Tür und sprang hinaus, um den Taxifahrer zur Rede zu stellen, der das Handzeichen des Piloten eben erwidert hatte. Der Mann schmunzelte und riss mit einer einzigen saloppen Geste einen albernen roten Schnurrbart von seinem Gesicht. Es war nicht irgendein Taxifahrer, sondern es war Sándor Lehmann persönlich, und er sah mit der Schiebermütze dermaßen impertinent aus, dass sie ihm am liebsten die blanke Faust in diese grinsende Visage geschmettert hätte.

»Sándor, du warst die ganze Zeit … Ich fasse es nicht. Seid Ihr alle verrückt geworden? Den Mann mit seinen Handgranaten in ein Flugzeug steigen zu lassen, mitten in der Stadt, da hätte doch … Er hätte …«

Doch Sándor Lehmann, der ihre Tiraden widerspruchslos über sich ergehen ließ, lächelte nur, und ringsum gab es Geräusche, ein Stimmengewirr, technisches Personal, das von allen Seiten den Hangar flutete. Der Sternenhimmel schlingerte; Rosalind traute

ihren Augen nicht. Die schweren Wolken und das überrealistische Firmament schienen zusammenzustürzen, doch da flammte schon im ganzen Hangar taghelles Licht auf, und sie begriff, dass Saeckel und sie Opfer einer imposanten, professionellen Illusion geworden waren.
Das Flugzeug war nur eine halbe Attrappe, die mit einem einzigen Flügel und dem Cockpit aus einer gemalten Wand ragte; der offene Hangar war ein geschlossenes Filmstudio, der Sternenhimmel nur ein malerisches, hinterleuchtetes Bühnenbild. Der vermeintliche Flughafen von Berlin-Tempelhof war, so viel konnte sie sich auch ohne Erklärungen von Sándor zusammenreimen, ein Filmstudio in Neubabelsberg. Die UFA-Studios bei Potsdam hatten unlängst *Bomben auf Monte Carlo* gedreht; in einer Ecke entdeckte sie wahrhaftig ein Stück Reling und ein paar Decksaufbauten eines Ozeanriesen. Die Flugzeugattrappe sollte vielleicht für *Der Mann, der seinen Mörder sucht* oder eines der anderen ehrgeizigen Projekte des UFA-Chefs Erich Pommer die Kulisse abgeben; der Mann hatte ja immer gleich eine ganze Handvoll Filme in der Produktion und baute sich in Neubabelsberg und den Studios in der Oberlandstraße Städte, Häuser und exotische Orte ganz nach Belieben und auf Vorrat. Offensichtlich war Sándor durch seine intensiven Kontakte ins Berliner Nachtleben bestens mit dem Stand der Dinge in den Studios vertraut und hatte, als Saeckel nicht ganz unerwartet zum Flughafen wollte, schnell reagiert und mit einer ganzen Corona von Polizeibeamten das Filmstudio in einen glaubwürdigen Flughafen umdekorieren lassen. Ein gefährliches Festnahmemanöver mit einem vielleicht um sich schießenden Saeckel hatte er im echten Berliner Flughafen nicht riskieren wollen, auch wenn es natürlich riskant gewesen war, statt der kurzen Fahrt nach Tempelhof die lange nach Babelsberg zu unternehmen. Doch Saeckel hatte mit seinen drogeninspirierten Monologen offenbar jedes Zeitgefühl verloren und nicht bemerkt, dass der Wagen quer durch den Grunewald Richtung Griebnitzsee gefahren war.

Für einen UFA-Film wäre es ein denkbar ungünstiges Finale gewesen, denn die beiden Hauptdarsteller, Mann und Frau, standen weit außerhalb des Bildes unten am Taxi, als sich endlich oben am Flugzeug – an der Attrappe eines Flugzeugs – die Kabinentür öffnete, die in Wahrheit in keinen Fahrgastraum, sondern auf ein Baugerüst an der Rückseite der Kulisse führte. Erich Saeckel, der Wanderer zwischen den Welten, hatte den kurzen Ausflug in die filmische Welt der Illusion weitaus schlechter überstanden als sein changierendes Wechselspiel zwischen dem okkulten Jenseits und der Realität. In der Filmkulisse war sein weißer Dreiteiler arg in Mitleidenschaft gezogen worden; das Entwenden des Arztkoffers schien auch nicht ohne Prellungen und Blessuren vonstatten gegangen zu sein, und in seinem bleichen Gesicht prangte ein blaues Auge, das dringend eines Eisbeutels bedurft hätte. Saeckel war mit Handschellen an die Polizeibeamten Hansen und Schmitzke gekettet, die mit ihm im Gänsemarsch die schmale Gangway herunterkamen. Saeckel würdigte Rosalind und Sándor keines direkten Blickes, doch es entging ihm zweifellos nicht, dass der große Polizist seinen Arm um die Journalistin gelegt hatte.

Schmitzke, der Stichwortgeber des Kollegentrios, hielt am Fuß der Flugzeugtreppe noch einmal an und wandte sich in gespielter Verzweiflung an seinen Kollegen Plötz, der nun auch oben in der Kabinentür erschien und Anstalten machte, ihnen zu folgen.

»Plötz, ich fürchte, der weiße Anzug unseres Flugpassagiers hat in den Turbulenzen während unseres kurzen Flugs ein bisschen gelitten. Wo bekommen wir denn zu dieser späten Stunde etwas Neues, Modisches her, vielleicht etwas Quergestreiftes mit einer großen Nummer auf der Brust?«

Sándors Kollege Plötz, dem Rosalind weder diese Behändigkeit noch diese Musikalität zugetraut hätte, tänzelte auf dieses bizarre Stichwort hin urplötzlich wie ein Stepptänzer einer Jazz-Bigband die Treppe herunter; ein spontaner Auftritt, der wegen der Korpulenz des Polizisten urkomisch aussah. Und Plötz sang auf seinem steppenden Weg abwärts mit einem quakenden, kurzatmigen Bariton ein paar Zeilen, die er vielleicht bei Julian Fuhs gehört hatte, bei Benny Goodman oder irgendwo sonst in dieser atemlosen, riesigen Stadt Berlin:

»If you're blue and you don' know where to go to
Why don't you go where fashion sits?
Puttin' on the ritz.
Puttin' on the ritz.
Puttin' on the ritz.«

NACHWORT

Dass Deutschlands Nationalsozialisten mit dem Okkultismus kokettierten und – vor allem nach 1934 und initiiert von ein paar spirituell begeisterten Schlüsselfiguren wie Heinrich Himmler – okkulte Komponenten in ihr inneres und äußeres Selbstbild einbauten, ist eine populäre Annahme. Tatsächlich boten ja Spiritismus, Okkultismus und einige andere Grenzwissenschaften jede Menge brauchbares Material, mit dem der Mythos einer überlegenen germanischen Herrenrasse und ihr Fortbestehen bis in die Gegenwart ebenso belegbar schienen wie Konzepte von Rassismus und Judenhass.

Trotzdem stellt, wer dem Quellenmaterial nachgeht (das vor allem von Nicholas Goodrick-Clarke in *Die okkulten Wurzeln des Nationalsozialismus* schon 1985 vorbildlich entziffert und eingeordnet wurde), bald fest, dass es mit einer wirklich schlüssigen Verbindung zwischen Nationalsozialismus und okkulten Gruppen und Grüppchen nicht weit her ist. Beide Seiten scheinen miteinander geliebäugelt, aber letztlich vor allem aneinander vorbeigeredet zu haben, und spätestens nach Kriegsbeginn siegte die Macht des Faktischen allemal über schwärmerische Kult-Etablierungen, mit denen etwa Himmler die Wewelsburg bei Paderborn zur SS-Ordensburg ausbauen wollte. Die von etlichen Autoren kolportierte Hinwendung Hitlers zu magischen Praktiken hält keiner ernsthaften Nachprüfung stand. Der »Führer« war keineswegs okkult »ferngesteuert«.

Doch natürlich wäre es bequem, das Tun der nationalsozialistischen Herrscher einer okkulten Verblendung, einem spiritistischen Verrücktsein zuschreiben zu können – statt in ihm das Werk entschlossener, kaltblütiger Politik sehen zu müssen, das es mit bürokratischer Gründlichkeit bis zuletzt war. Hitler und die

Nazis »verrückt« zu nennen heißt ja auch, sich selbst und alle Übrigen von der Vergleichbarkeit mit diesen Tätern und Mördern wegzurücken.
Richtig ist indes, dass die Beschäftigung mit paranormalen Phänomenen und Praktiken, Publikationen über Metaphysik und Okkultismus und die Gründung immer neuer Zirkel und Vereinigungen mit dieser Ausrichtung nie wieder einen solchen Boom erlebten wie in der Zeit zwischen den beiden Weltkriegen. Das Scheitern tradierter Erklärungsmuster für die unter heftigen Eruptionen anbrechenden Verwerfungen alles Bewährten trieb Wunderheilern, Scharlatanen und Blendern jeder Couleur ein großes Publikum zu. Neue gesellschaftliche Phänomene produzierten auch neue Straftaten und setzten die Polizeiarbeit sogar unter Druck, ihrerseits mithilfe angeblicher »Kriminaltelepathen« hellseherische Aufklärungsarbeit zu leisten. (Einen großartigen Überblick über dieses Feld bieten noch immer Albert Hellwigs *Okkultismus und Verbrechen* von 1929 und die Sammlung von Rudolf Olden, *Propheten in deutscher Krise. Das Wunderbare oder Die Verzauberten*, von 1932).
Erklärung oder versteckter Motor für die aufziehenden Taten des Faschismus ist der Okkultismus also nicht, wohl aber Ausdruck einer gesellschaftlichen Befindlichkeit, einer grenzgängerischen Nervosität einer ganzen Nation, die das Unglaubwürdige zunehmend plausibel fand und mit diesem Mangel an analytischem Selbstbewusstsein oder gesundem Menschenverstand zu guter Letzt selbst das Unvorstellbare schreckliche Wirklichkeit werden ließ – und dabei Blendern aufsaß, gegen die die Verbrechen in diesem zweiten Sándor-Lehmann-Roman geradezu harmlos wirken.

Sándor Lehmann, Erich Saeckel und seine okkulte Reisegruppe sind frei erfunden – bis auf den Unternehmer Karl Hartwig, der tatsächlich den Berlinern schlichtes Leitungs- als Heilwasser verkaufte. Die Kriminaltelepathin Elisabeth Günther-Geffers und

der Hellseher August-Christian Drost, der Insterburg-Prozess und die im Buch erwähnten Okkultisten Reichstein, Wehrmann, Lachmann und Kern sind historisch ebenso verbürgt wie Sándors Chef Ernst Gennat (1880–1939), der »Buddha vom Alexanderplatz«.
Sämtliche Schauplätze meines Romans vom Palais Pannwitz, dem heutigen Schlosshotel im Grunewald, bis zum Haus der Technik in der Oranienburger Straße sind historisch möglichst genau beschrieben. Der im Buch eingesetzte Infraschall der »Demutspfeife« lässt sich hierzulande nicht selbst erleben – die weltweit einzig verbliebenen Orgeln mit einem bis zum Subsubkontra-C ausgebauten 64-Fuß-Register sind die defekte weltgrößte Orgel der Atlantic City Convention Hall in Atlantic City (New Jersey) und die Orgel der Sydney Town Hall.

Martin Keune
Berlin, im November 2013

Martin Keune, geboren 1959 im Sauerland, ist freier Schriftsteller und nebenbei Chef einer Werbeagentur. Von ihm erschienen zahlreiche Bücher – im be.bra verlag zuletzt »Groschenroman. Das aufregende Leben des Erfolgsschriftstellers Axel Rudolph« (2009) und der Sándor-Lehmann-Krimi »Black Bottom« (2013). Martin Keune lebt in Berlin und im Westhavelland.

Sándor Lehmanns erster Fall

Martin Keune
Black Bottom
9,95 €
ISBN 978-3-89809-528-0

Berlin, 1930. Bei einem Giftgasanschlag auf den legendären Tanzpalast »Femina« am Tauentzien sterben elf Menschen. Auch Kriminalkommissar Sándor Lehmann kommt nur knapp mit dem Leben davon – denn eben noch stand er inkognito als Jazzmusiker auf der Bühne ...

»Ein intensiver Einblick in die damalige Zeit und eine große Liebeserklärung an den Jazz.«
Stadt intern, Köln

Tödlicher Tanz

Gabriele Stave
Gefährliches Terrain
9,95 €
ISBN 978-3-89809-520-4

Berlin, Sommer 1923: Eine ausgelassene Landpartie zum Schützenfest ins märkische Rhunow wird durch den Tod eines Pianisten erschüttert. Ein Mord aus Eifersucht? Bei den Ermittlungen stößt Kriminalrat Eugen Ruben auf immer mehr Leichen und eine Mauer aus Schweigen ...

»Eine fesselnde Geschichte nach einem authentischen Kriminalfall aus der Weimarer Republik.«
literatur-report.de